Katherine V. Forrest

DIE FREMDE IM POOL

3. Auflage, 1997

Originaltitel: An Emergence of Green

(Knollerstr. 3, 80802 München)
ISBN 3-88104-176-1
FotoSatz: Sylvia Seyfried, München
Druck: Clausen & Bosse, Leck
Umschlaggestaltung: Elisabeth Petersen, Netterndorf

Dieses Buch ist gedruckt auf Papier aus chlorfrei gebleichtem Zellstoff

Katherine V. Forrest

DIE FREMDE IM POOL

Roman

aus dem amerikanischen Englisch von
Gerlinde Kowitzke

Frauenoffensive

1

Von der Arbeit heimgekehrt, eilte Carolyn Blake wie üblich durch das kühle, stille Haus in ihr Schlafzimmer. Sie hörte leises anhaltendes Plätschern vom Swimmingpool. Sie erstarrte, ihr Blick durchstreifte das Zimmer. Die Goldkettchen über ihrer Schmuckschatulle waren nicht angetastet. Wer immer da draußen badete, war kein Dieb, der sich dreist erfrischte, nachdem er das Haus leer geräumt hatte.

Kaum ließ ihre Angst nach, fühlte sie sich zunehmend irritiert. Sie schlich ins Wohnzimmer. Kinder, dachte sie, wohl irgendwie über die Mauer geklettert... Sie riß die Gardine vor der Glastür zum Garten beiseite.

Einen Augenblick lang starrte sie schockiert auf die schemenhafte Gestalt im Swimmingpool. Noch ehe sie die Gardine fahrenlassen und zum Telefon stürzen konnte, schwang sich die Gestalt – schwarzhaarig, in Shorts und T-Shirt – auf den Rand des Pools.

Während Carolyn die Glastür aufschloß, erhob sich die Frau und hechtete mit einem sauberen Kopfsprung ins Wasser. Die Füße waren leicht gespreizt, beim Eintauchen der Schultern stoben kleine markante Spritzer empor. Als Carolyn durch den schattigen Innenhof und über den schmalen Rasenstreifen zum Pool ging, beobachtete sie, wie die Frau in sachtem Bogen aus dem Wasser auftauchte, ihr Körper glich einem Krummsäbel – mit durchgedrücktem Rücken, den Armen seitlich am Körper, geschlossenen Augen und gestrecktem Kopf, verzückt. Im langsamen Auftauchen an die Oberfläche lag eine solche Sinnlichkeit, daß Carolyn sie spürte.

Nun rieb sich die Schwimmerin die Augen. Da sah sie Carolyn am Poolrand und schwamm mit leichten Bruststößen zu ihr. Sie erhob sich am flachen Ende, das Wasser perlte über breite, feste Schultern, tropfte aus den schwarzen Haarsträhnen und rann den Nacken herab.

Carolyns Blick glitt über verwaschene, abgeschnittene Jeans, die knapp bis an die tiefgebräunten Schenkel gingen, zu einem grauen, an üppigen Brüsten klebenden T-Shirt – einem undefinierbar verblichenen Ding –, zu wachen dunkelbraunen Augen und einem großen Mund mit vollen Lippen, die amüsiert zuckten.

Die Frau strich sich das spritzende Haar aus der Stirn. „Einsfünfundachtzig", sagte sie.

Carolyn mußte lachen. „Wer sind Sie überhaupt?"

Die Frau fuhr sich durch die tropfenden Locken, die beharrlich auf ihrer Stirn klebten. „Val."

Wie Walküre, dachte Carolyn und starrte sie respektvoll an. Sogar der tiefe Klang ihrer Stimme kam ihr absolut passend vor. Eine Erinnerung regte sich, vage und irritierend, die sie verdrängte.

„Ich wohne nebenan."

„Ach. Sie sind Mrs. Hunter."

Val Hunter lächelte strahlend und nickte. Sie verschränkte die Arme und musterte Carolyn.

Anfang Dreißig, schätzte Carolyn, die ohne Ärger die gelassene Haltung wahrnahm. „Schwimmen Sie oft in fremden Pools?"

„Nur in Ihrem. Wochentags immer. Es benutzt ihn ja niemand, jedenfalls nicht tagsüber. Er ist der größte in der Umgebung – ich hab's geprüft. Und der sauberste, wie ich hinzufügen könnte. Ich bin den ganzen Frühling hier geschwommen."

„Tatsächlich." Carolyn unterdrückte ein Lachen.

„Ich denke, es schadet nicht. Ich finde, es ist eine Schande, ihn nicht zu benutzen, wenn doch Ihr Mann sich so mit der Pflege abrackert." Sie deutete über die Mauer. „Ich höre ihn nämlich."

„Paul beschäftigt sich gern damit. Er ist mit keiner Reinigungsfirma zufrieden. Mrs. Hunter, wie in aller Welt kommen Sie über die Mauer und das verschlossene Tor?“

„Bitte, nennen Sie mich Val. Ich springe drüber.“

„Sie springen drüber“, wiederholte Carolyn. „Sie springen einfach geradewegs über unsere Zweimeterdreißig-Mauer.“

„Sie ist etwas hoch“, gab Val zu, „aber ich finde guten Fußhalt und steige drüber.“

Die Junisonne, erbarmungslos im Tal von San Fernando, die schon lange durch den schützenden Morgendunst brannte, knallte heiß auf Carolyns Schultern. Der Geruch verdunstender Wasserspritzer auf dem Betonrand stieg ihr in die Nase. Ein feuchter Film hatte sich unter ihrem Haar gebildet; sie streckte die Schultern in ihrem Seidenkleid, während sie Val Hunter fixierte. „Schwimmt Ihr Sohn auch hier?“

„Natürlich nicht. Ich würde nie zulassen, daß Neal so etwas tut. Sie wissen zweifellos eine Menge über mich.“

„Wir wissen, daß Sie und Ihr Sohn im April in Robinsons Gästehaus gezogen sind. Paul unterhält sich immer mit Jerry Robinson, wenn sie draußen im Garten arbeiten.“

Wieder kam das strahlend weiße Lächeln zum Vorschein. „Also meiden auch Sie Dorothy Robinson wie die Pest.“ Während Carolyn noch entwaffnet um eine Antwort rang, zuckte Val die Achseln. „Einsame alte Schwätzerin. Bemitleidenswert.“ Wieder lächelte sie. „Sie sind normalerweise nicht um diese Zeit zu Hause.“

Carolyn flüchtete sich in Ironie. „Ich bitte um Entschuldigung. Meine Arbeitszeit hat eben gewechselt. Gott, ist das heiß. Im allgemeinen ist der Juni nicht so heiß, nicht wahr?“

„Manchmal schon. Erlauben Sie mir, Sie in Ihren Pool einzuladen.“ Val Hunter stützte sich mit den gebräunten Händen auf den Rand des Pools und schwang sich geschmeidig heraus; mit drei Riesenschritten zum Liegestuhl nahm sie ihr Handtuch und rieb sich kurz das Gesicht und die Haare. „Vermutlich muß ich mich jetzt wohl nach dem zweitbesten Pool umsehen. Ich möchte Ihnen danken. Als ich kam, hatte ich vor, Ihnen eine Nachricht zu hinterlassen, ein kleines Geschenk als

Dank, um Ihnen zu sagen, wie sehr ich es genossen habe."

„Nicht doch", sagte Carolyn rasch. „Warum denn nicht Gebrauch davon machen? Es ist wirklich schade drum."

Val Hunter nickte. „Um viele Dinge, die die Leute besitzen, ist es schade. Doch die Leute haben all diese Vorstellungen von Eigentum und Besitzrechten."

„Um welche Zeit schwimmen Sie gern?" fragte Carolyn und dachte, daß Paul zu jenen Leuten gehörte; er wäre total dagegen, ihren Pool mit irgendwem zu teilen; er überzeugte davon sogar die herumlungernden Insekten mit rachedürstigem Schwingen des Saugers.

„Um diese Zeit, zwischen drei und vier. In der größten Tageshitze. Neal kommt gegen halb fünf vom Tagescamp zurück."

„Künftig werde ich um zehn nach drei zu Hause sein. Ich lasse Sie herein."

„Danke. Vielen Dank. Aber ich möchte Sie nicht belästigen. Ich werde meinen üblichen Weg nehmen, ich bin's inzwischen gewöhnt."

Carolyn sah auf die Uhr. „Da bleiben Ihnen ja noch – wieviel? – fünfunddreißig Minuten. Springen Sie wieder hinein. Ich gehe ins Haus, bevor mich der Schlag trifft."

„Warum erfrischen Sie sich nicht im Pool? Genießen die Sonne?"

„Ich schwimme nicht", antwortete Carolyn, drehte sich um und eilte zu ihrer Klimaanlage, um ihr Kleid zu wechseln, ehe der Schweiß die Seide ruinierte.

„Wenn Sie's mal lernen wollen", rief Val Hunter ihr nach, „gebe ich Unterricht. Gratis."

***

Sie zog das hellrote chinesisch Bedruckte an, das Paul so gefiel, mit dem seitlichen Schlitz bis zum Schenkel. Aus dem Garten erscholl anhaltendes Planschen, während sie sich einen Wodka und Tonic mixte. Sie zog die Wohnzimmergardine beiseite.

Val Hunters Arme schienen bei jedem Stoß ihres Körpers das Wasser zu zerteilen. Als sie vorbeischwamm, konnte Carolyn im Wasserwirbel nur ihre breiten Schultern und starken Hüften sehen, die so kraftvoll emporschwangen und einen solchen Antrieb verursachten, daß ihre fest geschlossenen Füße aus dem Wasser schossen. Wieder dämmerte Carolyn die vage Erinnerung, die sie nicht fassen konnte.

Der Schwimmstil, in dem Val Hunter sich bewegte, hatte eine falsche Bezeichnung, dachte Carolyn – rein gar nichts von einem Schmetterling, diesem zarten, flatternden Wesen... Am Ende des Pools, mit einer abrupten Beugung ihres Körpers, wendete Val Hunter, stieß sich ab und vollführte wieder ihre mächtigen Schläge. Beeindruckt und amüsiert beobachtete Carolyn sie eine Weile, ehe sie die Gardine wieder zuzog.

Sie schaltete das Radio ein, und als Irene Caras *What a Feeling* sang, drehte sie die Lautstärke auf sieben. Die Musik erfüllte das Zimmer und ließ es vibrieren; sie fühlte sich davon aufgeladen, der stampfende Beat dröhnte von den Wänden. Sie fischte einen historischen Liebesroman unter den Kissen hervor und kauerte sich in ihre Lieblingsecke; in das Samtsofa gekuschelt und vom Rhythmus der Musik fortgetragen, schlürfte sie den kalten, starken Drink und überflog ihren Schmöker nach Liebesszenen, in die sie sich vertiefte.

Um fünf Uhr läutete das Telefon. Sie drehte das Radio leise, denn sie wußte, daß Paul anrief. Auch vor ihrer Arbeitszeitänderung hatte Paul stets um diese Zeit angerufen, um zu erklären, warum er später käme, ohne sich, nach fast einem Jahr, einzugestehen, daß sein üblicher Arbeitstag von halb neun bis sechs ging. Sie murmelte mitfühlend, wie sie es immer tat.

Um sechs Uhr ging sie in den Garten und warf ihr Buch in die Mülltonne, sie atmete die Frische ein, die langsam die Hitze im Tal abkühlte. Der Pool war aquamarin, die Oberfläche leicht gekräuselt, der Rand trocken, wie unberührt.

Sie machte einen Salat und bereitete die Steaks für den Grill vor, sie tat es mit Muße und genußvoll; für gewöhnlich war das Abendessen wochentags eine hektische Aktivität. Um fünf nach halb sieben goß sie genug eiskalten Wodka für drei Martinis ein, einen für sich und zwei für ihn, und füllte den Eimer mit Eiswürfeln. Sie trug alles ins Wohnzimmer zur Bar, drehte die Stereoanlage aus und machte die Nachrichten im siebten Programm an.

Wenn er sieht, daß alles fertig ist, wenn er nach Hause kommt, wird er über meine neue Arbeitszeit vielleicht nicht mehr so sauer sein.

2

Val Hunter duschte und fuhr sich flüchtig mit Handtuch und Bürste übers kurze Haar, das in weniger als zehn Minuten in der Hitze ihres Hauses trocken wäre. Noch nackt, warf sie die nassen Shorts und das T-Shirt über die Leine hinterm Haus; sie kehrte ins unaufgeräumte Wohnzimmer zurück und dachte lustlos, daß sie Ordnung schaffen sollte.

Sie streifte sich frische Sachen über, wieder Shorts und ein T-Shirt, und widmete sich ihren Pinseln. Mit der üblichen Geduld wusch sie sie in Mineralspiritus aus, legte sie in warmes Wasser, fuhr dann mit jedem Pinsel über ein Stück Elfenbeinseife und seifte sie in ihrer Hand ein; die Seife verfärbte sich bunt. Nachdem sie die Pinsel unter warmem Wasser ausgewaschen hatte, wiederholte sie die ganze Prozedur, bis der Seifenschaum farblos war. Sie drückte die sauberen Pinsel geschickt wieder in Form und legte sie zum Trocknen aus.

Unzufrieden betrachtete sie grübelnd das am Kasten auf dem Arbeitstisch lehnende Bild, die nächsten Tage konnte sie nicht weiter daran arbeiten, die Farbe mußte erst trocknen. Sie studierte die grauen Flächen der Komposition aus verschiedenen Blickwinkeln, irritiert vom Licht des Spätnachmittags, das auf das Bild fiel – diffuses, fahles Zitronengelb verglichen mit dem klaren, starken Morgenlicht.

Als sie wieder auf die Uhr sah, war sie erschrocken, wie spät es war. Neal mußte jeden Moment kommen. Sie lehnte das Bild an die Wand, so daß Licht darauf fiel, es aber nicht im Weg stand, und inspizierte einfallslos den Inhalt ihres Kühlschranks. Tiefgefrorene Enchiladas, das ginge schnell, wäre aber bei dieser Hitze kein Genuß... Vielleicht Hamburger. Mal hören, was Neal dazu sagte.

„Rate, wer gleich nach Pete Rose kommt", rief ihr Sohn in der Tür. „Ich habe heute dreimal getroffen."

Mit zwei Schritten war sie bei ihm und umarmte ihn stürmisch. Sein Körper, zwar klein für sein Alter, war kräftig und gebräunt, ein dunkles Mahagoni. Sie drückte ihre Lippen auf sein kupferfarbenes, von der Sonne gebleichtes Haar und schnupperte seinen erdigen Geruch. Sie enthielt sich jeden Kommentars; sie mußte ihm nie sagen, daß er duschen sollte. „Du bist Spitze", sagte sie. „Das ist einfach toll."

„Nee." Neal befreite sich und zog sich Hemd und Turnhose glatt. „Mein Durchschnitt liegt nur bei zweisechsundsiebzig."

Sie nickte begriffsstutzig. „Ich bin stolz auf dich."

Er machte eine geringschätzige Handbewegung. „Was gibt's zu essen, o großer und mächtiger Oz?"

Sie überhörte seine übliche Anspielung auf seinen Lieblingsfilm und sagte: „Hummerkrabbencocktail."

Seine Turnschuhe quietschten auf der geborstenen Fliese des Küchenbodens. „Hach, da ist ja Salat", rief er, den Kopf im Kühlschrank. „Wie wär's mit einem Salat und Käse und Salami und Cräckers? Das ist eine sehr ausgewogene Mahlzeit."

„Von mir aus."

„Ich dusche mal eben und schneide das andere Zeug, wenn du den Salat machst. He, Ma, wenn ich das Wohnzimmer aufräume, kann ich dann vielleicht das Spiel sehen?" bettelte er. „Die Dodgers sind im Kommen, Fernando muß sich ranhalten."

Widerwillig antwortete sie: „Na ja, es wird mich wohl nicht umbringen, wenn ich ausnahmsweise mal keine Nachrichten sehe."

Neals Blick schweifte durchs Zimmer. Er klang verärgert:

„Wie schaffst du es bloß, an einem einzigen Tag einen solchen Saustall anzurichten?“

Sie grinste hinter seinem Rücken, als er duschen ging. Sie füllte noch ein paar Eiswürfel in ihr Glas Wasser, ließ sich auf dem Sofa nieder und schlug die *Times* auf, die Jerry Robinson ihr, wie üblich, morgens vor die Tür gelegt hatte, nachdem er damit fertig war.

Viel später an diesem Abend dachte sie an Carolyn Blake. Sie schlug ihren Skizzenblock auf. Ihre Zeichnung war unvollständig – eine grobe Bleistiftskizze einiger Details, die sich ihr eingeprägt hatten: eine Matte glatten, glänzenden Haars – sandfarben, wie sie sich erinnerte –, das ihr knapp bis zu den Schultern ging, ein paar Strähnen, von der heißen, trockenen Brise verweht; und die mandelförmigen Augen, die sie als grünlich-grau im Gedächtnis hatte.

3

Kurz nach halb sieben fuhr Paul Blake die *Heather Avenue* hinunter, und sobald er um die Ecke bog, sah er sein Haus. Wie immer sah er im Geiste ein ähnliches Haus vor sich: Die gleiche Fassade, doch in schmutzigem Weiß, und vom vermodernden grauen Holz blätterte die Farbe, einen verwahrlosten Vorgarten, dem die erbarmungslosen Chicagoer Winter den Rest gaben. Dieses Haus hier, sein eigenes, hatte eine makellos beige Fassade mit dunkelbrauner Umrandung, davor ein gepflegter Garten und sattes grünes Laubwerk, das Backsteinfundament war großzügig hochgemauert und umschloß auch den umlaufenden Rasen des kleinen Vorgartens. Er liebte das Backsteingemäuer, dessen Pracht sein Haus von allen anderen des Blocks abhob und den kleinen Vorgarten mehr als wettmachte. Das andere Haus, das Haus seiner Kindheit, hatte nicht ein einziges prächtiges Merkmal besessen, geschweige denn den größten Swimmingpool in der Umgebung. Er fuhr in die Auffahrt.

Kurz darauf erfülte ihn weitere Genugtuung beim Anblick der beruhigenden Farben seines Wohnzimmers, Sofa und Sessel in jungfräulichem Weiß, der dicke blaugraue Teppichboden, sorgfältig arrangierte Kissen als kühle Akzente in einer Kombination von Dunkelblau und Smaragd; Vasen, Bilder. Die schweren, weißen Vorhänge vor der Glastür zum Garten hinterm Haus waren zugezogen – komisch, daß Carolyn sie nicht aufgemacht hatte wie sonst immer. Er sah einen Martini-Shaker auf der Bar und war angenehm berührt, doch sofort fiel ihm ein, weshalb er dort stand.

Carolyn kam aus der Küche zu ihm, in seine Arme. Ihr Parfüm war höchst betörend – fast verflogen im Lauf des Tages und mit dem Geruch ihrer Haut vermischt, der ihm so sehr vertraut war. Ihr Kleid erregte sein Wohlgefallen, und seine Liebe zu ihr überwältigte ihn.

„Prinzessin, du siehst phantastisch aus." Nie vergaß er, seiner Freude Ausdruck zu geben, wenn sie Kleider trug, in der Hoffnung, sie irgendwann endgültig von ihren üblichen Hosen und Shorts abzubringen. Heute abend, so wurde ihm schmerzlich bewußt, trug sie das chinesisch Bedruckte nicht, um ihm zu gefallen, sondern um ihn einzuwickeln. Ihre Arme umschlangen seine Schultern, und sie hob das Gesicht. Er küßte sie flüchtig; er würde sich nicht einwickeln lassen, nicht mal versuchsweise.

„Wie war dein Tag, Schatz?" fragte sie.

„Gut. Routine. Und deiner?"

„Für den ersten Tag ging's."

Verärgert über die Vorsicht in ihrer Stimme ließ er sie los und ging die Drinks machen, seine Aufmerksamkeit auf den Fernseher und eine Diskussion über Zinserhöhung gerichtet. Er mußte sich einen Augenblick lang besinnen, als sie sich nach der Frau von nebenan erkundigte. „Du meinst die Malerin?"

„Malerin? Malerin? Warum hast du mir nicht gesagt, daß sie Malerin ist?"

Er runzelte die Stirn bei ihrem Ton. „Zum Teufel, was soll's? Was verstehen wir schon von Kunst? Alle Welt malt. Oder schreibt oder modelliert. Wieso interessiert sie dich?"

„Ich... Neugier, das ist alles. Ich... habe sie heute gesehen."

Er zuckte desinteressiert die Achseln. „Ich habe sie nie angesehen. Nach dem, was Jerry sagt, ist sie ein Monstrum. Eine Amazone."

„Sie ist groß", sagte sie nachsichtig und nahm den Drink, den er ihr reichte. „Größer als du."

Er antwortete nicht. Er hatte nie irgendwem eingestanden, daß ihm seine Größe von einsfünfundsiebzig, die er mit einsachtundsiebzig angab, etwas ausmachte. Er betrachtete sie, als sie in die Küche ging, und wünschte sich wieder, sie wäre doch nur zwei oder fünf Zentimeter kleiner, höchstens einsdreiundsechzig, wie seine erste Frau. Was für Fehler Rita auch immer hatte, sie paßte gut zu ihm. Er nahm sein Glas und ging ins Schlafzimmer, um sich umzuziehen.

Sie gingen nach draußen, es war ein milder Abend. Er fuhr mit dem Sauger durch den Pool und nörgelte über den im Tal aufkommenden Wind. In diesem Juni war es von Tag zu Tag heißer geworden, die ungewöhnliche Schwüle kühlte sich erst abends allmählich ab.

Während er die Steaks auf den Grill legte, sagte er: „Zehn Minuten, mindestens. Ich denke, ich schwimme noch rasch."

Sie sah, wie ihr Mann sein Polohemd und die Baumwollhose und seine Shorts auszog. Trotz nur gelegentlicher sportlicher Betätigung – ein wenig Tennis, Golf zwei-, dreimal im Monat mit einem Kunden, sporadischem Schwimmen – war sein Körper wohlproportioniert und gut in Schuß, nur eine Spur von Bauchansatz. Sein einziges körperliches Problem, ein ungefährliches angeborenes Herzgeräusch, hatte gereicht, ihn aus Vietnam herauszuhalten. Im natürlichen Abendlicht war sein Schamhaar viel dunkler als sein Kopfhaar, das voll und dick, doch graumeliert war, an den Schläfen etwas heller. „Ein junger Cary Grant", hatte eine der Frauen bei einem Firmenpicknick geseufzt. Sie war stolz auf sein Aussehen.

„Gefällt dir der Anblick?" Anzüglich amüsierte er sich. „Weib, nimm die Steaks eine Weile vom Feuer."

Mit unwillkürlichem Blick zur Mauer lachte sie und winkte ab. „Ach, geh schwimmen." Während sie die Steaks über der Holzkohle zurechtschob, beobachtete sie, wie er aggressiv durchs Wasser schnitt, seine abrupten Stöße waren nicht so effizient wie die geschmeidige Kraft von Val Hunter.

Bei seiner Nacktheit dachte sie wieder daran, wie sie das Haus gekauft hatten und wie sehr ihr die Abgeschiedenheit dieses mauerumgebenen und von Büschen gesäumten Gartens gefallen hatte. Am ersten Abend im Haus hatte Paul sie in den Pool geschubst und ihr den Bikini abgestreift. Das warme Wasser an ihrer nackten Haut erregte sie – eine unerträgliche, fast spirituelle Sinnlichkeit befiel sie. In einer Ecke des Pools hatte er ihre bereitwilligen Beine um sich geschlungen. Doch als ihre Hüften gegen die kalten, harten Fliesen prallten, ringsum das Wasser aufspritzte und schmerzhaft in sie gepumpt wurde, tat ihr der Druck auf ihr Gewebe sehr weh. Sie keuchte, daß er aufhören solle, doch er wollte oder konnte nicht. Mit unterdrückten Schreien – wie konnte sie nur hier draußen schreien, so hörbar für alle?'– hämmerte sie auf seine Brust und Schultern ein, und als er endlich aufhörte, riß sie sich von ihm los und stolperte ins Haus, und als er ihr nachkam, schrie sie wieder und schlug ihm auf die Brust. „Warum hast du nicht aufgehört? Warum nicht?"

Er packte ihre Fäuste und hielt sie von sich weg, die Augen voller Tränen, mit gequältem Gesicht. „Ich dachte ... Es gefiel dir doch zuerst, da dachte ich ... es würde dir schon noch gefallen ..." Er stürzte aus dem Haus und kehrte nach einigen Stunden sinnlos betrunken zurück. In dieser Woche bekam sie täglich Blumen ins Büro, eine Perlenkette tauchte zwischen ihrem Schmuck auf der Kommode auf ...

Die Steaks waren fast gar. „Paul!" rief sie.

Mit seltsam distanziertem Gefühl betrachtete sie ihn wieder, während er sich mit dem Handtuch heftig den Rücken abrieb, die Muskeln spannten sich auf den leicht gebräunten Armen. Als er sich abwandte, um sich das Haar zu frottieren, musterte sie die flache Biegung seines Rückens, die muskulösen Schenkel, die für sie die schlichte funktionale Schönheit eines Männerkörpers symbolisierten. Er streifte einen kurzen Bademantel über, knüpfte den Gürtel zu einem ordentlichen Knoten, während er zu ihr herüberkam, seine blaßblauen Augen waren sanft, auch nach dem energischen Schwimmen.

Er küßte ihre Stirn. „Die Steaks sehen prima aus, Prinzessin."

Wieder betrachtete sie ihn, während er die Steaks vom Feuer nahm. Nach acht Jahren, so gestand sie sich bedrückt ein, war ihr Altersunterschied eher noch sichtbarer geworden. Sie war nicht so gereift wie er – dieser selbstsichere, gutaussehende Mann mit den grauen Schläfen war heute attraktiver denn je. Damit verglichen war sie mit ihren sechsundzwanzig noch immer ein Kind.

Frisch geduscht und rasiert lag er in den Kissen. Carolyn saß am Spiegeltisch in der Garderobennische und bürstete sich das Haar. Sie trug das pfirsichfarbene Nachthemd, das er so liebte, ihr Körper war von hinten beleuchtet, die leichte Schwellung ihrer Brüste wurde von der Seide darüber betont. Wenn ihre Brüste doch nur etwas größer wären – so wie Ritas. In Ritas Busen konnte er seinen Kopf so herrlich betten, besonders nach dem Liebemachen. Aber ganz ehrlich gesagt, ansonsten hingen sie allzusehr. Und Carolyns Beine waren hübsch – wenn auch nicht die langen, schlanken Beine von Models, so doch viel schöner als Ritas kurze, stämmige.

Sein Blick glitt durch das farbenfrohe Schlafzimmer; kostbares Kirschbaumholz und goldgelber Teppich, die schweren goldenen Vorhänge zu beiden Seiten mit bunten Clowns bedruckt. Er war zufrieden.

Mehr kann man nicht verlangen, dachte er wenige Minuten später, als er sie streichelte, seine Hand fuhr leicht über ihren

Hals und die Schultern. Ihr Mund war zärtlich, hingebungsvoll und schmeckte nach Pfefferminzzahnpasta. Er legte sie auf sich und ließ seine Hände über ihren Rücken gleiten. Ihr schweres, silbern schimmerndes Haar bedeckte seinen Hals und seine Schultern. Er drehte sie um.

Nachher lag er da, das Gesicht in ihr Haar vergraben, und schnupperte ihren sinnlichen Geruch. Ihr Atem ging flach, schnell; sie streichelte sein Haar, küßte sein Gesicht, murmelte etwas Unverständliches. Er hob den Kopf und blickte sie an. Wie immer nach dieser tiefsten Intimität sah sie ihn aus verschleierten, unergründlichen Augen an, deren Nachinnengekehrtheit ihn verrückt machte.

Er rollte sich behutsam von ihr und nahm sie in die Arme. Ja, versicherte er sich, er war gut für sie, das merkte er daran, wie sie war, wenn er in ihr war. Er machte sie glücklich.

„Ich liebe dich, Prinzessin", murmelte er schläfrig, indem er sich an sie schmiegte, ihre schlanken Finger beruhigend in seinem Nacken.

Das Bewußtsein, daß sie morgen früh etliche Stunden vor ihm aufstehen und ab morgen auch eher zu Bett gehen würde, störte seine Zufriedenheit. Doch das wäre nicht von Dauer; er würde einfach einen Guerillakrieg führen, bis sie diesen blöden Job gegen einen mit fester Arbeitszeit eintauschte. Mochten sich andere Männer auch Abwechslung in ihrem Leben wünschen, er jedenfalls nicht. Er wollte nur sie. All die Abwechslung und Herausforderung, die er brauchte, konnte er in seiner Arbeit finden. Er würde sie bald wieder in seinem Bett haben, wenn er sie dort haben wollte, genau wie in den vergangenen acht Jahren.

4

Carolyn stahl sich aus dem Bett. Sie schloß die Badezimmertür, bevor sie das Licht anmachte, und mit routinierter Geschwindigkeit nahm sie automatisch eine Intimspülung vor; geistesabwesend fiel ihr dabei ein, daß sie Paul nichts von Val Hunters außergewöhnlicher Anwesenheit in ihrem Pool erzählt hatte. Es gab keinen Grund, es zu erzählen – keinen Grund, ihn noch mehr zu verärgern. Sie warf die leere Wegwerfdusche in den Abfalleimer und knipste das Licht aus.

Sie kuschelte sich an ihn, an die kompakte, tröstliche Breite seines Rückens, und verspürte eine vage Erregung wie manchmal, nachdem sie einander geliebt hatten. Seine Verstimmung über ihre Arbeitszeit konnte nicht andauern, beschloß sie. Ein zweiwöchiger Versuch, und wenn er dann noch immer unglücklich war, würde sie wohl die Arbeit aufgeben müssen.

Aufgeben, dachte sie gequält. Vielleicht kam er ja damit klar....

Viertel nach vier, sah sie zu ihrer Freude auf der Digitaluhr. Sie mußte sich erst um halb fünf zur Arbeit zurechtmachen. Diese verbleibende Viertelstunde würde sie mit Kaffee und Zeitung vertrödeln. Paul murmelte Protestlaute, als sie ihm ihre Wärme entzog, dann drehte er sich um und schlief weiter.

Der Kaffeetopf war auf sieben Uhr programmiert, wenn Paul aufstand. Sie trank einen Pulverkaffee, starrte zufrieden auf die sich trübenden Schatten des Hauses und blätterte die *Times* durch, die gewissenhaft zu irgendeiner rätselhaft frühen Stunde gekommen war.

Um zwanzig nach fünf ging sie aus dem Haus, einen Pulli um die Schultern geschlungen. Fahles Dämmerlicht, das jedwede drohende Hitze verbarg, lag über dem Tal, über den Joggern, androgyn in ihren Jogginganzügen im trüben Morgendunst. Gemächlich fuhr sie den Sunbird die Verdugo Road hinunter. Sie liebte die leeren Straßen, die Stille.

Am Nachmittag kam sie nach der Arbeit heim, erledigt von einem kurzen Gang zu ihrem Wagen auf dem Parkplatz des Supermarkts und mitgenommen von den Nachrichten im Radio über Waldbrände und Smogalarm Stufe eins. Die in dieser Woche eingesetzte Hitze hatte sich eingenistet und kam in Wellen von Dach und Pflaster, verursachte sprunghafte Böen, die in die zundertrockenen Hügel fuhren.

Überrascht vernahm sie Geräusche vom Pool. Sie dachte, es wäre zu heiß für eine Bewegung, von Schwimmen ganz zu schweigen. Und der Pool wäre sicher vom Wind verdreckt, von der Asche der Brände auf den umliegenden Hügeln.

Sie zog die Vorhänge beiseite. Der Pool wirkte ziemlich sauber, ohne Zweige und Äste, doch gewiß konnte Val Hunter ebensogut mit einem Sauger umgehen wie Paul. Carolyn sah ihr beim Schwimmen zu, einer einfachen Kraulbewegung, zwei Wellen bauschten sich an der Kopfspitze, beide klein, eine dicht vor der anderen, etwas größeren. Die Energie und der Schwung ihres Körpers hatten etwas Unwiderstehliches, der harmonische Antrieb, das Durchziehen eines jeden Armschlags ökonomisch und regelmäßig, jede Hand tauchte sauber ins Wasser und wieder hoch. Kraftvolle Schenkel bewirkten einen rhythmischen Schwung, reduzierten jedes Rollen des Körpers und stabilisierten ihn völlig. Mit nur acht Zügen durchquerte Val Hunter das Vierzehnmeterbecken, dann wendete sie; Carolyn zählte wieder und wieder.

Am schattigen, tiefen Ende schwang sich Val Hunter aus dem Wasser, zog einen Sessel aus der Sonne unter das dichte, weit herabhängende Blattwerk der Palme. Sie frottierte sich mit dem Handtuch das Haar und ließ sich erschöpft in den Sessel fallen, ihre Schultern hoben und senkten sich.

Nach kurzem Zögern schob Carolyn die Vorhänge beiseite, öffnete die Glastür und trat hinaus in die Hitze.

„Hallo“, sagte sie verlegen. „Gerade ist mir aufgegangen, daß Sie wohl schwerlich mit einem kalten Getränk in der Hand über die Mauer hopsen können. Mögen Sie etwas zu trinken?“

Val Hunter holte tief Luft. „Sie sind außerordentlich nett zu Eindringlingen. Etwas Kaltes wäre phantastisch. Irgendwas.“

„Ich bin gerade bei Wodka und Tonic. Mögen Sie auch einen?“

„Nur Tonic wäre prima."

Mit ihrem Drink und einem großen Glas Tonic mit einer Zitronenscheibe darin kam sie zum Pool zurück. Val Hunter stützte sich auf den Ellbogen und stürzte das halbe Glas hinunter. „Ach, tut das gut." Sie stellte das Glas neben den Sessel auf den Zementboden. „Neal behauptet, daß alkoholfreie Getränke mir schließlich noch die Nieren zerfetzen." Und fügte fröhlich hinzu: „Zehnjährige sollte man ins Camp stecken, bis sie über dieses scheinheilige Alter hinaus sind."

Carolyn grinste, dann sah sie in den Pool. Sandwehen hatten Muster auf dem Boden gebildet. „Das Wasser ist schmutzig", sagte sie.

Val zuckte die Achseln. „Ich habe das Ärgste abgesaugt. Es ist immer noch sauberer als das Meer."

„Ich muß mich umziehen", sagte Carolyn leise. „Möchten Sie... für eine Weile aus der Hitze mit hineinkommen?"

Val leerte ihr Glas. „Ich wäre jetzt gern da, wo es kühl ist. Ich steige eben aus den nassen Sachen. In fünf Minuten bin ich zurück, ja?"

Bevor Carolyn antworten konnte, war Val Hunter aufgestanden, hatte das Handtuch umgeschlagen, ein paar Schritte Anlauf genommen und war abgesprungen, hatte die flache Mauerkante gepackt, sich hochgestemmt, einen Moment dort geschwebt, dann war sie verschwunden.

5

Val inspizierte flüchtig den kargen Inhalt ihrer Kleiderkommode, dann zog sie khakifarbene Shorts und ihr neuestes T-Shirt an.

Was will diese Carolyn Blake eigentlich? Sie ist eine ziemlich attraktive Person, an Freunden und Freundinnen sollte es ihr nicht mangeln – zumindest nicht an Gleichgesinnten. Vielleicht hält sie dich für so schräg, daß du interessant bist. Und was sie betrifft, sie ist weder interessant noch schräg, sondern genaugenommen: momentan langweilst du dich.

Sie folgte Carolyn Blake ins Wohnzimmer und verdammte den Raum mit einem Blick so wie ein schlechtes Bild. Wie konnte jemand in einem solch blau-weißen Eispalast leben? Selbst Grüntöne, im allgemeinen warm, wirkten hier isoliert und kalt.

Carolyn fragte: „Mögen Sie noch etwas Tonic? Oder ..."

„Tonic ist prima." Sie nahm den Inhalt des Bücherschranks in Augenschein – Hardcover-Romane von Roth, Updike, Bellow, Nabokov, Vonnegut, Didion, Pynchon. Keiner davon gelesen, schätzte sie; die Staubschicht sah allzu gleichmäßig aus.

„Kann ich mich auf den Boden setzen?" fragte sie, als Carolyn aus der Küche kam. Das weiße Sofa und der weiße Sessel stießen sie ab.

„Wo immer Sie wollen." Carolyn machte es sich in einer Sofaecke bequem, die Füße unter sich gezogen.

Eine anmutige junge Frau, dachte Val, ließ sich auf dem Teppich nieder und lehnte den Rücken an den weißen Sessel. Attraktiv, sogar in Rot... Doch wie kann eine unter dreißig bloß ein Kleid anziehen, wenn sie es sich *gemütlich* machte? Und kann sie nicht sehen, daß Rot für sie eine absolut unpassende Farbe ist?

„Ich höre, Sie sind Malerin. Malen Sie schon lange?"

Val nippte an ihrem Tonic. Es war lediglich eine Frage der Höflichkeit. Ab einer gewissen Ebene der Unkenntnis war sie allerdings geneigt, das Gespräch abzubiegen; sie fühlte sich nicht mehr verpflichtet, sich für Kunstgeschichte und Künstlerberuf in die Bresche zu werfen. „Seit Jahren", antwortete sie. „Zwei Ehen und eine Schwangerschaft hindurch und zwei ferne Kriege und Krisen zu Hause – allzu gräßlich, um sie zu beschreiben."

„Sie klingen, als wären Sie hundert Jahre alt." Carolyns Stimme war leise, schüchtern.

„Sechsunddreißig."

„Wirklich? Genau wie mein Mann. Sie sehen nicht danach aus. Ich bin... fast siebenundzwanzig."

Danach siehst du auch nicht aus, dachte Val. Sie lächelte. „Es ist mir gleich, wie alt jemand ist. Mein Sohn ist interessanter als die meisten Erwachsenen, die ich kenne."

Carolyn gluckste. „Hoffentlich kann ich mich mit Neal messen."

Val lächelte wieder und fragte sich, was sie eigentlich hier bei dieser faden Frau in ihrem Eisberg von Haus zu suchen hatte. „Es ist nett, unter der Woche mit einer Erwachsenen zu reden. Leben Sie schon lange hier?"

„Anderthalb Jahre. Wir sind beide aus Chicago, doch dann wurde Paul für ein Jahr nach Alabama versetzt, danach kamen wir hierher. Er ist Bezirksleiter der Amerikanischen Röhrenwerke. Sie beliefern die ganzen Vereinigten Staaten mit Stahlröhren."

Gott, wie öde. Und sie sieht so stolz aus. „Wie gefällt Ihnen Los Angeles?"

Carolyn überdachte die Frage. „Mir gefällt dieses... Andersartige, das Gefühl von... Möglichkeiten. Ja, es gefällt mir. Ich sollte wohl versuchen, es nicht allzusehr zu mögen, weil Paul höchstwahrscheinlich wieder versetzt wird. Was ist mit Ihnen: Woher sind Sie?"

Es ist eine Schicht tiefer als Schüchternheit, vermutete Val. Vielleicht ist ja doch noch was an ihr – aber sie ist wie ein Veilchen, das keine Sonne verträgt. „Connecticut. Allerdings bin ich schon seit achtundsechzig hier; Neal ist hier geboren." Sie nippte an ihrem Tonic. „Es ist so kühl und angenehm in Ihrem Haus – seit Tagen habe ich mich nicht so wohl gefühlt."

„Haben Sie etwa keine Klimaanlage?" Sie sah entgeistert aus. „Wie kann denn jemand hier leben ohne sie?"

„Für Juni ist es reichlich heiß, aber ich werde mich daran gewöhnen. Selbst mitten im Sommer kühlt sich nachts das Tal ab."

„Aber tagsüber müssen Sie ja eingehen."

„Man gewöhnt sich wirklich daran. Wie Leute in der Wüste.

Es macht mir nicht so viel aus, ich liebe die Sonne. Nur all dieser Qualm und die Asche in der Luft sind schrecklich", gab sie zu. „Der Ventilator bläst sie überallhin."

„Wir haben eine tragbare Klimaanlage in der Abstellkammer. Nehmen Sie sie. Wir mußten sie in Alabama fürs Schlafzimmer kaufen." Sie verzog das Gesicht. „Alabama. Ich wäre am liebsten durch die Straßen getanzt, als Paul von dort versetzt wurde. Nehmen Sie sie, Val. Sie können ein Zimmer damit kühlen, das ist besser als nichts."

„Na ja... Neal wäre beglückt." Sie dachte an die höheren Stromrechnungen. Doch vielleicht, hin und wieder, wenn es so richtig drückend wäre... „Lassen Sie mich darüber nachdenken." Sie wechselte das Thema. „Was machen Sie eigentlich, da Sie zu solch merkwürdiger Zeit arbeiten?"

„Ich bin Personalassistentin bei *Everest Electronics*. Drüben am Glasselpark. Mikrocomputer. Büro und Fabrik liegen zusammen, und mein Chef kam zu dem Schluß, daß er für das Nachtschichtpersonal zumindest einen Teil des Tages erreichbar sein sollte."

„Wie's scheint, eine gute Idee", kommentierte Val.

„Er ist sehr kreativ und gescheit", sagte Carolyn engagiert. „Ich mag ihn. Ich meine, er geht an die Dinge heran mit einem solchen..." Sie suchte nach einem Ausdruck. „Er hat vor zwei Jahren bei einem Unfall seine Hand verloren, er trägt eine Prothese. Er ist ein Liberaler mit Leib und Seele; er begreift, was es heißt, in dieser Welt behindert zu sein. Er... Paul haßt meine neue Arbeitszeit", stieß sie hervor.

Val unterdrückte ein Gähnen. „Hat Sie wohl lieber morgens im Bett, nicht wahr?"

Carolyn antwortete nüchtern: „Ich war so dumm, die Stelle anzunehmen, ohne ihn zu fragen. Es ist eine Beförderung – keine sonderlich große, nur ein paar Dollar mehr –, aber es bedeutet eine direkte Zusammenarbeit mit Bob Simpson, und ich freute mich so sehr über das Angebot, daß ich spontan darauf einging und ja sagte, ohne daran zu denken, wie Paul reagieren würde."

TAGEBUCH EINER VERRÜCKTEN HAUSFRAU – *wieder einmal. Gott, erspar mir das.* „Vielleicht haben Sie angenommen, daß er sich ebenso freuen würde wie Sie." Sie verkniff sich die Frage, wieviel Rücksicht Paul Blake bei seinen Versetzungen genommen hatte, und sagte statt dessen: „Er setzte Sie von Chicago mitten ins Nichts, dann von dort weg. Sie mußten vermutlich beide Male die Stelle aufgeben."

„Es machte mir wirklich nichts aus. Na ja, bei der in Chicago schon", gab sie zu. „Es war meine erste verantwortungsvolle Stelle. Aber..."

„Bei dieser Arbeit hier machen Sie immerhin keine Überstunden. Sie haben kein Kind, so daß man Sie der egoistischen Vernachlässigung bezichtigen könnte zugunsten einer Karriere, die in den Sternen liegt – das war Richards großer Trumpf. Er war mein zweiter Mann..." Sie unterbrach sich, als sie Carolyns faszinierten Blick sah. „Hören Sie nicht auf mich. Ich habe in allem eine feste Meinung. Ihre Ehe ist ganz und gar Ihre Privatangelegenheit."

„Ist Val Hunter Ihr eigener Name?"

Die Frage überraschte sie. „Mein Name ist Carlson, aber Neals Vater und ich haben uns nicht scheiden lassen, nur getrennt. Er ist vor zwei Jahren bei einem Unfall ums Leben gekommen. Ich war der Ansicht, daß es alles in allem einfacher war, den Namen Hunter zu behalten." Sie grinste. „Ich habe immer gefunden, Val Hunter hört sich nach Räuber an."

Carolyn schüttelte den Kopf. „Ich finde, Val Hunter ist ein idealer Name für eine Malerin. Er klingt so... eingänglich."

Val sah auf die Uhr über dem Kamin mit den drei dekorativen Holzkloben und dem weißen Ziegelstein ringsum, der sicher nicht dazu gedacht war, je einem Feuer ausgesetzt zu werden. „Ich fürchte, daß Neal jeden Moment nach Hause kommt und an meiner Entscheidung, was es zu essen gibt, herummäkelt." Es blieb ihr noch eine Viertelstunde – doch warum sollte sie sie hier bei dieser jungen und sehr verheirateten Frau absitzen?

„Nehmen Sie die Klimaanlage mit."

Val dachte nach. „Nur wenn ich mich revanchieren darf. Gestatten Sie, daß ich Ihnen das Schwimmen beibringe, damit Sie ein wenig Freude an Ihrem Pool haben. Ich garantiere Ihnen absolut, daß Sie nicht ertrinken werden."

„Ich werde darüber nachdenken", sagte Carolyn nach einer kleinen Weile mit ablehnender, verschlossener Miene.

Vals Interesse war angestachelt. „Da gibt's ein Problem", sagte sie freundlich. „Offensichtlich gibt's da ein Problem."

„Als ich sieben war, hat mich eine Spielkameradin im Park ins Schwimmbecken gestoßen. Der Bademeister fischte mich noch gerade rechtzeitig raus, aber ich hatte die Lunge voll Wasser und offenbar einen Dauerschock." Carolyn hatte die Hände wie haltsuchend um die Knie geschlungen. „Ich habe es noch nie erzählt, nicht mal Paul, wieso, weiß ich eigentlich nicht, so ungewöhnlich ist es nun auch wieder nicht. Sie... schwimmen so wundervoll, es sieht bei Ihnen so leicht aus."

Val betrachtete die Hand, die den Stoff des roten Kleides glattstrich, das Gesicht, dessen Ausdruck kindlicher Verletzbarkeit sie an Neal erinnerte. „Carolyn", begann sie, dann unterbrach sie sich. „Darf ich Sie Carrie nennen? Ich finde, das paßt besser zu Ihnen."

Die Hand entspannte sich; Carolyn lächelte. „Carrie hat mir schon immer besser gefallen als Carolyn, aber so hat mich noch niemand genannt."

„Carrie, wenn mir das passiert wäre, hätte ich genau das gleiche Gefühl wie Sie."

Carolyns Augen taxierten Vals Körper. „Ihnen würde das nicht passieren." Sie lächelte wieder, ein schelmisches Lächeln, dessen Reiz Val betroffen machte. „Niemand würde Sie in ein Schwimmbecken stoßen."

„Als Jugendliche hätte es so vieles leichter gemacht, hätte ich ein weibliches Normalmaß gehabt wie Sie – ich hätte meine Seele drum gegeben." Sie fügte hinzu: „Noch immer."

„Warum? Heute ist doch alles ganz anders. Heutzutage sind Sie einfach eine große, starke Frau. Was ist daran verkehrt?"

„Unsere Kultur. Es ist prima, ein sehr großes, schlankes

Model zu sein – eine dekorative Frau. Ansonsten bist du abnorm, bizarr. Größe ist ein Konkurrenzvorteil, den Männer ausschließlich für sich reklamieren. Ich habe geheiratet, als ich siebzehn war; ich mußte beweisen, daß ich nicht zu groß war, um zu heiraten. Der arme Andy war neunzehn, er glaubte, mich zu heiraten würde beweisen, daß er ein Mann war. Falls er sich vorher nicht allzu sicher war, danach war er's um so weniger. Sie können sich ja nicht vorstellen, wie das ist, wenn Sie hören, daß man über Sie lacht. Und beide hatten wir nicht die Ichstärke, dieses Starren auszuhalten, das Gespött. Wir waren sieben Wochen verheiratet."

„Das ist schrecklich, Val. Das waren miese Zeiten. Aber heute leisten Sie etwas Wertvolles. Viele Leute fangen mit ihrem Leben gar nichts an. Sie haben eine Begabung."

Val fixierte sie scharf. Diese konventionelle Frau, die da auf ihrem weißen Sofa saß in ihrer abgesicherten Wohlstandswelt, konnte keine Vorstellung davon haben, wie sehr ihre Begabung die rettende Kraft in ihrem Leben war. „Woher wollen Sie das wissen?" fragte sie gutmütig. „Sie haben meine Arbeit nie gesehen."

Die Stimme klang schüchtern: „Ich weiß es. Sie haben Substanz. Und Ihre Arbeit mit Sicherheit auch. Darf ich fragen, was für Sachen Sie malen?"

Val war gerührt und erfreut. „Ich denke, meine Arbeit ist überwiegend expressionistisch, obwohl das nicht alles einschließt." Carolyn sah sie aufmerksam, doch verständnislos an, und Val wechselte das Thema. „Ich habe eine Idee, wie Sie Ihren Pool genießen können, ohne im geringsten nervös zu werden – sogar ohne daß Sie nasses Haar kriegen. Werden Sie morgen hier sein?"

Carolyn griff nach einer Haarsträhne und fuhr mit den Fingern daran entlang. „Ich wollte mir morgen die Haare schneiden lassen."

„Sie haben wirklich einen Horror vorm Wasser", sagte Val mitfühlend.

„Nein, ich muß mir wirklich die Haare schneiden lassen."

„Tatsächlich? Warum? Bis auf die Schultern oder noch länger würde es wundervoll aussehen."

„Glauben Sie? Ich trage es schon seit Jahren so. Paul... Vielleicht werde ich es mir durch den Kopf gehen lassen. Jedenfalls hat es Zeit; ich werde morgen hier sein. Was haben Sie vor?"

Val grinste. „Ziehen Sie Ihren Badeanzug an, und vertrauen Sie mir."

Carolyn sah sie aus tiefgrünen Augen an. „Ich vertraue Ihnen. Haben wir das mit der Klimaanlage geregelt? Nehmen Sie sie mit?"

„Vielen Dank. Sie sind ein Engel."

6

Carolyn probierte den Bikini an, den sie in jener Woche gekauft hatte, als sie das Haus bezogen. Frivol hatte Paul die beiden Stoffläppchen genannt, ein leuchtend grünes Blumenmuster, das, wie sie fand, die Frische, das herausfordernd Neue Kaliforniens widerspiegelte. Sie hatte vorgehabt, sich noch einen zu kaufen, der ihm besser gefiel, aber dann gezögert. Die Erfahrung am ersten Abend verstärkte ihre Abneigung gegen den Pool. Jedes Wochenende nach diesem ersten Abend, und oft auch wochentags, hatte er sie beschwatzt, bis sie den Bikini anzog und vorsichtig die Marmortreppe am flachen Ende herabstieg, um dort lustlos herumzuplanschen, während er von seinem Surfbrett sprang und herumspritzte, als könnte seine Munterkeit ihre Begeisterung wecken. Ihre Passivität gefiel ihm zwangsläufig; schließlich konnte sie den Bikini in einer Schublade vergraben, überzeugt, daß sie ihn wohl kaum wieder hervorholen mußte. Nur einmal, bei einem Grillfest am Sonntagnachmittag für seine Belegschaft, hatte er sie gebeten, ihn zu tragen, seine Absicht war eindeutig: Er wollte seinen Arbeitskollegen seine junge Frau vorführen.

Ihre Gedanken schweiften zu Val Hunter. Männlich würde Paul sie bezeichnen; eins von diesen Mannweibern, die die Frauenbewegung hervorgebracht hatte. Doch, so überlegte sie, die sexuelle Vorliebe war hier sehr klar, oder etwa nicht? Selbst wenn Val Hunter momentan mit keinem zusammen war, so hatte sie jedenfalls nicht nur einmal, sondern gleich zweimal geheiratet, und sie hatte einen Sohn. Und sie, Carolyn Blake, war schon ewig verheiratet. Und im übrigen gab es nicht das leiseste Anzeichen sexuellen Interesses von Val Hunter, und außerdem merkte man so was ja immer sofort, nicht wahr?

Der Bikini paßte genau, und sie war beruhigt. Sie legte ihn wieder in die Schublade.

Eine ungewöhnliche Frau, dachte sie neidisch. Ja, da waren die Größe und die Probleme, von denen Val Hunter gesprochen hatte, aber sie besaß eine solche Haltung... Diese Nachlässigkeit in bezug auf ihre Kleidung, wie sie ging oder gar, wie sie saß. Absolute Gleichgültigkeit, was ihr Aussehen anbetraf – von Make-up keine Spur, das Haar kaum frisiert... Mutige Ansichten, unverhohlen und selbstsicher zum Ausdruck gebracht.

Wieder dämmerte ihr die vage Erinnerung, das Bild von Val Hunter rührte irgendwie an ihre Vergangenheit. Sie grübelte, um sich zu erinnern, vergebens.

Sie beugte sich zu einem Gutenachtkuß herab und drückte Paul die Lippen auf die Stirn. Er drehte sich im Sessel um, sah auf seine Uhr. „So früh?"

Sie glitt auf seinen Schoß und schlang die Arme um seinen Hals. „Es ist bloß eine Stunde, bevor du auch ins Bett kommst, Schatz. Bloß eine Stunde. Ich schlafe nie auf der Stelle ein, wie du weißt. Weck mich auf." Verspielt und flirtend strich sie ihm übers Haar und hauchte in sein Ohr. „In den acht Jahren hast du's ja oft genug getan."

Seine Augen sahen aufmerksam, nüchtern, unnachgiebig in

ihre. „Ich liebe dich“, sagte er. „Ich liebe dich mehr als alles auf der Welt.“

„Und ich liebe dich, Paul, Liebling. Gib dieser Sache eine Chance“, bat sie. „Nur eine Chance, um zu sehen, ob wir uns... drauf einstellen können. Bitte?“

Sein Mund auf ihrem war sanft, seine Hände um ihre Taille zärtlich. „Und du denkst auch drüber nach“, sagte er. „Denk drüber nach, ob es wirklich das ist, was du willst.“

7

Als das beharrliche Läuten der Uhr ihn weckte, langte er über das Bett, um sie abzustellen. Er hatte sich geweigert, den Wekker auf seine Seite aufs Nachtschränkchen zu stellen, er würde Carolyns neue Arbeitszeit nicht noch formal abstützen. Er vergrub das Gesicht in ihr Kopfkissen, roch ihren nur noch schwach wahrnehmbaren Duft und dachte daran, wie sie einander geliebt hatten.

Er streifte einen Morgenrock über und ging in die Küche, wo er sich dampfenden Kaffee aus der Kaffeemaschine einschenkte und die Tasse mit ins Bad nahm. Er würde von nun an nicht mehr mit Zeitung und Kaffee am Tisch im Eßzimmer sitzen, wie er es sonst mit Carolyn getan hatte. Und die Zeitung, die sie jetzt vor ihm las und zusammengefaltet neben seine Tasse gelegt hatte, würde er mit ins Büro nehmen.

Während er Rasiercreme auf sein Gesicht verteilte, fielen ihm die ersten Tage seiner Ehe wieder ein, als Carolyn morgens ins Badezimmer gekommen war, wortlos, die Knie unters Kinn gezogen, auf dem Klodeckel gesessen und ihm beim Rasieren zugeschaut hatte. Damals war sie von jedem Aspekt seiner Männlichkeit fasziniert gewesen, hatte studiert, wie er sein Hemd in die Hose steckte und sie zumachte, wie er seinen Schlips band, sogar wie er seine Genitalien in der Unterhose zurechtschob.

Ihre Faszination hatte ihm gefallen, auch wenn er begriff, daß sie nicht direkt ihm galt. Es hatte kaum Männer in ihrem Leben gegeben. Als Carolyn neun war, hatte ihr Vater, ein Aktienmakler, in seinem Privatleben klar Schiff gemacht, das Haus seiner Frau überschrieben, seine letzten Provisionsschecks eingelöst, genau die Hälfte vom gemeinsamen Bankkonto abgeräumt und sich davongemacht – Mexiko, wie Carolyns Mutter glaubte –, ohne irgendeinen späteren Versuch, mit seiner Frau oder seinem einzigen Kind in Kontakt zu treten. Carolyns Mutter hatte bald darauf das Haus verkauft und eine Wohnung in der Nähe von Schwester und Schwager und ihren beiden Töchtern bezogen. Diese Kusinen wurden Carolyns beste Freundinnen – doch dann zog die ganze Familie nach Evanston, noch bevor Carolyn zwölf wurde.

Obwohl sie ganz offen und ohne spürbaren Schmerz über das Verschwinden ihres Vaters reden konnte, war sie zumindest genauso im Stich gelassen worden wie er von seiner Mutter, über die er nie sprach; und er hatte Carolyns Isoliertheit immer verstanden; er verstand, wie dürftig die Wurzeln waren – und war sich bewußt, daß sie es nicht tat. Jetzt lebte sie sogar von diesen Wurzeln getrennt an der fernsten Küste. Ihre Mutter – ein schwacher, nervöser Abklatsch von Carolyn –, deren unverhohlene Deutlichkeit ihn verunsicherte, hatte sich gewissermaßen noch weiter von Carolyn entfernt; sie hatte kürzlich wieder geheiratet. Er verstand nicht nur Carolyns Isoliertheit, er begrüßte sie auch; er wollte, daß sie ihr ganzes Gefühl von Zugehörigkeit und Dauerhaftigkeit von ihm bezog.

Er war auf seine Ehe, seine zweite, stolz. Er hatte gelesen, daß geschiedene Leute meistens die gleichen Fehler begingen, indem sie sich ähnliche Ehepartner suchten. Einen größeren Unterschied als den zwischen Carolyn und Rita konnte es gar nicht geben.

Er dachte selten an Rita – und dann mit Erbitterung und Dankbarkeit, daß sie aus seinem Leben verschwunden war, ohne jeden Nachhall außer der Erinnerung. Ihr Alter, so vermutete er, war wohl das größte Problem gewesen. Schließlich waren Frauen über zwanzig, wie formbar sie auch wirken, welche Kompromißbereitschaft sie auch beteuern mochten, in ihrer Persönlichkeit fertig, ohne Hoffnung auf Veränderung; und Rita war fünfundzwanzig gewesen, er dreiundzwanzig.

Damals war sie ihm als die ideale Frau erschienen. Attraktiv, von gesunder, sprühender Lebendigkeit, ihr größter Reiz hatte in ihrer mütterlichen Sorge für ihn gelegen; sie hatte ihm geschmeichelt und ihn anerkannt und bestärkt und ihn verhätschelt, hatte ihm sogar ein wenig von dem Schmerz genommen, der seit seiner Kindheit auf ihm lastete, die große Wunde, die seine Mutter ihm geschlagen hatte.

Doch Ritas Redseligkeit erlaubte kein Schweigen, und ihre unerschöpfliche Energie laugte ihn aus. Besonders der Sex wurde zu einem Sumpf, in dem er gänzlich versank. Sie brauchte ewig, um zum Orgasmus zu kommen, und jedesmal mußte er warten und warten, während sie weiter, weiter, weiter keuchte, bis sie dann glücklicherweise kam und er seinen Orgasmus haben konnte, eher eine qualvolle Erleichterung als ein Vergnügen. Jedesmal war er fix und fertig, während sie sich in Lobes- und Liebeshymnen erging, ihre wohltuenden Hände hielten seinen Kopf in ihre großen, weichen Brüste gebettet, bis er in Totenschlaf fiel.

Manchmal wollte sie ihm Fellatio machen, was er abscheulich fand, doch aus dem schamvollen Gefühl, daß er es mögen sollte, über sich ergehen ließ, indem er die Augen fest zukniff, um die Vorstellung ihrer hängenden Brüste auszuschalten, wenn sie sich über ihn beugte, ein Anblick, bei dem ihm war, als ob eine Hure es ihm besorgte. Gewappnet revanchierte er sich, eine erstickende Zerreißprobe an Nässe und schwindelerregendem Geruch, während sie kleine Schreie ausstieß und ihr Körper auf dem Bett zappelte wie ein gestrandeter Fisch.

Es gab keine Ruhe in seinem Leben. Nachdem er vier Jahre verheiratet war und seinen ersten beruflichen Erfolg ergattert hatte, wollte sie ein Kind. Schließlich, so bohrte sie ständig, ginge sie auf die Dreißig zu. Außerstande, den Gedanken an noch eine fordernde Stimme in seinem Leben zu ertragen, widersetzte er sich knallhart. Sie rächte sich, indem sie schmollte und sich ihm sexuell verweigerte, und als er darauf mit offener Gleichgültigkeit – ja im Grunde mit Erleichterung – reagierte, erreichte die Bitterkeit zwischen ihnen unwiderruflich ihren Höhepunkt. Sie trennten sich gütlich, doch in tiefstem Haß. Zu seiner Bestürzung heiratete Rita knapp drei Monate später wieder.

Seine Erleichterung über die Rückkehr zum Single-Dasein machte bald der Ernüchterung Platz. In der Firma wurde er als Junggeselle automatisch von den Gesprächen über Frau und Kinder ausgeschlossen. Bei Geschäfts- und Abteilungsfesten im familiären Kreis war er nicht gesellschaftsfähig. Von seinen Vorgesetzten wurde ihm dann auch bald subtil zu verstehen gegeben, daß sich für eine Firmenkarriere jene am besten eigneten, die gewisse Anpassungskriterien erfüllten. Die Ehe bezeugte Stabilität; eheliche Verantwortung sorgte für Pflichtbewußtsein im Beruf; verheiratet sein bedeutete normal sein, ledig hingegen die Abweichung vom Bürgerlichen und potentielle Unabhängigkeit am Arbeitsplatz. Ein alleinstehender Mann – ungeachtet seiner beruflichen Fähigkeiten – war ein potentielles Firmengespött, ein Single, das bedeutete: nicht ganz normal.

Mit den Feinheiten der Firmenpolitik immer besser vertraut, besah er sich die Frauen seiner Arbeitskollegen und beglückwünschte sich, weil er ledig war. Abgesehen von seinen erworbenen Fähigkeiten, konnte es ihm zum Vorteil und zum beruflichen Aufstieg gereichen, wenn er die richtige Frau heiratete. Und er war glücklich, frei zu sein, so daß er sich eine neue Frau suchen konnte.

Bei der Hochzeit seiner Kusine Joan lernte er Carolyn kennen. Eine frischgebackene Collegekommilitonin von Joan, achtzehn Jahre alt, von lächerlichen Idealen und dem rührend naiven Glauben an eine hehre Welt besessen, war sie ausweichend und scheu und sich ihres Reizes nicht bewußt. Er war von ihr hingerissen, sie weckte amüsierte und zärtliche Beschützergefühle ihn ihm, die ihm neu waren. Ihre Gelassenheit, ihre Ruhe waren wie eine Oase in seinem Leben. Und jung wie sie war, fühlte er sich von ihr herausgefordert, von der Art ihrer Reserviertheit, einer Mehrdeutigkeit, die er weder begreifen noch ergründen konnte.

Mit zielstrebiger Berechnung warb er um sie. Als er erfuhr, daß sie mit noch zwei anderen jungen Männern ausging, wurde ihm plötzlich angst und bange. Daß er sich in sie verlieben würde, war in seiner Berechnung nicht vorgesehen; die Möglichkeit, daß er sie nicht für sich gewinnen könnte, versetzte ihn in Schrecken.

Er wußte, daß sein Alter ein Trumpf war, sein Wissen ein Vorteil. Er wollte sie erobern und überhäufte sie mit großen und kleinen Aufmerksamkeiten: Einladungen zum Essen, ins Theater, mit Blumen, Karten, Briefchen, Geschenken. Er war liebevoll, doch er hütete sich, sie unter Druck zu setzen, nachdem seine ersten Versuche bei ihr auf Widerstand stießen. Ihre Zurückhaltung, so faszinierend nach den lautstarken und erschöpfenden Ansprüchen seiner Ehe, vertiefte seine Liebe nur noch mehr. Gleichzeitig spürte er, daß diese altmodische Art, ihr den Hof zu machen, an ihren Idealismus, ihr romantisches Wesen appellierte.

Er lernte ihre Mutter kennen, die ihn wie eine Glucke unter ihre Fittiche nahm, von seinem beruflichen Erfolg beeindruckt – mit achtundzwanzig war er bereits Verkaufsleiter, achtzehntausend Dollar pro Jahr plus Bonus plus Firmenwagen – und von seiner konservativen Erscheinung, seiner Ernsthaftigkeit, seiner Erwachsenheit, seinen Karriereaussichten. Geschieden zwar, doch ohne Kinder und Alimente.

Am Tag, als Carolyn alle Abschlußprüfungen ihres ersten Semesters bestand, machte er ihr einen Heiratsantrag. Da sie nichts dazu sagte, ihn nur ansah, bekam er solche Angst, daß er seine Stimme kaum beherrschen konnte, und fügte hinzu, natürlich würde er wünschen, daß sie weiter ins College ginge bis zum Abschluß.

„In Ordnung“, antwortete sie in ungerührtem Ton, so als wäre die Bedingung, das Studium fortzusetzen, ausschlaggebend für ihre Entscheidung, als ob sie einem geschäftlichen Handel zustimmte.

Ihm war's egal. Sie gehörte ihm.

Sie waren noch nicht miteinander ins Bett gegangen. „Ich möchte noch warten", sagte er ehrlich, „ich weiß nicht, warum es mir so wichtig ist – aber ich möchte erst die Hochzeit, ich möchte das Warten. Ich möchte etwas so Besonderes wie nur möglich." Da lächelte sie ihn an, ein strahlendes Lächeln, das ihn die reinste Liebe dünkte.

Sechs Wochen darauf wurden sie in einer kleinen privaten Kapelle getraut, die vor Blumen so überquoll, daß ihm der Duft noch immer in Erinnerung war. Sein Chef hatte sich nicht lumpen lassen. Sein Vater, dem sein förmlicher Anzug sichtlich unbequem war, hatte ständig an seiner Krawatte gefingert. Sein Bruder Rolfe, im schäbigen grauen Leinensakko über der unförmigen Hose, war mit seiner stämmigen, derben Frau Theresa erschienen, die Paul nicht minder verabscheute als Rolfe. Natürlich war Carolyns Mutter da, in ihrem beigen Spitzenkleid steif und eingeschüchtert; und die beiden Kusinen, Carolyns beste Freundinnen, fungierten als Brautjungfern; und etliche Freundinnen vom College, die ihm eher als neugierige Zaungäste denn Freundinnen vorkamen.

Sie flogen nach New England. An die leuchtendbunte Herbstlandschaft erinnerte er sich später nur vage; auch Carolyns Fotos von dort waren ohne Bedeutung für ihn, ohne einen Wiedererkennungswert. Ein bisher ungekanntes Begehren hatte ihn völlig überwältigt. Zärtlich streichelte und liebte er sie, und ihre scheue Reaktion entflammte ihn stets aufs neue. Nun, da sie ganz und gar ihm gehörte, lotete seine Liebe eine neue Tiefe aus, eine neue besitzergreifende Intensität, die ihn ebenso erstaunte wie erschreckte.

So empfänglich sie für seine Zärtlichkeiten auch gewesen war, hatte sie doch manchmal zurückhaltend gewirkt, ihn irgendwie distanziert angesehen.

„Ich möchte, daß alles für dich wunderbar ist", sagte er ihr. „Bin ich zu schnell? Zu sonst irgendwas? Sag's mir", bat er.

„Es hat mit mir zu tun“, gestand sie. „Mit dir ganz und gar nicht. Nichts als ... Nerven.“

In der dritten Nacht war sie feuchter als sonst, wenn er eindrang, und als er zum erstenmal spürte, daß sie ihn in sich umfing, kam er augenblicklich, stöhnend vor Ekstase. Danach lag sie mit geschlossenen Augen da, sie atmete schnell und flach. Er fragte gespannt: „Gut, war es ... gut?“

„Ja“, flüsterte sie und sah ihn an. Und doch war da diese Distanz in ihrem Blick, eine verschleierte Insichgekehrtheit. In den folgenden Jahren, wann immer er ihr nach dem Liebemachen in die Augen gesehen hatte, war da stets dieser Schleier, so als gäbe es etwas in ihrem Innern, an das er nicht herankam.

Seine Mutter war eine strenge und kalte Frau gewesen, die seinen Vater und Bruder völlig einschüchterte. Rolfe hatte die Größe und das sandfarbene Haar seines Vaters, er, Paul, die Haarfarbe und die blauen Augen seiner Mutter. Er, und er ganz allein, hatte ihr nahegestanden, hatte das Glück gehabt, zu begreifen, daß ihr abschreckendes Verhalten ein Bluff war, mit dem sie sich der Gemeinheit und Armut der Welt, in der sie gefangen war, widersetzte, ihr Mittel, in dieser ausschließlich männlichen Umgebung zu überleben, einen Mann zu ertragen, der so roh war wie sein grobes Trümmergewerbe – als Schrottwarenhändler.

Kurz nach seinem sechzehnten Geburtstag wurde seine Mutter krank. Als sie erfuhr, daß sie Darmkrebs hatte, mietete sie sich am nächsten Tag ein Hotelzimmer und brachte sich um – sie spülte zwei Röhrchen Schlaftabletten mit einer Flasche Wodka hinunter – ohne jede Spur von Sentimentalität, ihre formell unterzeichnete Notiz lautete: SO IST ES AM BESTEN.

Sein Vater akzeptierte den Selbstmord mit dumpfem Stoizismus, in seinem Verlust ebenso wortkarg wie in allen anderen Aspekten seines Lebens außer seiner Arbeit. Rolfe, drei Jahre älter als Paul, sagte zu seinem Bruder: „Du und sie – ihr beide habt euch für was Besseres gehalten als wir. Aber jetzt, nach diesem hier..." Paul hatte sich umgedreht und war davongegangen, und in den zwanzig Jahren seit jenem Tage sah er Rolfe nur, wenn es sich nicht vermeiden ließ; er konnte sich nicht dazu bewegen, ihm zu verzeihen.

Jedenfalls war seine Mutter jenseits alles Verzeihlichen. Warum war sie gestorben, ohne die besondere Bindung zwischen ihnen einzugestehen, so als wollte sie seine Beziehung zu ihr zunichte machen? SO IST ES AM BESTEN. Die Art ihres Todes leugnete, daß er eine Ausnahme von jenen Worten war, leugnete, daß er anders war, leugnete sein Potential in der Welt, verwies ihn wieder auf die Hoffnungslosigkeit seiner Umgebung.

Seine Wut und Bitterkeit nährten eine ungeahnte Stärke, die er in sich zutage förderte – eine zielstrebige Hartnäckigkeit. Er verdrängte den Schmerz und die sinnlosen Fragen und trieb sich mit grimmiger Entschlossenheit – von allen Hemmnissen unbeirrt, auch der Erschöpfung – durch das State College von Chicago, indem er in der Nachtschicht einer Fleischkonservenfabrik Dosen in Kartons packte. Er hatte sich geschworen, daß er nur in einer Spitzenfirma arbeiten würde und nirgendwo sonst, also stellte er Recherchen an und bewarb sich bei einer Firma nach der anderen, in alphabetischer Reihenfolge. Bei seinem fünften Vorstellungsgespräch wurde er als Verkäufer im Innendienst angestellt.

Von seiner Heirat mit Carolyn abgesehen, erschien ihm rückblickend der erste Tag bei den *Amerikanischen Röhrenwerken* als der größte Tag seines Lebens. Er hatte gesiegt – hatte alle Barrieren überwunden, alle Mächte in die Flucht geschlagen, die aufmarschierten, um ihn herabzuziehen und ihn auf dem Niveau seines Vaters und Bruders zu halten. Gedanken an seine Mutter – die Worte SO IST ES AM BESTEN – kamen ihm noch immer in den Sinn und wurden unwirsch verdrängt. Er war aufgestiegen, über das, was sie ihm angetan hatte, hinausgelangt, doch ihr letzter Betrug: Sie war nicht hier, das zu bezeugen. Sein Triumph, sein Zorn, sogar seine Rache konnten sie nicht erreichen.

Wie behutsam er mit Carolyn das Thema, ein Kind zu haben, eingefädelt hatte. Sie hatte ihn fragend angesehen, mit ernstem, akzeptierendem Blick. Er schwieg und wartete auf ihre Antwort. Schließlich faßte sie sich ein Herz und sagte, indem sie ängstlich in seinem Gesicht las: „Du bist zehn Jahre älter, ich weiß, daß du dir welche wünschen mußt... Aber wenn ich das College beende, nur noch ein paar Jahre... Ich weiß, daß ich egoistisch bin, aber es ist wichtig für mich, Paul, Liebling..."

„Wie du willst, Prinzessin, es ist deine Entscheidung", sagte er und dachte, daß er in ein paar Jahren wohl besser wüßte, ob er sie je mit einem Kind teilen könnte, ob sie je eins haben würden.

Er legte ihr nicht nahe, daß sie keinen Abschluß brauchte, daß er für sie sorgen würde, daß, wenn auch das Zubrot willkommen war, als sie eine Arbeit annahm, er doch keine Überfrau wollte, die Ehe und Haushalt und Beruf schaukelte. In seiner Arbeitswelt wurde er mehr und mehr geschätzt, und er fühlte sich dort immer sicherer, er wurde bewundert und beneidet – wie er es sich gedacht hatte – um Carolyns Jugend, ihr gutes Aussehen und ihre subtile Sinnlichkeit. Eine Märchenprinzessin konnte nicht idealer sein als die Frau, in die er sich verliebt hatte. Er hatte nicht den Wunsch, an Carolyn irgend etwas zu ändern.

Während er seinen beruflichen Aufstieg machte, was ihnen gesellschaftliche und finanzielle Anforderungen auferlegte, hatte sie stur weiter die Universität besucht. Nachdem sie die Eigentumswohnung in der *Near North Side* gekauft hatten – ein wirklich günstiges Angebot, doch ein jäher Schwund seines Einkommens –, lieh sie sich die Studiengebühren von ihrer Mutter und nahm eine Halbtagsstelle in der Collegebuchhandlung an. In der Hoffnung, daß sie entmutigt aufgeben würde – oder zumindest ihren Abschluß hinausschöbe –, und mit der lebhaften Erinnerung an seinen eigenen schwer errungenen Collegeabschluß als Rechtfertigung, stürzte er sich in seine Arbeit, gab bestärkende Lippenbekenntnisse und Anteilnahme von sich, rührte jedoch keinen Handschlag beim Putzen und Kochen und Einkaufen. Wenn sie auch nur vorübergehend aussetzte, so kalkulierte er, bestand die Möglichkeit, daß sie nie mehr weitermachte. Ihre Leistungen fielen ab, sie fühlte sich schlapp und war verdrossen, hielt aber die ersten zwei Jahre ihrer Ehe durch und weigerte sich, auch nur ein Semester auszusetzen.

Als sie das letzte Semester ihres dritten Studienjahres begann, fand er sie einmal spät nachts über ihren Büchern eingenickt, ihr Gesicht zermürbt, obwohl durch den Schlaf entspannt, den Stift noch zwischen den schlaffen Fingern. Plötzlich überwältigten ihn Liebe und Stolz auf sie, Stolz über ihre Entschlossenheit und Courage. Sie würde ihren Abschluß schaffen – dafür würde er sorgen. Am nächsten Tag traf er die Anordnung, daß sie ihren Halbtagsjob aufgab, und dann übernahm er den größten Teil der Hausarbeit und besorgte den Einkauf.

Die Begeisterung über ihren Collegeabschluß schwand bald angesichts der kühlen Geringschätzung, mit der die Personalchefs ihr Resümee beäugten und sie beim Vorstellungsgespräch über die berufliche Eingangslaufbahn ausquetschten.

„Wir schreiben 1981, da können sie mich doch nicht solche Dinge fragen", wetterte sie dann zu Hause. „Es ist nicht *rechtens*, zu fragen, wie alt und ob ich verheiratet bin und ob ich plane, Kinder zu bekommen. Das können sie doch nicht *tun*! Wenn ich aber dazu meinen Kommentar abgebe, heißt es gleich: Auf Wiedersehen, Miz Blake, war nett, Sie kennengelernt zu haben!"

Eines Abends, als sie Paul mit erstickter Stimme von ihrem frustrierenden Tag der Arbeitssuche berichtete, beging er einen Fehler.

„Laß es mal eine Weile, Prinzessin. Mach ein wenig Ferien. Du hast sie verdient nach all diesen Jahren im College. Du mußt ja gar nicht arbeiten."

Ihre Augen wurden vor Erstarrung dunkelgrün, wie er es noch nie erlebt hatte, und sie sagte sehr leise, indem sie ihn ansah wie einen widerwärtigen Fremden: „Allerdings muß ich arbeiten."

Um seinen Fehler wettzumachen, fuhr er fort: „Ich habe Beziehungen. Laß mich mal ein paar Anrufe machen..."

Sie verfluchte ihn in höchsten Tönen und floh ins Badezimmer und schloß die Tür ab.

Ihre ganze Ehe hindurch war ihre Hauptwaffe in den wenigen Auseinandersetzungen ihr Schweigen gewesen – und auch wenn er sich völlig im Recht fühlte, kapitulierte er doch jedesmal, denn daß sie ihm aus dem Weg ging, auch nur für eine kurze Weile, war mehr, als er ertragen konnte. Die nächsten zwei Tage sagte sie keinen Ton, nahm weder seine Entschuldigungen noch seine Erklärungen zur Kenntnis noch seine Bemühungen, einzulenken und Frieden zu schließen. Später fragte er sich, wie lange sie dieses unnachgiebige Schweigen wohl durchgehalten hätte, wäre ihr Zorn nicht vom Jubilieren über die erhaltene Stelle bei *Jorgenson Illumination* verdrängt worden.

„Nicht nur, daß ich Kundendienstleiterin bin", informierte sie ihn stolz, „obendrein haben sie dort auch Frauen als Führungskräfte. Das Gehalt ist ja vielleicht nicht sonderlich hoch, aber dafür muß ich auch nicht tippen, außer die Bestellungen auszufüllen!"

Er verkniff sich sein Lachen, umarmte sie vor Freude und Erleichterung und schleppte sie ins Bett, bevor ihr wieder einfiel, wie sauer sie gewesen war.

In ihrer Arbeit war sie sehr gut und bekam nach vier Monaten bereits eine Leistungsprämie. Und eine Führungsposition, ungeachtet ihrer zweiundzwanzig Jahre, wurde ihr in etwa einem Jahr in Aussicht gestellt. Doch dann wurde ihm die Beförderung angeboten, die Versetzung nach Alabama. Sie freute sich ungeheuer für ihn, doch ihretwegen war sie sehr geknickt – und dann verdrängte sie rasch. „Es wird schon noch andere Stellen für mich geben, ich wünschte nur... ich hätte etwas mehr Zeit in dieser gehabt, ich brauche einfach mehr Erfahrung für eine andere gute Stelle."

Im Herbst 1981, mitten in der Rezession, empfing das konservative Birmingham in Alabama eine junge verheiratete Frau, die soeben aus Chicago hergezogen war, nicht gerade mit offenen Armen auf dem Arbeitsmarkt und hielt sie im Grunde für unstet, ungeeignet für alles, was über die Verantwortlichkeit der niedrigsten Schreibarbeiten hinausging. Nach zwei Monaten vergeblicher Suche nahm sie einen Bürojob an, den sie ebenso haßte wie die Wohnung, das Wetter, die Stadt Birmingham und den Süden. Sie schlossen keine Freundschaften und blieben abends meistens zu Hause.

Als sie Birmingham Ende 1982 verließen, bedauerte er es; wehmütig dachte er an die Zeit in dieser unwirtlichen Stadt mit ihren diversen Feindseligkeiten zurück. Er und Carolyn waren in ihrer Einsamkeit vereint und ganz und gar zufrieden gewesen.

Die Frage, ob er die Beförderung und Versetzung nach Los Angeles annähme, stand nicht zur Debatte – eine bedeutende Verbesserung, Bezirksleiter des umsatzstärksten Gebiets der Firma. Sie konnten sich wieder ein Haus kaufen, sogar in L.A., der Versetzungsbonus der Firma machte es möglich. Bei seinem neuen Steuersatz wäre die Abschreibung ganz gewiß erforderlich. Aber Los Angeles wirkte so viel größer als Chicago und unendlich, und er mochte dieses ewig Strahlende nicht und das unkultivierte Neue der Landschaft, das befremdliche Gefühl all dessen. Eine Unruhe befiel ihn, schleichend, undefinierbar, als schöbe sich sein Leben leicht aus dem Gleichgewicht, als entglitte eine wesentliche Domäne der eigenen inneren Landschaft seinem festen Griff.

Das Haus im Tal von San Fernando war ein komfortables Reich; private Abgeschiedenheit war möglich in diesem riesigen, platten, anonymen Tal, wo alles gleich aussah, diese Enklaven aus Drei-Schlafzimmer-Häusern, die jeweils ein eigenes Einkaufszentrum besaßen und eigene Hauptstraßen, in denen der Verkehr an riesigen Supermärkten, Taco Bells und Burger Kings vorbeirauschte. Dennoch beobachtete er Carolyn scharf, in der vagen Angst, daß die von dieser bizarren

Stadt ausgehenden Vibrationen, die er spürte, sie verändern würden.

Sie fand sogleich eine Stelle – den jetzigen Arbeitsplatz –, die sie so faszinierte, daß sie seinen Protest wegen ihrer vierzigminütigen Pendelstrecke zum Glasselpark während der Hauptverkehrszeit nicht zur Kenntnis nehmen wollte. Wann hat das je ein Ende, dachte er angewidert, diese irrationale Fixierung der Frauen auf eine Arbeit, bei der sie nicht tippen mußten.

Paul Blake schloß sein Haus ab und ging in die Garage, das dunkle Anzugjackett über dem Arm, und stieg in seinen Buick, um in die Stadt zu fahren.

Alles in allem, so grübelte er, waren die Änderung von Carolyns Arbeitszeit und die Annahme der Beförderung, ohne ihn zu Rate zu ziehen, nur eine Kabbelung an der Oberfläche seiner Ehe; doch er mußte auf der Hut sein. Er mußte sie an der langen Leine halten, wie man so schön sagt. Aber, fügte er grimmig hinzu, an keiner allzu langen.

Sie hatte ihn überrascht. Noch immer gelang es ihr, ihn zu überraschen. Seit acht Jahren forschte er nun in diesen grünen Augen danach, eine Tiefe des Gefühls zu sehen und zu begreifen, wie er an eine solche heranreichte – Leidenschaft vielleicht –, die er ständig außerhalb seiner Sichtweite spürte, vor ihm verborgen, eine Insichgekehrtheit, die ihn nicht mit einschloß. Er kniff einen Moment die Augen fest zu, verdrängte die Ahnung der Leere eines Lebens ohne sie – diese lauernde, abgrundtiefe Angst, die stets in ihm war, sogar nach den vielen ungetrübten Jahren der Ehe. Mit quietschenden Reifen preschte er aus der Einfahrt.

8

Carolyn zog die Vorhänge beiseite und sah Val Hunter am Rand des Pools auf einer dunkelblauen Luftmatratze, neben ihr eine zweite hellgrüne. Sie war schon geschwommen, Haar und T-Shirt und Shorts waren dunkel vor Nässe. Carolyn schob die Glastür auf und trat aus dem kühlen Dämmer des Hauses in einen kalifornischen Nachmittag, dessen trockene Hitze sie lähmte und dessen Strahlen sie blendete; als sie aus dem Schatten des Hauses in die Sonne ging, war ihr, als werfe ihre nackte Haut Blasen.

Val setzte sich auf, begrüßte sie grinsend und winkte. „Was könnte gefahrloser sein als das Gleiten auf einer Luftmatratze? Neal und ich nehmen sie immer mit ins Meer." Sie gestikulierte. „Diese grüne ist Ihre, Carrie. Hübscher Bikini – grün ist Ihre beste Farbe."

„Jedenfalls halte ich Sie für eine Expertin in bezug auf Farben." Das seltsame Kompliment schmeichelte ihr, doch der Ton ihrer Haut, verglichen mit Val Hunters gebräuntem Teint, bestürzte sie. Sie dachte an Pauls Ansicht über ihren Bikini und fragte übermütig: „Finden Sie meinen Badeanzug frivol?"

Val schob die grüne Luftmatratze ans flache Ende des Pools; sie sah sie über die Schulter fragend an. „Sollte ein Badeanzug etwa seriös sein?"

Schmunzelnd kam Carolyn die drei Stufen der flachen Poolseite herab. Bis zu den Hüften im Wasser, bespritzte sie ihre Arme und die Brust, schaudernd über das kalte, unangenehme Gefühl auf ihrer sonnenerhitzten Haut. Als sich ihr Körper daran gewöhnt hatte, watete sie in angewidertem Befremden vorwärts, spürte, wie das Wasser an ihren Beinen zog und ihre Schritte hemmte.

„Wir müssen heute aufpassen", sagte Val und musterte sie. „Sie haben noch nicht die geringste Bräune. Wir werden im Schatten bleiben."

„Das ist aber das tiefe Ende", warf Carolyn ein.

„Keine Angst, es ist völlig ungefährlich. Das garantiere ich." Die Luftmatratze vor sich herschiebend, watete Val zu ihr. „Gehen Sie wieder auf die Treppe. Ich halte die Luftmatratze, und Sie legen sich drauf."

Die Luftmatratze bot soliden Halt, der oberste Teil bauschte sich zum Kissen. „Gut", sagte Carolyn mit einem Seufzer der Erleichterung. Sie paddelte vorsichtig, dann etwas mutiger.

Val stieg aus dem Pool, warf ihre Luftmatratze hinein, hechtete mit einem Kopfsprung hinterdrein, schwang sich hinauf und paddelte zu Carolyn, die sich über das Schlingern ihrer Luftmatratze in dem von Val verursachten Wasserwirbel amüsierte.

„Hab' heute ein Bild verkauft", sagte Val. „Das zweite in diesem Monat."

„Das ist wundervoll. Ich gratuliere. Läuft es ganz gut mit Ihrer Arbeit?"

Val lachte. „Nicht mal annähernd. Ich gehöre zum großen Durchschnitt der Künstler und Künstlerinnen, und nur wenige von uns – egal, in welchem Bereich – verdienen jemals viel Geld. Trotzdem überrascht mich immer wieder, was sich so verkauft. Ich biete Susan nie etwas an, wovon ich nicht überzeugt bin, aber sehr oft sitze ich monatelang auf den Arbeiten, die ich für meine besten halte."

„Wer ist Susan?"

„Meine Agentin. Und Freundin. Sie ist Teilhaberin einer Galerie unten am Strand in Venice. Sie ist begütert und kann sich ihren individuellen Geschmack erlauben – was mich betrifft, leider. Sie stellt ausschließlich Frauen aus, was ihrem Geschäft abträglich ist und auch ihren Preisen. Denn Männer regieren die Welt der Kunst, und die Mehrzahl von ihnen ignoriert das künstlerische Schaffen der Frauen – für sie zählt nur der Aspekt der Männer."

Sie musterte Carolyns Schultern. „Sie haben bereits eine leichte Rötung." Sie packte Carolyns Luftmatratze und paddelte mit der freien Hand energisch zur schattigen Seite des Pools. Die Hand blieb auf Carolyns Luftmatratze. „Gut so? Ich halte sie fest."

„Prima. Ich fühle mich absolut sicher."

Sie schlingerten an die Wand, mit einem lässigen Fußtritt stieß Val sie ab. „Vor zwei Jahren, Carrie, mußte ich mir von einer Freundin Geld pumpen, um mit Neal nach Atlanta zur

Beerdigung seines Vaters zu fahren. Das war einer der Tiefpunkte in meinem Leben. Richards Unterhaltszahlungen für das Kind kamen zwar unregelmäßig, gelinde gesagt, doch immerhin gelegentlich. Natürlich hatte ich viele Jobs, allesamt schlecht bezahlt – es gibt nicht so viele Möglichkeiten für eine Frau, die sich lediglich in der bildenden Kunst auskennt." Carolyns Luftmatratze fest im Griff, legte sie ihren Kopf auf den freien Arm. „Aber Richard hatte Versicherungen abgeschlossen. Zu meinem großen Erstaunen. Zwei Policen, kleine zwar, doch ist es mir gelungen, das Geld zusammenzuhalten. Ich bin eine der wenigen, von den Reichen abgesehen, denen die hohen Zinsen gedient haben. Es ist nicht leicht, nicht auf lange Sicht, aber ich kann mich glücklich schätzen. Die Zinsen dekken die Miete und ein paar andere Ausgaben. Falls nicht eine Katastrophe eintritt, wird das Geld für Neal zur Verfügung stehen, wenn er aufs College geht. Ich lebe nicht mehr so in Angst und Schrecken wie früher. Schon mal arm gewesen?"

„Nicht wirklich. Mein Vater verließ uns, als ich neun war, und wir mußten in eine Wohnung ziehen, doch wir waren nicht wirklich arm ... Aber Paul war's. Er spricht nie darüber."

Val nickte. „Es kann ein Kind so beschämen. Ich will Ihnen sagen, wenn Sie kein Geld haben, leben Sie in ständiger Angst. Beim leisesten Geräusch im Wagen bleibt Ihnen das Herz stehen – ohne Auto sind Sie in dieser Stadt völlig aufgeschmissen. Ich bin froh, daß ich Neal habe, aber ein Kind ist eine Verpflichtung ohnegleichen. Immer dann, wenn ich glaube, ich kann ihm eine anständige Hose kaufen oder mal mit ihm essen gehen, wird der Strom teurer, oder es geht etwas kaputt." Sie seufzte. „Manchmal habe ich gebetet, daß ich ein Bild verkaufe – ich wußte nicht, wie lange ich noch Essen auf den Tisch bringen könnte. Geld, auf das man rechnen kann, wenn's auch nur wenig ist, kann die Dinge so unglaublich verändern ..."

Carolyn war ganz Ohr und versuchte sich vorzustellen, sie wäre allein mit einem Kind.

Val sagte: „Meine Sachen verkaufen sich langsam, es läßt

sich allmählich an... Zur Feier des Tages gehen wir heute abend aus. Neal geht am liebsten zu *Sizzler*." Sie schloß die Augen. „Wir waren zuletzt vor über einem Monat da... Ich kann mein Steak bereits schmecken..."

Carolyn schwieg, betrachtete Vals zufriedenes Gesicht und dachte, daß sie erst vorgestern abend mit Paul in einem Restaurant am *Ventura Boulevard* gewesen war, dessen Preise für zehn Essen bei *Sizzler* ausgereicht hätten.

Vorsichtig machte sie es sich auf der Luftmatratze bequem, legte den Kopf auf die Arme und genoß die eingetretene Stille. Schläfrig roch sie die Hitze des Tages und sog den Geruch des kühlen Wassers ein, hörte es an den Poolrand schwappen und das Rascheln der schweren Palmblätter über ihr in der leichten Brise und das ferne Dröhnen eines Flugzeugs. Durch halboffene Lider betrachtete sie die Hand neben ihr, so beschützend und ruhig. Eine große und schöne Hand. Sie hatte etwas Graziöses, die Finger leicht konisch, mit großen, breiten Nägeln, praktisch kurz, mit dunklen Farbspuren an den Rändern. Gebräunte Hände, stark und tüchtig, doch weich: Sie konnte die fleischigen Ballen an der Innenseite der Finger sehen. Sie konnte sich vorstellen, wie diese Hand mit zarter Grazie einen feinen Pinsel hielt...

Val seufzte und öffnete die Augen. „Gott, ist das friedlich, aber ich weiß, es ist Zeit, daß ich gehe."

Sie paddelte energisch zur Treppe am flachen Ende, Carolyn im Schlepptau, glitt von ihrer Luftmatratze und hielt Carolyns Hand fest, als sie aufstand.

„Ich hab's wirklich genossen, Val. Sicher haben Sie noch ein paar Minuten Zeit. Lassen Sie mich Ihnen etwas zu trinken anbieten, ehe Sie gehen. Kommen Sie rein."

„Carrie, meine Kleidung ist naß."

„Macht nichts", entgegnete sie nachdrücklich.

Später räumte sie Vals Glas in die Spülmaschine und stellte das eigene auf die Spüle wie üblich. An diesem Abend erklärte sie, daß sie die Luftmatratzen gekauft habe, um sich nach der Arbeit im Pool zu aalen. Sie wollte Val Hunter ausschließlich für sich, solange wie möglich, fern jeder Kritik oder Einschätzung von Pauls Seite.

„Eine Luftmatratze hätte doch genügt", nörgelte er. „Hatten sie keine hübscheren Farben? Sie sehen so billig aus." Er griff nach einem Buch aus der Leihbücherei auf dem Bücherregal aus Plexiglas. „Was ist denn das hier?"

Nachdem Val gegangen war, hatte sie eine Leihbücherei aufgesucht. Sie sagte beiläufig: „Die sind über Kunst. Du hast doch kürzlich gesagt, ich weiß nicht das geringste darüber. Also habe ich beschlossen, mich damit zu beschäftigen."

Seine Augen wanderten von ihr wieder zum Bücherregal. „Sie sind alle zerfleddert und schäbig. Warum kaufst du dir in der Buchhandlung keine neuen? Sie machen sich gar nicht gut auf dem Teetisch."

Erleichtert sagte sie: „Liebling, das ist rausgeworfenes Geld, solange ich nicht weiß, was für Bücher ich will."

„Versuche ja nur, dich glücklich zu machen, Prinzessin. Was gibt's zu essen?"

9

Die nächsten zwei Tage kam Carolyn später aus dem Büro nach Hause, eine halbe Stunde nur, doch jeden Nachmittag sah sie bei ihrer Ankunft enttäuscht auf den glitzernden Wasserspiegel des leeren Pools. Sie konnte weder anrufen – hatte Val überhaupt ein Telefon? – noch einfach an ihre Tür klopfen, dazu war ihre Beziehung nicht tief genug.

Am Donnerstag kehrte sie zur gewohnten Zeit heim; wieder war der Pool leer. Sie zog sich um, streifte Shorts und eine Bluse über und dachte verdrießlich, daß sie in Val Hunters Leben gewiß belanglos war, was sonst? Val Hunter war unabhängig – das war schon an ihrer Kleidung zu sehen, daran, wie sie für sich sorgte. Vals Leben war so völlig anders als ihres. Aus der Stereoanlage erscholl Billy Joels *Uptown Girl*, während sie im Wohnzimmer unruhig auf und ab ging.

An der Haustür rührte sich etwas, dann ging die Türklingel. Sie drehte die Stereoanlage ab und spähte durchs Guckloch. Es gab ihr vor Freude einen Stich, als sie Val erblickte.

„Hab' Sie die letzten Tage vermißt, Carrie. Wäre gern früher gekommen; ich habe heute draußen Skizzen gemacht. Ich weiß nicht, was auf dem *Ventura Freeway* eigentlich los war, hab' nirgends einen Unfall gesehen. Zum Glück fahre ich einen Volkswagen, sonst wäre ich wohl noch immer da draußen und würde mit dem Handtuch die Kühlung anwedeln." Nach einem kurzen Blick auf Carolyns weiße Frotteeshorts und die leichte Baumwollbluse betrachtete Val ihre farbverschmierten Jeans und das ärmellose T-Shirt mit V-Ausschnitt. „Entschuldigen Sie, daß ich so fürchterlich aussehe."

Carolyn sah sie bewundernd an. „Sie sehen toll aus. Wie eine vielbeschäftigte Malerin. Kommen Sie rein, lassen Sie mich Ihnen etwas zu trinken anbieten. Sie sehen erhitzt und erschöpft aus. Und durstig."

„Nein, ich ... Na gut, für eine Minute. Aber nicht im Wohnzimmer – ich will Ihren blauen Teppich ja nicht mit Ocker verschmieren."

Carolyn führte sie in die Küche. „Lieber das Sofa, da wäre ich Ihnen dankbar."

Val lehnte sich an die Spüle und stürzte ein Glas mit Eiswasser hinunter und füllte es erneut aus der Leitung. „Weshalb haben Sie das Sofa gekauft, wenn es Ihnen so wenig gefällt?"

„Paul findet es elegant, und vermutlich ist es das auch. Ich dachte, ich könnte mich dran gewöhnen. Ich glaube, im Grunde gefällt es ihm auch nicht, aber wir werden nichts daran ändern, bis wir ein anderes Haus kriegen. Ein größeres und besseres Haus", fügte sie mit einer gehörigen Spur Sarkasmus hinzu.

„Mit einem größeren und besseren Pool, in dem Sie auch nicht schwimmen." Grinsend goß Val das restliche Wasser in den Spülstein und spülte ihr Glas aus. „Warum kommen Sie heute nicht mal rüber? Um sich ein paar von meinen Arbeiten anzusehen?"

Sie folgte Val den schmalen zementierten Weg hinab, zwischen dessen breiten Rissen das Moos wuchs, zu dem kleinen gelbgestuckten, von zwei Dattelpalmen zugewachsenen Haus. Es war von dichtem Efeu umrankt und von vielen großblättrigen Pflanzen gesäumt, an denen sich Unkraut emporwand. Farne überwucherten die Laube an der Mauer, die das Haus von Carolyns Hof und Garten trennte. Das Zirpen der Insekten durchdrang die Stille, einige weiße Schmetterlinge umflatterten die wenigen Ringelblumen, die ihre Köpfe aus dem Unkraut streckten, das bis auf den Pfad wucherte und um Carolyns Fesseln strich, als sie sich vorsichtig auf ihren Pantoletten den Weg bahnte.

„Es ist sehr abgeschieden hier", meinte Carolyn.

„Ich weiß jetzt, weshalb die Abgeschiedenheit von den Reichen so sehr geschätzt wird. Die meisten von uns erfahren im ganzen Leben nicht, was echte Privatheit ist, die erleben sie nie." Val öffnete die unverschlossene Tür ihres Hauses.

Das Wohnzimmer war nicht mal halb so groß wie ihres, schätzte Carolyn. Es roch nach Farbe und Terpentin und wurde von zwei riesigen abstrakten Gemälden in Rot- und Grüntönen beherrscht, die praktisch die gesamte Fläche zweier Wände einnahm. Ein Erkerfenster mit nutzlosen beiseitegezogenen Gazevorhängen ließ scheckiges Licht ins Zimmer fallen. Neben dem Fenster, auf einem ramponierten, farbverschmierten Tisch war eine große Leinwand an einen Kasten gelehnt, flankiert von einem chaotischen Gewirr: Farbtuben, Gläser voll eingeweichter Pinsel, Öldosen, Skizzenblöcke, Bleistifte und andere Utensilien, die Carolyn nicht zu identifizieren vermochte. Der Raum war mit einem zerschlissenen Tweedsofa möbliert, nicht größer als ein Zweisitzer, ein ähnlich zerschlissener Lehnstuhl mit einem winzigen Holzhocker davor, ein zerkratztes Bücherregal, das von Taschenbüchern nur so überquoll und auf dem ein kleiner Fernseher thronte, ein Kartentisch mit einer leuchtendroten bedruckten Decke, der augenscheinlich als Eßtisch diente. Die einzige künstliche Lichtquelle war offenbar eine Stehlampe in der Ecke, deren Metallschirme auf den Lehnstuhl gerichtet waren. Skizzenblöcke und Seiten der *Los Angeles Times* stapelten sich auf einem Teetisch, der sich als schlichtes, quadratisches, verwittertes dünnes Holzbrett entpuppte.

„Hier gibt's nicht viel zu sehen", sagte Val. „Es ist ziemlich klein, vor allem die Küche – die noch kleiner sein könnte, wenn's nach mir ginge. Schauen Sie sich um, wenn Sie wollen."

Carolyn spähte in einen Raum von der Größe ihres begehbaren Kleiderschranks, mit welligem Linoleumboden und vollgestopft mit Kühlschrank, Herd, Spüle und ein paar Schränken.

Das Bad war noch winziger, nur eine Dusche, keine Wanne. Ein leuchtend blauer Läufer bedeckte den Boden, zwei dünne, fröhlich bunte Handtücher hingen an Metallringen.

„Neal hat das große Schlafzimmer", sagte Val grinsend. „Mir ist es gleich, wo ich schlafe. Ich finde es wichtig, daß Jugendliche ihre Privatsphäre haben, Sie nicht?"

„Es war für mich wichtig, als ich aufwuchs."

Neals Zimmer enthielt die Hälfte eines Doppelbetts und eine Kommode, einen kleinen grauen Metalltisch, der frisch gestrichen aussah. Sportposter und Wimpel schmückten die Wände. Der Raum war tadellos, fast streng in seiner Ordentlichkeit.

„Er würde mich umbringen, wenn er wüßte, daß ich irgendwem sein Allerheiligstes zeige." Wärme lag in Vals rauher Stimme. „Ich verursache ein solches Chaos ringsum, daß ich glaube, er überkompensiert es, indem er ein besonders ordentlicher Freak ist. Dies ist mein Zimmer, Carrie. Es war zwar nicht als Schlafzimmer gedacht, doch es reicht."

Den schmalen Raum, der zweifellos als Schrank oder Abstellkammer dienen sollte, füllten ein französisches Bett und ein Nachtschränkchen mit zwei Schubladen und Schwanenhalslampe darauf völlig aus. Rings an den Wänden lehnten Ölgemälde.

Carolyn kam mit Val wieder ins Wohnzimmer und stellte sich neben den Arbeitstisch. „Mir gefällt Ihr Haus." Sie bemerkte Vals amüsiertes Grinsen und protestierte: „Ja, wirklich. Es hat eine gute Atmosphäre, eine Wärme. Eine ... Behaglichkeit. Etwas Saloppes."

„Salopp sind wir allerdings", sagte Val lächelnd. „Ich will Ihnen die Arbeiten zeigen, die ich hier habe, was nicht sehr viel ist. Überwiegend Bilder, die gerade trocknen oder nicht in Susans momentane Ausstellung passen." Vorsichtig nahm sie das am Kasten lehnende Bild und stellte es an die Wand.

„Können Sie mir sagen, was das werden soll?" Carolyn betrachtete die zarten zerfaserten Linien in sandfarbenen Tönen, die etwas vage Verzweigtes andeuteten.

„Es ist aus der Serie metaphorischer Gemälde, an denen ich zur Zeit arbeite. Neal und ich waren in der Mojave und fanden dort einfach wundervolle Dinge. Dies ist eine der faszinierenden Pflanzen, sie wirken wie rot-grüne Schleier auf dem Wüstensand. Die winzigen Blüten und die zartgliedrigen Stiele erinnern mich an menschliche Körper mit ihrem Geflecht von Venen und Arterien und Blutgefäßen – der Sand, der sie hält, könnte menschliche Haut sein. Ich lege Schicht auf Schicht – ich suche nach einem schillernden Glanzeffekt, und ich will sichtbare Pinselstriche. In meinem Kopf nimmt es weiterhin Form an, und es ist sehr interessant, darüber nachzudenken. Mehr kann ich nicht tun, bis es trocknet."

„Ich verstehe", sagte Carolyn. Bis zu diesem Augenblick hatte sie es für möglich gehalten, daß Paul recht hatte – Val Hunter wäre womöglich eine Dilettantin. Sie sagte: „Ich dachte, daß alle Malerinnen und Maler eine Staffelei benutzen."

„Hatte nie eine. Ein Kasten auf dem Tisch tut's genausogut, solange er die Leinwand ruhig hält und du das beste Licht auf der Arbeit hast. Durch dieses Fenster kriege ich starkes Morgenlicht – das ist das beste. Übrigens, jedes zusätzliche Geld... Es sind immer so viele andere Dinge wichtiger...

Neal möchte seit Jahren schon ins Tagescamp, und bisher hatte ich nie das Geld dazu." Sie zuckte die Achseln. „Ich male schon jahrelang so. Doch er ist nur einmal ein Junge."

Carolyn beäugte das Durcheinander an Materialien auf dem Tisch. „Wenn man ein Bild betrachtet, stellt man sich nie vor, was für Utensilien Maler alles kaufen müssen. Leinwand, Farben, Pinsel, eine Palette –"

„Keine Palette", unterbrach sie Val. „Dies ist meine Version." Sie griff am Ende des Tisches unter einen farbverklebten Lappen und fischte zielsicher eine Glasscherbe mit abgeschrägten Kanten hervor, deren Unterseite weiß angestrichen war. „Ich kratze sie bloß ab, wenn ich fertig bin. Es funktioniert prima, ich würde nie etwas anderes nehmen. Und außer Wasserfarben kaufe ich nur die Grundstoffe und stelle meine Farben selbst her. Heutzutage ist es mir so wirklich lieber. Aber es gibt tausend andere Dinge, die man ständig braucht. Ich habe einen immensen Bedarf an Skizzenblöcken und Bleistiften. Ich mache eine Menge Skizzen als Farbnotizen. Und Rahmen und Terpentin und Firnis. Manchmal benutze ich ein Palettenmesser – das bedeutet so massenhaft Farbe, daß es jeden Anstreicher beschämen würde."

Carolyn nahm verschiedene Farbtuben auf und betrachtete sie neugierig.

„Was Farben angeht, lerne ich ständig dazu", sagte Val. „Einen unterschiedlichen Zugang, die verschiedensten Techniken, Ausdrucksweisen. Noch heute kommt es vor, obwohl ich gelernt habe, mich auf eine Arbeit vorzubereiten und mich intensiv auf ein Konzept zu konzentrieren, daß eine völlig neue Imagination alles über den Haufen wirft und ich von vorn beginnen muß. Und das kostet Zeit und Geld. Gutes Material ist so wahnsinnig teuer... Ganz im Gegensatz zu damals, als ich anfing und es mir leisten konnte, mit zweitklassigen Farben und Karton statt Leinwand zu experimentieren."

„Ich hatte ja keine Ahnung", murmelte Carolyn und strich mit den Fingerspitzen über die weichen, geschmeidigen Borsten einiger Pinsel.

„Vor ein paar Jahren war es am schlimmsten, als die Inflation so arg war. Die Preise schossen gewaltig nach oben. Damals hatte ich Susans Galerie noch nicht, und ich mußte mit meinen Bildern hausieren gehen – in Waschsalons, überall. Vorübergehend mußte ich sogar meine Arbeit ganz einstellen, bis ich wieder etwas bei Kasse war... Entweder das oder meinen Körper für Farben verkaufen, was eine Versuchung war, das können Sie glauben. Stellen Sie sich nur vor: Ich auf dem *Hollywood Boulevard* – eine Nutte von fast einsfünfundachtzig."

Val hob ein großes Bild hoch, das an der Wand lehnte, dem Licht zugewandt; sie stellte es an den Kasten. „Dies ist auch eins aus der Serie, an der ich arbeite. Es ist fertig."

Carolyn fühlte sich wie verstrickt in das Bild, gebannt von dem zarten Gewirr aus Rosa- und Grüntönen vor einem satten Hintergrund in drahtigem Dunkelgrün. Es war ein sehr dichtes Bild, die Linienführung zog sich ohne Unterbrechung über das Gemälde von einer Seite zur anderen.

„Manzanita", sagte Val. Das Kinn zwischen Daumen und Zeigefinger, betrachtete sie grübelnd das Bild. „Diese Sorte wächst an der kalifornischen Küste."

Carolyn sagte matt: „Mir ist, als sei ich in den Urwald geraten." Die Unfähigkeit, ihre Wahrnehmung auszudrücken, frustrierte sie.

„Wirklich? Das ist großartig." Val wirkte hocherfreut. „Susan gefällt die ganze Serie und das hier besonders. Sie sagt, es ist wie ein Pollock, und vermutlich hat es diesen Stacheldrahteffekt."

Rasch entfernte Val das Bild und stellte es wieder an die Wand. Ihre Oberarme in dem ärmellosen T-Shirt waren heller gebräunt, lang, muskulös und geschmeidig, als sie die Gemälde von der Wand nahm. „Da ist es ja, dies hier ist praktisch fertig."

Carolyn blinzelte bei den schwelgenden Farben – rote, gelbe, blaue und weiße Töne. „Es hat so etwas... Fröhliches", brachte sie schließlich heraus, und wieder wurmte sie ihre Sprachlosigkeit, während sie fasziniert die satten Gelb- und

Blautöne betrachtete und das Zusammenspiel der Farben studierte.

„Mir gefällt, wie Sie auf meine Arbeit reagieren", sagte Val spontan. „Hier sind die verschiedenen Wüstenpflanzen miteinander verwoben, mit dieser Arbeit habe ich mich sehr schwer getan. Für mich ist die Wüste immer so etwas wie eine dürre, endlose Weite, die im Frühling eine unglaubliche Orgie erlebt, so als müsse sie alles auf einmal kompensieren. Ich wollte diese Üppigkeit zeigen, dieses absolut Rauschhafte."

„Warm", murmelte Carolyn, „das Bild ist warm."

„Danke. Das hatte ich mit dem Rot und Gelb zu erreichen gehofft. Doch das Gleichgewicht bei so vielen Farbtönen war ein ernstes Problem . . . Farbe ist Energie – Farben agieren und reagieren mit- und aufeinander –, die Komposition zu bestimmen war schwerer als sonst. Ich mag diese roten Blumen", sagte Val lächelnd und deutete auf einen Ausschnitt von rosa bis lila Blüten, langstielig und weiß und scharlachrot gesprenkelt mit ausladenden Zweigen. „Sie heißt *Fairy Duster.* Ungewöhnlich, nicht wahr? Und diese hier mit den leuchtenden Blättern und den schlichten Blüten heißt *Indian Paintbrush*."

„Haben Sie . . . Malen Sie nach der Erinnerung?" Sie wußte nicht, ob es eine dumme Frage war, ob nicht jede Frage, die sie stellte, womöglich dumm wäre.

Val zögerte. „Nun ja, wenn meine Arbeit nicht gegenständlich ist, spielt die tatsächliche Farbe keine Rolle – sie ist nur eines der vielen künstlerischen Elemente bei der Erschaffung eines Bildes. Im allgemeinen mache ich Skizzen und Farbnotizen und lasse dann die Sache in meinem Kopf schmoren, bis ich das Gefühl habe, ich könnte anfangen. Aber für diese Serie habe ich Fotos gemacht. Ich habe zwar eine lausige Kamera, doch habe ich meine Bilder mit den perfekten Fotos aus Büchern über Wüstenpflanzen ergänzt. So habe ich dann auch ihre Namen gelernt. Ich möchte noch mehr solcher Bilder malen und mich auf Licht und Schatten konzentrieren. Dafür muß ich mir dann auch die echten Pflanzen ganz genau anschauen."

Sie deutete auf eine andere: „Dies hier ist Blauer Salbei,

diese heißen *Baby Blue Eyes*. Sind die Namen nicht irre? Die Weiße mit den bläulich gestreiften Blütenblättern heißt Wüstenlilie. Sehen Sie die gekräuselten Blattränder? Und die hübsche Gelbe ist eine wilde Ringelblume. Und dies ist eine Wüstensennesblätterpflanze."

„Es ist wunderbar. Es ist ein ganz wunderbares Bild." Etwas anderes fiel ihr einfach nicht ein.

„Danke. Es braucht noch etwas Arbeit, aber es ist ziemlich fertig. Das Gelb kommt ein wenig zu stark, das Blau muß noch etwas kräftiger sein. Jetzt zeige ich Ihnen einen echten Stilwechsel – von einer Malerin, die im allgemeinen leuchtende Farben liebt."

Val kam mit einem Bild, etwa einsfünfzig breit und einen Meter hoch, aus ihrem winzigen Behelfsschlafzimmer und lehnte es an die Wand.

Das ganze Bild war in Grautönen gehalten, oben ein Tiefgrau, das ungetrübt, irgendwie undurchdringlich war und sich allmählich in helleren Graustreifen immer mehr auflöste und in perligen Nebel überging und dann abrupt in groben grauschwarzen Pinselstrichen fester eckiger Silhouetten mündete. Feine Farbschnitte zogen sich durch die Graustreifen nach unten ins Grau-Schwarz, silberne, blaue und blaulilafarbene Kratzer.

Carolyn trat näher ans Bild, um ihre Umgebung auszublenden, und in der erstickenden Hitze des Hunterschen Hauses rieb sie sich eine plötzliche Gänsehaut von den bloßen Armen. „Ich habe von Kunst keinen Schimmer", sagte sie schließlich. „Ich kann Ihnen lediglich sagen, daß ich dieses hier wirklich liebe."

„Was berührt Sie daran so sehr? Können Sie mir das sagen?"

„Ich weiß nicht..." Während sie das Bild betrachtete, nach Worten suchte, sagte Carolyn langsam: „Dieses Friedliche... diese Kombination von Grautönen. Es stimmt mich so... milde. Wie ich mich an Regentagen fühle."

Val lächelte sehr erfreut. „Sie haben ja doch einen Schimmer von Kunst. Regen – unser Regen, der Regen hier in Los Angeles – war das, was ich darstellen wollte. Die charakteristische Art, wie es hier regnet, daß es sich nicht aufhellt, sondern immer mehr bezieht, dunkler und dunkler wird, sich dann lichtet und regnet."

Sie deutete auf die grau-schwarzen Silhouetten am unteren Bildrand. „Dies ist der Horizont mit der Andeutung unserer endlosen, überwiegend flachen Stadt. Susan gefällt das Bild, sie nimmt es aber nicht, es weicht zu sehr ab, als daß es sich zu meinen anderen Werken hängen ließe." Val gluckste. „Sie hofft, ich gerate jetzt nicht in eine unkommerzielle graue Periode, wie sie es nennt. Sie ist von der Bilderserie, an der ich im Strandhaus arbeite, nicht begeistert, aber..."

„Strandhaus?"

„Ihre Eltern haben ein kleines Häuschen in Malibu. Als Gegenleistung dafür, daß wir jede Woche nach dem Rechten sehen, solange sie in Europa sind, spielt Neal dann am Strand Volleyball, und ich arbeite dort an einer Serie von Meerbildern."

„Meerlandschaften? Wie wundervoll."

„Nein, keine Meerlandschaften", sagte Val. „Da muß ich Sie leider enttäuschen. Größere Talente als ich haben sich schon am Meer versucht, ich denke nicht, daß irgendwer... dafür genug hat. Ich male die Auswirkungen des Meers – Oberflächen von Felsen, das Auswaschen der Flut, so etwas."

Carolyn starrte auf das Bild. Impulsiv fragte sie: „Was kosten Ihre Bilder?"

„Das ist Verhandlungssache, wie Kunst allgemein. Was der Markt so hergibt und was Susan sich vorstellt, je nach Größe. Meine Bilder sind zumeist ziemlich groß, und Susan verlangt zwischen vier- und sechshundert Dollar. Vor Abzug der Galerieprovision."

Carolyn schloß einen Moment lang die Augen. Sie sagte leichtsinnig: „Ich will das hier. Ich will es kaufen. Ich liebe es. Ich will es haben."

„Dann gehört es Ihnen. Aber ich werde es Ihnen nicht verkaufen."

„Wie? Ich will es aber kaufen. Sie wissen, daß ich es mir leisten kann, Sie können doch nicht einfach Ihre Bilder herschenken..."

„Natürlich kann ich das. Mit meiner Arbeit kann ich machen, was ich will. Und ich weigere mich, noch mehr in Ihrer Schuld zu stehen, als ich's schon tue. Seit Monaten benutze ich Ihren Pool. Ihre Klimaanlage ist ein Lebensretter, mit Ihrer Hilfe kann ich besser und länger arbeiten."

Carolyn seufzte. Das war verrückt. „Was ich Ihnen gegeben habe, ist nicht sonderlich viel und für mich ohne jede Bedeutung."

Carolyn redete weiter auf sie ein, doch Val parierte ihre Einwände mit amüsiertem Grinsen und Kopfschütteln. „Na gut", gab Carolyn nach. „Können Sie mir sagen, wo ich es am besten rahmen lasse?"

„Ich mache das – keine Widerrede. Es kostet nicht viel, ich mache meine Rahmen immer selbst. Es ist nicht schwer, und ich tu's gern. Außerdem, wer weiß besser als die Malerin, wie es gerahmt werden sollte?"

Resigniert fragte Carolyn: „Wann kann ich es haben?"

„Es ist bereits trocken, muß aber noch gefirnißt werden. Sagen wir Montag."

Carolyn sah auf ihre Uhr und erschrak. „Ich habe noch keinen Gedanken ans Abendessen verschwendet. Und Neal kommt jeden Moment."

„Ich möchte, daß Sie Neal kennenlernen. Ich glaube, Sie beide werden einander mögen."

Sie war so erfreut, als hätte sie eine wichtige Prüfung bestanden. Aber sie zögerte. Wie würde sie es bloß Paul erklären? Das Ganze?

„Sicher", sagte sie. „Bald."

„Wie wär's mit abends?"

„Gewiß." Sie wollte nur weg, sich überlegen, was sie getan hatte, bevor Paul heimkam. Sie wechselte das Thema, um sich nicht von Val festlegen zu lassen, ehe sie Zeit zum Nachdenken hatte. „Kriege ich das Bild auch wirklich am Montag?"

„Ich werde ihm morgen früh, wenn das Licht gut ist, den letzten Schliff geben. Ich sehe da kein Problem... Ja, Montag."

„Gut." Sie drängte zur Tür „Dann treffe ich Sie morgen am Pool?"

„Montag", antwortete Val lächelnd. „Neal und ich fahren zum Strandhaus, dann schultern wir unseren Rucksack und gehen in die Berge von San Bernardino."

10

Sie zog einen Skizzenblock unter dem Stapel auf dem Teetisch hervor, denselben Block, auf dem sie ihre ersten Bleistiftskizzen von Carolyn Blake gemacht hatte. Die letzte Skizze war eine von Carolyn auf dem weißen Sofa in einem seidenen Hemdblusenkleid, mit hochgezogenen Füßen, den Kopf leicht nach links geneigt, wie sie es unbewußt immer tat, wenn sie zuhörte. Eine Hand ruhte auf ihrem Knie, und Val widmete sich den konischen Fingern und dem Daumen, einem interessanten Attribut, weitabgewinkelt von den Fingern. Sie ergänzte die Details ihres Kleides, die Falten der fließenden Seide, fuhr mit dem Bleistift wieder zum Hals hinauf, arbeitete die Rundung heraus.

Sie blätterte um, und mit wenigen Strichen erstand Carolyn, die Füße geschlossen, die Arme gekreuzt, die Hände umfaßten die Innenseite ihrer Arme, so wie sie noch vor einigen Minuten hier im Zimmer gestanden und die Bilder betrachtet hatte. Etliche Striche ergänzten Carolyns Shorts, dann verweilte Val bei ihren Beinen, den langen Biegungen, der Grazie.

Wieder blätterte sie um. Sie entwarf das Brustbild, den feinen Knochenbau des Kopfes, die Rundung der Nasenspitze und des Kinns, die Stirn. Sie schraffierte den ungleichmäßigen

Haaransatz an den Schläfen, deutete die Wimpern an, die wegen der Blondheit nicht sogleich erkennbar waren.

Sie hielt die Skizze auf Armlänge von sich, betrachtete beifällig nicht das Werk, sondern das Objekt. Carolyn Blake war keinesfalls schön im konventionellen Sinn, aber sie war äußerst hübsch.

Mit feinen Strichen vervollständigte sie die zarten Linien ihres Halses. Zwar war die Skizze nun auf einer Seite asymmetrisch, doch der Bleistift in ihrer Hand warf die schmalen Schultern aufs Papier und dann die kleinen Brüste, vom angedeuteten Bikinioberteil verdeckt, den Brustansatz deutlich hervorgehoben.

Der Gedanke an Alix schoß Val durch den Kopf, und ihr Bleistift hielt inne.

Manchmal, wenn eine Person sich ganz lange nach einer anderen sehnt, kann die Sehnsucht verschwinden. Und am Ende ist die Sehnsucht nach dir verschwunden, Val. Ich werde dich immer lieben, aber jetzt muß ich dich nicht mehr haben. Du weißt, wie sehr ich dich gewollt habe. Und ich weiß, du weißt, daß du mich lieben könntest, das hat mich hoffen lassen, mich an dich gebunden. Du hast dir nie zugestanden, mich zu lieben.

Aber ich liebe dich, Alix. Ich wollte nie... mehr.

Doch. In dem Jahr, als wir zusammenwohnten, sind wir zwar nicht miteinander ins Bett gegangen, aber da war etwas anderes. Wie du mich berührt, wie du mich angesehen hast.

Was für dich Realität war, war für mich eine Phase. Ein Experiment.

Ich kenne dich besser als irgendwer sonst in deinem Leben, Val Hunter. Besser als deine beiden Ehemänner, deine Eltern, alle. Ich weiß, wie du denkst, ich kenne deine Selbstkontrolle. Du machst, daß etwas nicht existiert, indem du es einfach leugnest. Eines Tages wirst du eingestehen, was du wirklich willst – zumindest dir selbst gegenüber, wenn schon niemandem sonst.

Ich werde gar nichts eingestehen. Wofür ich mich auch immer entschieden habe, auch wenn die Wahl sich am Ende als falsch erwies, es war für mich offenbar das Beste. Ich habe in allem die Wahl. Schau mich an, Alix. Ich bin unabhängig. Frei.

Frei? Du hast dir ständig von anderen diktieren lassen, wie du lebst. Und als du es schließlich nicht mehr ertragen konntest, hast du dich total isoliert. Bald wird dich deine Malerei völlig auffressen, weil es sonst gar nichts gibt. Vielleicht wirst du sogar deinen Sohn verschlingen.

Seit sechs Monaten hatte sie nun nichts mehr von Alix gehört.
„Warum Houston?“ hatte sie sie gefragt.

„Weil Helen bei ihren Eltern war und die nichts mehr mit ihr zu tun haben wollen. Sie möchte bei ihren Freundinnen und Freunden in Houston sein – dort gibt es eine große Lesben- und Schwulenszene. Und weil ich von dir weg muß – um meine enge Bindung an dich aufzubrechen.“

Ganz sicher würde sie von Alix hören. Sie waren einander die wichtigste Bezugsperson gewesen, seit sie das eine Jahr zusammengelebt hatten. Alix – zierlich, blond, von Männern umschwärmt wie Motten ums strahlende, kalte Licht. Alix hatte recht: Sie wußte, daß Alix sie liebte, und war sich der Tiefe und Sexualität dieser Liebe bewußt. Als Alix sich im Zorn von ihr abwandte und mit anderen Frauen anbandelte, hatte sie keine von Alix' Liebschaften ernst genommen, auch diese momentane Helen nicht. Sie hatte sich in Alix' Liebe gesonnt, sie genossen; sie vermißte sie. Könnte ein Mann sie doch nur so lieben... Was Alix in ihr sah und was sie so anzog, war nichts als die Androgynität, die allen guten Künstlerinnen und Künstlern zu eigen sein mußte... Aus dem gleichen Grund fühlte sie sich ja auch von Alix angezogen...

Diese Eltern, die Helen enterbt hatten, waren ein weiterer Beweis, wenn es dessen bedurft hätte, um klarzumachen, daß die Komplikation eines lesbischen Lebens von allen, die eine Wahl hatten, großräumig zu umfahren sei. Und sie hatte ganz sicher eine Wahl. Schlimm genug, daß es ihr an allem mangelte, was einen begehrten weiblichen Körper ausmachte, so groß und breit und stark, wie sie war, und dann noch die tiefe

Stimme und aggressive Persönlichkeit. Schlimm genug – da die meisten Leute sie ohnehin für lesbisch hielten –, daß sie ihre beiden gescheiterten Ehen und die Zeugung ihres Sohnes wie ein Aushängeschild benutzen mußte. Warum, zum Teufel, sollte sie sich noch mehr ins gesellschaftliche Abseits stellen?

Neal kam herein. Sie klappte den Skizzenblock zu, schob ihn in den Stapel auf dem Teetisch und beugte sich vor, um sich küssen zu lassen.

Sie folgte ihm in die Küche, hörte sich mit halbem Ohr sein Geplauder an und dachte, daß sie Carolyn Blake recht bald herüberbitten sollte. Neal würde Carolyn sehr mögen.

11

Carolyn ging an Val Hunters Haus entlang, in ihrem Kopf schwirrten die Gedanken. Wie würde sie es nur Paul unterbreiten? Jetzt war es nicht nur unmöglich, ihre Freundschaft mit Val weiterhin für sich zu behalten, wie würde sie ihm obendrein das Bild erklären? Sie bereute ihr impulsives Handeln, doch sofort fiel ihr der graue Frieden dieses Bildes wieder ein und ihr Gefühl, das sie beim Anblick des Bildes in der Hitze des Hunterschen Hauses befallen hatte. Nein, sie wollte, daß dieses Bild in ihrem Haus hing, sie war froh, daß sie es kaufen konnte – und sie würde es kaufen, egal, was Val sagte –, und sie war froh, daß sie es sich leisten konnte. Doch wie sollte sie es Paul klarmachen?

„Ach, Carolyn, hallo! Was für eine Überraschung, Sie hier zu treffen!“

„Hallo“, antwortete sie einsilbig Dorothy Robinson, unwirsch darüber, daß sie aufgeschreckt und ihr Gedankengang gestört wurde.

„Sie haben Mrs. Hunter besucht, wie schön. Sie und ihr Junge sind ja so nett. Finden Sie nicht auch?“ Sie trat einen

Schritt näher, ihre spitze Nase bebte wie die Fühler eines Insekts. „Kennen Sie sie gut?"

„Nein, nicht gut." Carolyn wich ihr aus und machte sich davon. „Ich muß laufen. Paul wird gleich dasein..."

„Sie müssen mal rüberkommen, Carolyn, Sie und Paul. Ja?"

„Bestimmt, Dorothy, nur haben wir beide eine verschiedene Arbeitszeit, na, Sie wissen ja..." Ungeduldig und genervt entkam sie ihr schließlich.

„Ich hab' ein Bild von Val Hunter gekauft." Sie hatte beschlossen, die Sache am besten direkt anzugehen – klar und direkt wie ein Kopfsprung von Val Hunter. Allerdings beim gemütlichen Abendessen.

Er nagte gerade an einem Hähnchenflügel, während er sich Peter Jennings Bericht von Jesse Jacksons Kuba-Besuch ansah. Er blickte vom Fernseher weg und starrte sie verständnislos an. „Was hast du?"

„Ich hab' ein Bild gekauft. Von Mrs. Hunter. Nebenan."

„Die Amazone? Du kennst sie ja nicht mal."

„Wir haben ein paarmal miteinander geplaudert", sagte sie so beiläufig wie eben möglich.

Er tupfte sich mit der Serviette den Mund ab und blickte sie scharf an. „Ach? Das hast du gar nicht erwähnt."

Sie zuckte die Achseln, als hätte sie es nicht der Rede wert gehalten.

„Komisch, daß du es nicht erwähnt hast. Mit einer Amazone, die malt, zu plaudern kommt mir denn doch reichlich ungewöhnlich vor, so daß es der Rede wert wäre. Jetzt weiß ich auch, was es mit den Kunstbüchern auf sich hat. Ich begreife nicht, warum du mir das nicht erzählt hast."

Wie er Val bezeichnete, ärgerte sie genauso wie seine inquisitorische Art. „Erzählst du mir etwa alles, was am Tag vorgeht? Du erwähnst doch praktisch überhaupt nichts, an meiner Arbeit bist du gar nicht interessiert..."

„Weshalb hast du dieses Bild gekauft? Aus Barmherzigkeit?"

„Sie ist sehr gut. Sie ist eine phantastische Malerin", sagte sie wütend. „Ihre Arbeiten werden in einer Galerie ausgestellt."

„Ach?" Er war entgeistert. „In welcher?"

Wie konnte sie nur so blöd sein? Sie hatte nicht daran gedacht, nachzufragen.

„Venice, ich weiß nicht wo."

„Venice", wiederholte er. „Wo all die Irren Rollschuh laufen."

„Muß sie etwa im *Metropolitan* hängen?" fragte sie zornig. „Mir gefallen ihre Arbeiten. Reicht das nicht?"

„Für wieviel?"

Sie taxierte ihn rasch. Val hatte gesagt: Was immer der Markt hergibt. „Vierhundert", antwortete sie.

„Vierhundert? Carolyn! Du hättest mich erst fragen sollen!" Er starrte sie an.

„O Paul", sagte sie unverhohlen angewidert. „Soviel habe ich praktisch für jeden dieser Fummel hingeblättert, die ich auf deinen Geschäftspartys trage, weil du darauf bestehst."

„Das ist etwas ganz anderes. Dies hier ist was fürs Haus. Was ist, wenn es mir nicht gefällt?"

„Ich glaube kaum, daß es dich stört. Es ist ein Regenmotiv – wirklich ganz unauffällig. Es wird sehr gut ins Wohnzimmer passen."

„Demnach hast du sogar schon entschieden, wo es hängen soll", bemerkte er bissig.

„Schatz", sagte sie in äußerst nachgiebigem Ton, „laß uns nicht streiten. Wenn es dir nicht gefällt, können wir's in die Garage hängen." Kommt gar nicht in Frage, dachte sie.

„Vierhundert. Ein stolzer Preis für die Arbeit einer Amateurin."

Wieder überkam sie die Wut. „Sie ist *keine* Amateurin. Ich habe dir doch gesagt, daß ihre Arbeiten in einer Galerie ausgestellt sind. Sie verkauft ihre Arbeit. Ich verkaufe meine Arbeit. Du verkaufst deine Arbeit. Sind wir etwa Amateure?"

„Ich weiß nichts über diese sogenannte Galerie und du auch

nicht. Vielleicht hat sie dir bloß etwas vorgeflunkert. Und wenn sie ihre Arbeit nur an dich verkauft, ist sie eine Amateurin."

„Mit Hohn und Vorurteilen bist du ja rasch bei der Hand..."

„Ich hege keine Vorurteile", sagte er mit eisiger Stimme, "solange ich dieses Bild nicht gesehen habe, das du so einfach gekauft hast, ohne nach meiner Meinung zu fragen. Das muß an deiner neuen Arbeitszeit liegen – seitdem bist du gereizt und komisch." Sein Ton wurde einlenkend. „Warum lädst du Mrs. Hunter nicht mal ein, zum Essen vielleicht? Wenn du von ihr so beeindruckt bist, möchte ich sie kennenlernen."

Von dieser unerwarteten Kehrtwendung überrumpelt, stieß sie hervor: „Ich glaube kaum, daß du sie mögen wirst."

„Jetzt bist du es, die Vorurteile hegt."

„Wie mir scheint, ist sie nicht dein Fall, das ist alles", erwiderte sie lahm und hatte plötzlich das Gefühl, als seien ihr die Dinge aus der Hand genommen. „Da ist auch noch ihr Sohn, er ist erst zehn..."

„Lade ihn mit ein. Mittwoch ist der vierte Juli – lade sie ein, dann grillen wir. Das Kind wird am Pool seinen Spaß haben. Ja?"

„Ich werde sie fragen", sagte sie widerstrebend.

Am nächsten Tag in ihrer Mittagspause hob sie vierhundert Dollar vom gemeinsamen Bankkonto ab und schlug im Büro dann im örtlichen Branchenbuch nach. Sie fuhr nach Feierabend zu einem Laden für Malerbedarf am Laurel Canyon. Anschließend parkte sie vor der Leihbücherei und lieh sich noch ein paar Bücher aus. Sie hatte den restlichen Nachmittag und das ganze Wochenende zum Lesen.

Am Montag zog sie sich um, schlüpfte in Shorts und Bluse und begrüßte Val am Pool. „Wie war's beim Kraxeln?"

„Höllisch heiß. Aber großartig." Val war aus dem Pool gestiegen und trocknete sich das Haar ab. „Wie war Ihr Wochenende?"

„Langweilig“, gestand Carolyn nach kurzer Überlegung. „Könnten Sie mir vielleicht ein paar Pakete aus dem Wagen tragen helfen? Kann ich dann rüberkommen und mein Bild abholen?“

Nach einem Blick in den Kofferraum fragte Val entrüstet: „Was ist denn das alles?“

„Ein Geschenk. Wenn Sie mir etwas schenken können, kann ich Ihnen auch etwas schenken.“

„Nein. Das können Sie nicht tun.“

„Natürlich kann ich. Ich kann tun, was ich will.“ Carolyn gluckste vor Freude. „Ich werde die Pakete tragen, wenn sie die Staffelei nehmen.“

Carolyn stellte die Pakete auf den Arbeitstisch in Vals Haus und starrte auf das am Kasten lehnende Bild in hauchdünnem Silberrahmen. „Es ist perfekt. Ich liebe es jetzt noch mehr als beim ersten Mal.“

„Ich glaube, der Rahmen paßt gut, er erweitert das Bild. Und das Firnissen ging gut – einmal hat gereicht.“

„Ist das ungewöhnlich?“

„Nein, nur ein Glücksfall. Oft gibt es eine dumpfe Stelle oder ein paar matte Flächen, und dann muß ich noch einmal drüberstreichen.“ Val öffnete ein Paket. „Donner und Gloria“, entfuhr es ihr, „sehen Sie sich das bloß an. Zobelpinsel.“ Sie nahm einen heraus und strich mit sinnlicher Behutsamkeit über die Borsten.

„Die Verkäuferin bei *Carter Sexton* sagte, Maler hätten ständig Bedarf an Pinseln, und Zobel sei das Beste. Ich habe ihr gesagt, daß Sie Ihre Farben selbst herstellen, und sie riet mir zu Grundfarben und viel weißem Trockenpigment und Leinöl... Also hat sie mir das alles hier empfohlen – die Wasserfarben und das Wasserfarbenpapier, es ist das Beste. Und die Rolle Leinwand aus Leinen.“

„Sogar ein Malkasten“, stammelte Val begeistert. Sie öffnete die Lasche des Holzkastens, der voll mit Wasserfarben war. „Mir fehlt schon ewig ein ordentlicher Kasten, um Material mitzunehmen, wenn ich woanders male.“

Carolyn beobachtete lächelnd, wie Val liebkosend mit den

Fingerspitzen über die Farbtuben strich. Impulsiv umarmte sie Val, und die Weichheit ihres Körpers überraschte sie; sie hatte muskulöse Festigkeit erwartet. „Können Sie mal ein paar Minuten mit herüberkommen und mir beim Aufhängen des Bildes helfen?" Sie wußte ganz genau, wohin – gegenüber dem Sofa, auf dem sie meistens saß, so daß sie aufschauen und es betrachten konnte.

„Es ist interessant", sagte Paul.

Carolyn begriff sofort, daß er das Bild nicht mochte. „Das finde ich auch", antwortete sie unnachgiebig. „Ich finde es wundervoll, ich glaube, ich habe noch nie ein Bild gesehen, das mir so sehr gefällt."

„Das ist wohl ein wenig übertrieben, findest du nicht? Ich weiß ja nicht, ob es am besten ins Wohnzimmer paßt..."

„Ich weiß es genau. Ich liebe es, Paul", sagte sie mit Nachdruck und trotzte seinem Versuch, ihr die Freude an diesem Bild zu verderben. „Ich *liebe* es."

Er nickte. „Ich habe Hunger."

Während sie das Essen auftrug, grübelte sie, ob sie sich schon einmal in ihrer Ehe in einem Punkt, der ihr wichtig war, mit Erfolg durchgesetzt hatte. Sie konnte sich nicht erinnern. Sie konnte sich nicht erinnern, es schon einmal versucht zu haben.

Beim Essen, als sie Peter Jennings Bericht über die Kritik der Regierung Reagan an Jesse Jacksons Aktivitäten in Kuba verfolgten, sagte er: „Sag mal, sehen die Bilder von Mrs. Hunter alle so aus?"

Sie antwortete mit Bedacht: „Was meinst du mit so aussehen?"

„Modern." Er grinste und schnitt feinsäuberlich ein Stück Lamm von der Keule. „Malt sie Bauchnabel mitten auf die Stirn?"

Sie erwiderte kalt: „Ist das alles, was du unter moderner Malerei verstehst?"

„Na, komm schon, Prinzessin, ich hab' doch bloß einen Witz gemacht."

Sie wußte es besser; sie wußte, daß er das Bild im Wohnzimmer im Grunde nicht akzeptiert hatte und daß dies eine indirekte Attacke darauf war.

„Entschuldige mein flapsiges Gerede“, sagte er sarkastisch. „Mir hätte klar sein müssen, daß du jetzt Kunstkritikerin bist, nachdem du ein paar Bücher gelesen hast.“

Sie dachte daran, wie stolz sie am letzten Wochenende gewesen war, als sie in ihrem Buch kubistische Bilder betrachtet hatte und plötzlich begriff, warum der Kubismus so gewagt und aufregend gewesen war – daß er zu einer regelrechten Revolution in der modernen Kunst geführt hatte, weil die Künstler zum ersten Mal ein Objekt so betrachtet hatten, wie es aus verschiedenen Blickwinkeln, an verschiedenen Stellen, zu verschiedenen Zeiten wirkte ... Sie sagte: „Ich bin nur froh, daß ich nicht so borniert daherrede.“

Er fixierte sie nachdenklich.

Sie hatte diese Seite an ihm nie gemocht, dieses Gefühl, als würde sie unter seinem mikroskopischen Blick einer kalten, wertenden Analyse unterzogen, als hätte er seine Gefühle beiseite gepackt wie ein Wissenschaftler. „Ich habe mich noch nie vor etwas verschlossen“, sagte er schließlich in ungerührtem Ton. „Hast du sie für den Vierten eingeladen?“

Sie hatte beschlossen, abzuwarten, und wenn er nicht darauf zurückkam ... „Ich werde sie morgen fragen.“

Sie lag auf ihrer Luftmatratze neben Val in friedlicher, stiller Gemeinschaft. Sie hatte sich mit Sonnenöl eingerieben, so daß sie länger in der Sonne bleiben konnte.

„Ich habe über die verschiedenen Kunstrichtungen gelesen“, sagte sie. „Ich weiß, daß der Expressionismus dem Gefühl entstammt und daß er eine individuelle und persönliche Kunst ist – aber nach dem, was ich gelesen habe, ist Ihr Werk nicht abstrakt. Und doch sagen Sie, es sei expressionistisch.“

„Ich mag Künstler wie Rothko, die mit reinen Farben und elementaren Formen arbeiten. Und manchmal benutze ich die Verzerrung, um eine größere Gefühlsintensität darzustellen.

Aber oft sind meine Arbeiten metaphorisch, sogar gegenständlich, wie die Wüstenbilder, die Sie neulich gesehen haben. Dennoch entstammen sie meinem Gefühl... Zum Beispiel könnte ich beschließen, die Rinde eines Baums rot zu malen."

„Warum?" Und als Val kicherte, sagte sie: „Tut mir leid, daß ich so blöd bin."

„Sie sind gar nicht blöd. Das ist eine gute Frage, so etwas fragt Neal auch. Es bringt mich dazu, meine Prämissen zu überprüfen. Da fällt mir ein, daß ich irgendwo gelesen habe: Die einzigen, die uns wirklich dazu zwingen können, unser Leben und unsere Sichtweise neu zu bewerten, sind Kinder und Künstler. Carrie, sagen wir mal, der Baum, den ich male, stirbt vor dem Hintergrund eines Sonnenuntergangs. Sonnenuntergang ist es auch für den alten Baum, das Ende für ihn, so wie das Ende eines Tages für uns, mit leuchtendem Rot, das eigentlich Tod bedeutet."

„Ich verstehe", murmelte Carolyn und dachte, daß sie es richtig verstand.

Val gluckste. „Hätten Sie je Leute sehen wollen, die sich für dumme Fragen krummlegten, hätten Sie in meinem Semester an der New Yorker Akademie sein sollen. Man konnte Kolvinsky alles fragen, doch wenn er eine Frage dumm fand, antwortete er einfach nicht."

Carolyn lachte. „Hat er Ihnen je die Antwort verweigert?"

„Des öfteren, das alte Miststück." Sie lachte ebenfalls. „Kolvinsky hat mich dennoch viel gelehrt. Mir die Augen geöffnet wie niemand zuvor für Farbe und Licht. Daß ich die einzigartigen Farben der kalifornischen Landschaft sehe, verdanke ich ihm..." Sie verlor den Faden. „Starb vor drei Jahren. Ich werde ihn nie vergessen." Gedankenverloren fuhr sie fort: „Winziger Mann, das stachlige, graue Haar stand wie Nägel von seinem Kopf. Trug immer ein frisches weißes Hemd, die Ärmel bis zum Ellbogen hochgekrempelt, buntkarierte Krawatten mit Flecken drauf – weiß Gott, was das war. Schrecklich alte, ausgebeulte Hosen, sahen aus, als hätte er sie einem

Landstreicher geklaut. Trug ständig dieselben braunen Schuhe, die Spitzen voller Farbflecken. Immerzu wollte er mit mir schlafen, er gab nie auf, vermutlich faszinierte ihn der Gedanke, eine Frau aufs Kreuz zu legen, die fast einen halben Meter größer war als er. Das alte Miststück", wiederholte sie glucksend in liebevoller Erinnerung. „Das einzige, wo er wirklich falsch lag, war seine Meinung, daß Malerinnen und Maler nur in New York oder Paris arbeiten könnten, darauf bestand er."

„Haben Ihre Eltern Sie auf die Kunstakademie geschickt?" Carolyn wurde bewußt, daß sie von Vals Geschichte praktisch gar keine Ahnung hatte.

„Nur das Jahr in New York. Ansonsten habe ich mich so ziemlich selbst durchgeschlagen. Vater war ein wilder Spekulant – fast so gefährlich wie professionelle Spieler. In meiner Familie gab's entweder Überfluß oder Hungersnot. Als ich aufwuchs, meistens Überfluß und auch Überfluß für meinen Bruder Charlie – er ist sechs Jahre älter als ich und Bergbauingenieur. Ganz der Vater, war schon überall auf der Welt, jetzt in Brasilien seit April. Jedenfalls, als ich alt genug war, war wieder mal die Zeit der Hungersnot. Vater konnte gerade noch das Jahr in New York bezahlen."

„Was ist mit Ihrer Mutter?"

Val seufzte. „Sie ist noch immer in Connecticut, lebt dort bei zwei ledigen Tanten. Vater ist vor fünf Jahren in Rente gegangen, zog her, um bei Neal und mir zu sein. Sie wollte nicht herkommen." Sie seufzte wieder. „Ich weiß nicht, ob deswegen, weil sie all die Jahre mit Vater über Kreuz lag, aber jetzt ist sie wiedererweckte Christin und hält Vater und mich für Heiden, und ich bin das Werkzeug des Teufels, weil ich Neal gottlos erziehe – na, Sie wissen schon. Ich war immer eine Peinlichkeit für sie. Meine Größe war etwas, das sie nicht bestimmen konnte – mit einer Ohrfeige beispielsweise, wissen Sie. Und sie haßte die ganze Vorstellung, daß ich Malerin werden wollte." Val lächelte bitter. „Alles in allem bin ich froh, daß Mutter in Connecticut ist. Mutter hält die moderne Kunst überwiegend für Schwindel und möglicherweise für Pornographie."

Carolyn sah sie mitfühlend an. „Welch eine Schande, daß Ihre Mutter so kleinkariert ist, wo sie doch so stolz sein sollte. Ich finde, Kunst ist aufregend. Für mich jedenfalls – ich lerne gerade damit umzugehen."

„Kunst ist tatsächlich aufregend, Carrie, nicht etwa, weil sie mein Beruf ist. Sie zeigt uns, wer wir sind und wo wir sind, gibt dem Leben den Sinn, den das Leben wirklich hat. Ich glaube, aus diesem Grund erfährt sie einen solchen Widerstand."

Mit unterdrücktem Lächeln sagte Carolyn: „Unter moderner Kunst stellen sich manche Leute nichts anderes vor als einen Bauchnabel mitten auf der Stirn."

Val lachte. „Es ist interessant, wie stark manche Leute sich gegen die Darstellung eines versetzten menschlichen Körpers wehren. Es ist eine unterschwellige Reaktion – als sei ihr ganzes Identitätsgefühl bedroht."

„Welche Malerinnen und Maler sind Ihnen am liebsten, Val?"

„Ach Gott, ich weiß nicht." Val blinzelte sie durch die Sonnenstrahlen an. „Ich kann mich nicht für eine oder einen entscheiden. Na ja, vielleicht Cézanne, der war der erste, der eine ganz neue Seherfahrung einbrachte... Und die großen Farbenkünstler – vielleicht ist Matisse der Größte, aber van Gogh brachte das ganze Farbspektrum voll zur Geltung... Und Gauguin, seine Schlichtheit in der Form und all das Gefühl... Turner sicherlich. Klee, seine Farbtheorien wie Harmonien in der Musik... Marin und Wyeth im Hinblick auf Wasserfarben... Kandinsky... DeKoonig, seine handwerklichen Fähigkeiten und seine thematische Gestaltung sind so unglaublich... Georgia O'Keefe, Frankenthaler –"

„Das reicht", sagte Carolyn lächelnd. Sie schloß die Augen und döste schläfrig und zufrieden in der Sonne. Als sie die Augen aufschlug, sah sie das weite Blau und den Wasserstandsanzeiger vor ihr, der zweisiebzig anzeigte. „Val", rief sie, ohne nachzudenken.

„Direkt hinter Ihnen." Val paddelte rasch zu ihr. „Ich bin eingenickt."

Carolyn reichte zu Vals Luftmatratze hinüber und ergriff ihre Hand. „Schlafen Sie nur weiter. Ich halte Sie jetzt fest."

Val machte die Augen zu. Carolyn lag still und ruhig da, wiegte sich auf den trägen Wellen. Vals Hand war erstaunlich zart; und Carolyn bemerkte die Schwielen an ihren Fingerspitzen, fühlte sich beschützt und döste wieder ein.

Als sie die Augen öffnete, sah Val sie an. „Wie findet Ihr Mann das Bild?"

Ihr wurde bewußt, daß sie mit der Antwort zu lange zögerte. „Mir gefällt es besser als ihm." Vals offenes Lachen erleichterte sie.

„Kunst ist rein subjektiv, Carrie. Die Leute streiten sich zu allen Zeiten über alle möglichen Kunstformen."

„Paul hat mit Kunst nicht viel Erfahrung", erklärte Carolyn.

Val sagte beiläufig: „Hoffentlich führt die unterschiedliche Meinung über mein Bild nicht zum Krach zwischen Ihnen."

Val schloß wieder die Augen und ließ Carolyns Hand durch das Wasser zwischen ihnen gleiten. Ihre Finger ertasteten die Form der Hand, fuhren über ihre Finger und die Nägel, über den Ehering.

Carolyn sagte: „Paul möchte, daß ich Sie und Neal für den Vierten abends zum Essen einlade. Zum Grillen, zum Schwimmen..."

Val hielt die Augen geschlossen. Ihre Lippen verzogen sich zu einem schalkhaften Grinsen. „Aha. Und werden Sie auch dasein?"

Beide lachten. Val sagte mit amüsiertem Blick: „Mit Ehemännern kenne ich mich bestens aus, Carrie. Neal wird den Pool genießen. Ich tue, was ich kann, um durch die Gesichtskontrolle zu kommen."

12

„Hat Ihnen schon mal jemand gesagt, daß Sie groß sind?" witzelte Paul.

„Noch nie." Lachend schüttelte Val ihm die Hand.

Carolyn bestaunte Val, die ein weißes Kleid trug – ärmellos, schlicht, in der Taille mit einer gedrehten bunten Kordel gerafft – und Sandalen, die aus diversen dicken Hanfsträngen gefertigt waren. Im V-Ausschnitt des Kleides, der bis zum Brustansatz reichte, hing ein Medaillon aus muschelfeinen Vier- und Dreiecken in Rot und Gelb und Blau – die Grundfarben der Skala, wie Carolyn inzwischen wußte. Das einzig andere Schmuckstück war ein Ring, zwei feine ineinandergeschlungene Goldreifen. Auf ihre Augenlider hatte sie einen Hauch rosa Lidschatten aufgetragen; der farblose Lippenstift unterstrich die natürliche Farbe und Üppigkeit ihrer Lippen. Ihre dunklen Augen und die bronzebraune Haut schimmerten attraktiv, eine Ausstrahlung von Vitalität und Gesundheit und Stärke. Während Carolyn sie beobachtete, quälte sie wieder die unterbewußte Erinnerung an ihre Kindheit

Neal Hunter, in frischen, weißen Shorts und gelbem Polohemd, kam Carolyn klein für seine zehn Jahre vor; so zart und feingliedrig, ähnelte er seiner Mutter nicht. Er nahm die Badehose in die andere Hand und schüttelte Carolyn, dann Paul die Hand.

Paul sah außerordentlich gut aus, fand Carolyn. Sein Haar war frisch geschnitten und gelegt, die grauen Schläfen zu markanter Fülle geföntt. Schmuck und aufrecht stand er da, den leichten Bauchansatz verdeckte eine kobaltblaue Hemdjacke über einer dunkelblauen Khakihose.

„Val, was trinken Sie?“ Paul stand im kühlen Wohnzimmer, dem neuen Bild demonstrativ den Rücken zukehrend. Er war entschlossen, sich durch keinerlei Höflichkeit ein Wort der Anerkennung abringen zu lassen; er würde es einfach nicht erwähnen.

„Tonic. Höchstens einen Spritzer Wodka, nicht mehr, bitte.“ Val fragte sich, ob ihr die Bestürzung anzumerken war. Diese eisblauen Augen spiegelten zweifellos eine innere Kälte... Und dieses undurchdringliche Gesicht... Er paßte so gar nicht zu Carolyn. Allerdings, so dachte sie bitter, hatte sie schon eine Menge unpassender Paare gesehen – so wie sie selbst mit ihren beiden Ehemännern. Und diese Einschätzung auf den ersten Blick mochte ja falsch sein... Obwohl ihr erster Eindruck sie selten trog.

„Einen Spritzer Wodka?“ fragte er scherzend. „Zwei Excedrin würden Sie munterer machen.“

Sie ärgerte sich; es wurmte sie ständig, wenn die Leute ihre herablassenden Witze rissen, sobald sich jemand nichts aus Alkohol machte. „Eine Excedrin reicht mir. Ich vertrage nicht viel.“

Carolyn sagte: „Laßt uns in den Garten gehen. Es hat sich so prima abgekühlt.“

„Geht schon vor“, meinte Paul. „Neal und ich kommen mit den Getränken gleich nach. Nicht wahr, Kumpel?“

„Ja, Sir“, antwortete Neal.

Neal mag ihn auch nicht, dachte Val. Als sie mit Carolyn in den Garten ging, hörte sie Feuerwerkskörper in der Ferne, ein feines Heulen, dann ballerte es. Einige Häuser weiter begann ein Hund wild zu kläffen, sogleich fielen andere Hunde bellend und jaulend ein.

„Val, Sie sehen sehr hübsch aus“, sagte Carolyn leise.

Vals Blick glitt über Carolyns bedruckten Rock und die Folklorebluse. „Sie auch.“ Neckend sagte sie: „Sie dachten wohl, ich würde in meinen abgeschnittenen Hosen aufkreuzen.“

Carolyn lachte. „Ich hätte nichts dagegen gehabt.“

„Ich habe zwei Kleider für den Notfall. Zwei gleiche, dies weiße fürs Zwanglose, das schwarze fürs Aufgeputzte."

Wieder lachte Carolyn. „Welch eine wunderbare Lebenseinstellung."

„Val", sagte Paul hinter ihnen, „Ihr Wodka mit Tonic. Bloß eine Träne Wodka drin – Neal kann's bezeugen."

Die lockere Vertrautheit der beiden, Carolyns Lachen, ihre unbeschwerte Geste, mit der sie sich bei Val einhakte, versetzten ihm einen Stich. Er reichte Carolyn ihr Glas und stellte den Martini-Shaker auf den Gartentisch, dann stocherte er in der Holzkohle unter dem Grill, während er Val Hunter mit kurzen Blicken taxierte. Fast alle Frauen, denen er begegnet war, hatten ihm zumindest einmal sexuelles Augenmerk geschenkt, doch sie nicht; da war keine Anerkennung seiner Männlichkeit, nicht mal jetzt, während sie ihn unverhohlen musterte, als er zu einem Liegestuhl ging, ihre braunen Augen aufmerksam und unbefangen, ihre großen, sichtlich starken Hände – eher von Männergröße – baumelten ungezwungen von den Lehnen des Regiestuhls, der ihm gehörte, darin saß er immer, wenn Carolyn und er im Garten waren. Wie konnte eine so groteske Frau – eine Riesin, eine Ausgeflippte – nur ein derartiges Selbstvertrauen haben, eine solche Ausgeglichenheit? Das ist nur Maske, eine Vorspielung, redete er sich ohne Überzeugung ein.

In seinem Innern hallten undefinierbare, doch deutliche Alarmglocken. Er war nicht gegen sie gewappnet. Sie mißfiel ihm zutiefst.

„Carrie ist so stolz auf Ihren Erfolg", erzählte Val ihm.

Carrie. Sie nennt sie Carrie. „Sie hält auch große Stücke auf Sie. Heutzutage weiß man bei Malern ja nie so recht – entweder malen sie Suppendosen oder verpacken eine Insel."

Wie ihm wohl meine Meinung über das moderne Geschäftsgebaren gefiele? Sei höflich, pfiff Val sich zurück. Ihretwegen. Schluck's runter. Er sieht helle genug aus, selbst für einen Eisberg, vielleicht ist er ja gewillt, etwas dazuzulernen. „Viele Kunstwerke konzentrieren sich heutzutage weniger aufs Objekt als auf die Aussage über das Objekt. Das Malen einer Suppendose sagt vielleicht etwas über die Automatisierung aus. Oder über unsere Wegwerfgesellschaft. Und was Christos Arbeiten angeht –“

„Gewiß gibt's für alles eine Rechtfertigung.“ Er würde doch nicht hier sitzen und sich vor seiner Frau und diesem Kind von ihr belehren lassen. „Sicherlich fühlt sich der Künstler zu so was berechtigt. Aber ich finde, man kann den Leuten nicht vorwerfen, wenn sie vieles in der Kunst lediglich für Mist halten. Es gefällt niemandem außer ein paar abgefuckten Kritikern. Eine Menge Leute können das ganze Theater um Picasso gar nicht begreifen. Wer kriegt schon Bezug zu einem Bild, wo der Arm hier ist und der Kopf da?“

Sie schlug die Beine übereinander und strich ihr Kleid glatt, ihre Augen schweiften von ihm ab. Es sah aus, als täte sie ihn ab, wie eine verächtliche Abkehr. Er starrte auf ihre Beine. Sie waren lang, wohlgeformt und so tiefgebräunt, daß er ganz genau hinschauen mußte, um zu sehen, ob sie sie rasiert hatte. Sie hatte; da war ein winziger Blutstropfen auf einem Schienbein. Vielleicht tat sie's nur, wenn sie mußte, dachte er mit einem Anflug von Gehässigkeit.

Sie lächelte ihn an. „Jede Kunst sucht sich ein eigenes Publikum.“ Ihr Lächeln verschwand; sie zuckte die Achseln. „Für manche Leute ist die Oper nichts als Gekreische. Bücher werden für ein gewisses Publikum geschrieben, Musik genauso. Auch Bilder werden für ein spezielles Publikum gemalt. Und was Picasso betrifft, was gibt's da zu sagen? Er ist gigantisch.“

„*Guernica* wird für das größte Meisterwerk des Jahrhunderts gehalten“, warf Carolyn ein und zitierte mit vor Begeisterung zittriger Stimme aus ihren Büchern.

Val nickte. „Es ist die ausdrucksvollste Darstellung von Krieg und Leid, die je geschaffen wurde. Er hat für alle ernsthaften Maler und Malerinnen unserers Jahrhunderts Neuland geschaffen.“

Daß Carolyn sich auf die Seite dieser Frau schlug, empfand er als Verrat. „Hören Sie, ich habe eine Collegeausbildung.

Alles, was ich will, wenn ich ein Bild ansehe, ist, zu wissen, was ich da ansehe."

Wieder nickte sie. „Für Leute, die wirklichkeitsgetreue Malerei wollen, gibt es ausgezeichnete Darstellungen. Doch wieviel wirklichkeitsgetreue Realität brauchen wir noch außer Kino und Fernsehen und Zeitungen und Fotografie? Ernsthafte Kunst heutzutage ist, was Künstlerinnen und Künstler von der Realität kennen, genauso wie das, was sie sehen. Das ist die Prämisse, unter der sie beurteilt werden sollte."

Carolyn nickte zustimmend. Paul versuchte, sich eine Bresche zu schlagen, seinem Standpunkt Geltung zu verschaffen, und sagte verbissen: „Dennoch will ich verstehen, was ich eigentlich ansehe."

„Dann versuchen Sie doch mal, das Warum zu verstehen, nicht das Was. Große Kunst, ungeachtet der Form, ist das Komplexe aufs Einfache reduziert. Ein Roman wie *Ulysses* erfordert Arbeit von seiten der Lesenden –"

Wieder hielt sie ihm einen verdammten Vortrag. Er wollte ihr ins Wort fallen, aber Carolyn sagte: „Paul, ich möchte das hören."

Indem sie Paul aufgab, sagte Val zu Carolyn: „Wann immer Sie ein Kunstwerk bejahen, wertschätzen Sie die Künstlerin oder den Künstler. Die Kunstschaffenden in jedem Bereich sind glücklich über die Anerkennung, die ihr Werk findet. Sie wollen ein Publikum erreichen, das sie versteht, doch das geschieht selten. Und ich glaube wirklich", fügte sie hinzu, „daß es ohnehin für ein Kunstwerk, das ganz und gar verstanden wird, keine definitive Interpretation gibt."

Neal fragte: „Hat jemand was dagegen, wenn ich schwimmen gehe?"

Armer Neal, er muß sich ja tödlich langweilen, dachte Carolyn. Sie sagte: „Warum gehe ich nicht einfach mit dir in den Pool?" Sie war stolz, daß Val sich Paul gegenüber so mühelos durchsetzte. Sie wollte beiden mehr Gelegenheit geben, sich besser kennenzulernen, ohne durch sie abgelenkt zu werden. „Ich kann ja auf meiner Luftmatratze gleiten und ein Auge auf ihn werfen." Sie bemerkte Vals amüsierten Blick und grinste. „Oder umgekehrt."

Paul verfluchte Neal Hunter insgeheim. Verdammt, gerade jetzt. Nun hatte er nicht die Möglichkeit, vor seiner Frau seinen Standpunkt diesem Weib gegenüber richtigzustellen – jedenfalls nicht sofort. „Macht nur", sagte er fröhlich und schenkte sich aus dem Shaker noch einen Martini ein. „Ich möchte Val noch weiter zuhören. Übrigens habe ich dich schon seit Wochen nicht mehr im Badeanzug gesehen, Prinzessin."

Prinzessin. Gloria Steinem, steh uns bei. Der Mensch nennt sie Prinzessin.

„Ich will mal zusehen, daß die Kartoffeln aufs Feuer kommen", sagte er zu Val. „Inzwischen denken Sie sich mal eine Rechtfertigung aus, was an ein paar bunten Vierecken schön sein kann."

Er stand auf, ging zum Grill hinüber und beobachtete von dort aus, wie Val Hunter hinter Carolyn und Neal hersah, als sie ins Haus gingen. Er fixierte Val Hunter genau: Er hatte den Eindruck, als ob sie Carolyn nachsah – nachstarrte –, nicht ihrem Sohn; aber da konnte er nicht so ganz sicher sein.

Er ging wieder zu ihr, und Val Hunter streckte ihre Beine aus. Irgendwie kam ihm diese Geste anstößiger vor als das Übereinanderschlagen zuvor.

Sie beantwortete seine Frage. „Malerei ist vielleicht die subjektivste aller Kunstformen." In bezug auf ihn, dachte sie, stimmte das wirklich – niemand ist subjektiver als ein blinder Mann, der sich weigert zu sehen. „Für manche Leute sind Rothkos Vierecke zum Beispiel eine ästhetische Erfahrung. Hier muß man das Zusammenspiel der Farbe beurteilen und einen Sinn dafür haben, unterscheiden zwischen dem Schreienden und dem Farbwert, wie die Farbflächen sich in bezug zu anderen Flächen zu verändern scheinen, wie der Maler all diese Faktoren im Griff hat."

Er war ein Idiot. Er hatte einen grundlegenden taktischen Fehler begangen, indem er dieser Frau auf ihrem Boden begegnete. Vielleicht spulte sie hier die auswendig gelernten Theorien der Kunstwelt ab... Doch sie fühlte sich wohl und so sicher, diese unabhängige Frau, die keinen Mann hatte... Er sollte etwas konzilianter sein, sich mehr bemühen zu sehen, was für eine Frau sie wirklich war, welchen Einfluß sie haben könnte, außer daß sie Carolyn ihr Werk verkaufte...

Läppischer Smalltalk war eine verschenkte Gelegenheit. Er suchte nach einem Thema. Er sagte: „Ich habe in den Nachrichten das neueste Urteil des Obersten Gerichtshofes gehört, die Handelskammer kann die Frauen nicht länger ausschließen. Wieder ein Sieg für die Frauen."

Zu seiner Verblüffung lachte sie, ein weiches, amüsiertes Lachen. Dann sagte sie: „Ein Sieg?"

„Wie würden Sie es nennen?"

„Ein Witz."

Carolyn und Neal kamen aus dem Haus. Carolyn sah fragend herüber, er antwortete mit lächelndem Nicken und tarnte sein beteuerndes Zeichen, daß zwischen ihm und Val alles in Ordnung sei, mit einem kleinen Pfiff: „Prinzessin, du siehst phantastisch aus."

Er wandte sich wieder Val zu. Offenbar taugte die Politik auch nicht als versöhnliches Thema. Er trank seinen Martini, schenkte sich einen neuen ein und sah zu, wie Neal Hunter und Carolyn die an der Mauer lehnenden Luftmatratzen zum Pool trugen; Neal verschwand fast völlig unter seiner dunkelblauen Luftmatratze.

Von den Stufen am flachen Ende des Pools glitt Carolyn auf ihre Matratze, vergewisserte sich, daß Paul ihr Geschick gesehen hatte. Doch er schien in das Gespräch mit Val Hunter vertieft. Nun, das war gut. Sie wandte ihre Aufmerksamkeit Vals Sohn zu. Sein sonnengebleichtes Haar war viel heller als das seiner Mutter und feiner; aber seine Augen waren ganz wie Vals, dunkelbraun, wach, aufmerksam.

„Ma sagt, ich muß Sie Mrs. Blake nennen, es sei denn, Sie wollen es nicht."

„Wenn du Carolyn sagen willst, kannst du das tun“, sagte sie aufmunternd.

Triumphierend sah er zu seiner Mutter hinüber. Er stand neben Carolyns Luftmatratze, das Wasser reichte ihm bis zu den knochigen Schultern, die sie an kleinen Jungen so rührend verletzlich fand. Sie lächelte ihn an. „Wie ich höre, gehst du ins Tagescamp. Warum erzählst du mir nicht mal was darüber.“

„Kennen Sie sich denn mit Sport aus?“

„Eigentlich kaum“, gestand sie.

Er verschränkte die Arme und sagte nüchtern: „Dann wird es Sie auch nicht interessieren.“

Vals Bemerkungen über das Allerheiligste von Zehnjährigen fielen ihr ein, aber sie unterdrückte ihre Belustigung, da sie spürte, daß Lachen unangebracht war. „Dann laß uns reden, worüber du reden möchtest.“

„Gut.“ Er sah fasziniert aus. „Ich finde, Ihr Wohnzimmer sieht aus wie aus *Emerald City.*“

Jetzt lachte sie doch und wußte, daß es nun richtig war, sie hätte es ohnehin nicht unterdrücken können. „Nun ja, ich weiß jedenfalls ganz genau, daß dies nicht Kansas ist. Eher schon Münchhausenland. Aber Zuhause ist, wo das Herz ist.“

„Hach“, quietschte Neal, „das ist gut.“

„Das ist mein Lieblingsfilm“, sagte sie und dachte, das stimmte vielleicht sogar; in diesem Augenblick fiel ihr keiner ein, der ihr besser gefiel. Grinsend fügte sie hinzu. „Wer weiß? Vielleicht könnte Sport mir ja auch gefallen, wenn ich nur etwas mehr Köpfchen hätte.“

Strahlend wippte er begeistert mit der Luftmatratze. „Bist du eine gute Hexe oder eine böse Hexe?“

„Eine böse natürlich. Welchen Spaß macht es schon, eine gute Hexe zu sein? Aber wenn du nicht aufpaßt, schmeißt du mich ins Wasser, und all das herrlich Böse löst sich in Wohlgefallen auf.“

„Ich mag Sie“, sagte Neal und glitt zu seiner Luftmatratze.

Er sagte zu Val Hunter: „Es muß schwer für Sie sein, Ihren Sohn ganz allein großzuziehen.“

„Eigentlich nicht so schwer." Sie gluckste, klimperte mit dem Eis im Glas und trank einen Schluck. „Das sage ich nicht, um witzig zu sein – Richard starb vor zwei Jahren." Mit erhobener Hand wehrte sie seine Beileidsbekundung ab. „Er hat mich schon gut fünf Jahre vorher verlassen. Selbst als er mit uns zusammenlebte, war er ein Gammler, nie blieb er lang in einem Job. Er hatte einen Beruf mit hohen Anforderungen – Industriechemiker. Er verduftete, wann immer ihm danach war, ging, wohin seine Füße ihn trugen."

Neiderfüllt sagte Paul: „Das war prima – für ihn."

„Frei zu sein – das ist offenbar der größte Mythos der Männer. Bei jungen Männern und Frauen ist das begreiflich, schätze ich. Aber bei uns anderen allen, die wir doch wohl etwas erwachsen sind, sollte sich der Romantizismus in Grenzen halten."

„Schätze, Sie würden gern wieder heiraten?" wagte er sich vor. Sie nahm ihn aufs Korn und taxierte ihn mit raschem Blick. Dann wanderten ihre Augen weiter und hefteten sich auf die Palme gegenüber.

„Wieder heiraten", wiederholte sie, als ob sie seine Worte abwägte. „Ich sehe keinen Grund, weshalb. Allerdings gibt's in diesem Leben nur wenig Absolutes." Warum fragen Männer bloß dauernd und Frauen ganz selten. Und warum muß ich ständig auf der Hut sein, was ich Männern antworte?

Ihm wurde klar, daß er, wenn er fragte, ob sie mit jemand zusammenleben wolle, die gleiche ausweichende Antwort herausforderte. „Glauben Sie nicht, daß die Gegenwart eines Mannes für die Entwicklung eines Jungen wesentlich ist?"

Und wieder ging's auf altbekanntes Terrain. Gib die gleichen altbewährten Antworten wie immer, sagte sie sich. Doch statt dessen sagte sie: „Männlichkeit als solche ist noch kein gutes Rollenvorbild, Paul. Sie hätten meine beiden Ehemänner gekannt haben sollen, um das einzusehen", fügte sie mit einem Anflug von Humor hinzu. „Neal hat gute Vorbilder in seinem Großvater, einigen Lehrern. Sein Baseballtrainer ist ein wunderbarer, liebenswürdiger Mann."

Wunderbar? Liebenswürdig? Ist das etwa Männlichkeit? „Aber Neals Zuhause ist ausschließlich mütterlich geprägt", sagte er. „All diese Scheidungen heutzutage, die neuen moralischen Maßstäbe, wie können da kleine Jungen die richtige Vorstellung von Männlichkeit bekommen?"

Worauf er hinauswollte, war allzu klar, eine zu große Herausforderung. „Die sogenannte richtige Vorstellung von Männlichkeit ist ja gerade das Falsche an der Welt."

Er spürte, er hatte die Oberhand, es war, als führte er ein Vorstellungsgespräch, bei dem ein Bewerber nur noch falsche Antworten gab. „Also glauben Sie an Androgynie? Unisex?"

Sie zuckte die Achseln. „Ich kann mit solchen Etiketten kein Werturteil verbinden – das ist mir auch ziemlich gleichgültig. Solange diese Rollen nicht anderen aufgezwungen werden." Von der Logik her stimmte ihre Antwort; warum behagte sie ihr dann nicht so ganz?

„Sie meinen, es wäre Ihnen gleichgültig, wenn Ihr Sohn eine schwule Tunte würde?"

Die Bezeichnung ärgerte sie weniger als der verächtliche Ton. „Allen Eltern wäre es lieber, wenn das Leben für ihr Kind möglichst leicht ist. Aber Kinder gehen ihren eigenen Weg, ich hab's jedenfalls getan. Ich bezweifle, daß ich den Erwartungen meiner Eltern auch nur annähernd entspreche. Sie etwa?"

„Ich weiß zwar nicht, was meine Eltern erwartet haben, doch es war längst nicht so viel, wie ich erreicht habe. Ich bin in bitterer Armut aufgewachsen und habe mich durchs College geschlagen."

„Als ich im Collegealter war, existierten so wenige Möglichkeiten für Frauen, daß es kaum einen Anlaß gab, sich durchs College zu schlagen."

Schon wieder die alte Leier. Gott, hatte er diese Ich-Ärmste-Tour der Frauen satt. Er trank einen Schluck Martini und sagte aggressiv: „In den letzten zehn Jahren hat sich erstaunlich viel verändert. Ich habe so viele Frauen und Angehörige von Minderheiten in Positionen kommen sehen, die ihnen vorher nie offenstanden..."

Sie war klug genug, ihm nicht zu widersprechen, klug genug, die üblichen ungefährlichen Floskeln, Platitüden von sich zu geben. Sich nicht mit ihm anzulegen, ihn nicht vor den Kopf zu stoßen – nicht, wenn sie Carolyns Freundschaft behalten wollte. Aber ihr Leben lang hatte es immer einen Grund gegeben, nicht zu sagen, was sie fühlte oder wußte. Entweder brauchte sie einen Job oder wollte in die Kunstakademie aufgenommen werden oder wollte, daß ihre Bilder ausgestellt wurden, mußte für Neal sorgen. Immer hatte es einen Grund gegeben und immer denselben Preis...

Sie sagte: „Solche Worte habe ich bereits von so vielen Männern gehört. Sie glauben, wir sind fein raus. Hören Sie auf, mit anderen Männern zu reden, hören Sie auf, sich die Beweise ringsum anzusehen. Lesen Sie die Statistiken. Seit Gewährung der Bürgerrechte hat es für Schwarze praktisch keine Errungenschaften gegeben. Frauen als ökonomische Klasse sind heute schlechter dran denn je. In vier Jahren hat diese Regierung einen direkten Frontalangriff auf alle Errungenschaften gestartet, die Minderheitengruppen sich erkämpft haben, von Abtreibung bis zu –"

„Quatsch", fiel er ihr rücksichtslos vor Wut ins Wort. „Belehren Sie mich nicht mit diesem feministischen Scheiß. Wenn es nach euch Frauen ginge, hätten wir irgendeine schwarze Klofrau genommen und sie zur Firmenchefin gemacht, irgendwelche Sekretärinnen zu Vorstandsvorsitzenden. Heutzutage wollen die Frauen alles, ohne es sich zu erkämpfen, ohne es zu verdienen. Gleichstellung der Geschlechter, so 'n Scheiß. Wir sind nicht gegen Frauen, wir wollen qualifizierte Frauen, so wie die eine da im Obersten Gerichtshof –"

„Auf die können Sie wirklich stolz sein", unterbrach sie ihn bissig. „Sie haben da im Obersten Gericht jetzt einen Mann, der wie eine Frau aussieht."

„Das sagen Sie bloß, weil sie gegen diesen ganzen liberalen Herzblutquatsch ist. Dieses Land wird jetzt wieder gesund, politisches Gleichgewicht, das Pendel schlägt zurück –"

„Pendel", wiederholte sie. „Was für ein nettes blutleeres

Wort. Jetzt erfahren wir die Wahrheit. Ihr gebt uns all die Lippenbekenntnisse, die wir schlucken können über die Gleichheit der Geschlechter und die Chancengleichheit. Aber ihr seid an der Macht wie eh und je. Freiwillig werdet ihr nie etwas davon abgeben. Frauen müssen ihre Macht begreifen lernen, Frauen werden sie sich nehmen müssen –"

„Quatsch", fauchte er. „Labern Sie etwa meine Frau mit diesem Scheiß voll?"

Seine Frage ernüchterte sie, sie faßte sich. „Über diese Dinge haben wir nie geredet."

Wieder trank er einen Schluck. Diese unkontrollierbare bodenlose Wut in ihm, kam sie vom Wodka? Ihm war's egal. „Worüber reden Sie dann?"

Augenblicklich stieg ihr Zorn wieder hoch. „Fragen Sie sie doch."

„Das werde ich. Was *wollen* Sie überhaupt von meiner Frau?"

Sie sah ihn streitlustig an. „Was heißt das?"

„Das heißt, daß sie verheiratet ist und Sie nicht. Das heißt, daß sie verheiratet ist und verdammt froh darüber. Das heißt, da Sie diesen ganzen feministischen Scheiß auf der Pfanne haben, sind Sie wohl auch eine Lesbe?"

Ihr fiel ein Satz von Gloria Steinem ein: *Sind Sie etwa meine Alternative?* Sie bot all ihren Sarkasmus auf: „Nicht bis zum heutigen Abend."

Neal saß auf den Stufen am flachen Ende, bis zum Hals im Wasser, und beobachtete Paul und Val. Er kraulte zu Carolyn. „Ma ist richtig sauer über irgendwas."

Besorgt starrte Carolyn zu Paul und Val hinüber. Die beiden hatten sich vorgebeugt; Pauls Gesicht war verschlossen und undurchdringlich, wirkte aber ruhig; Val unterbreitete ihm offenbar ein paar Argumente, betonte sie sehr heftig mit dem Tippen ihres Zeigefingers. Carolyn sah noch einen Augenblick hin. „Das glaube ich nicht. Sie sind verschiedener Meinung, aber –"

„Ma ist richtig sauer. Ich weiß es."
Neal kraulte zur Treppe zurück. Carolyn paddelte mit der Luftmatratze hinterher.

„Das ganze Problem von Frauen wie Sie ist schlichtweg das." Paul grabschte seinen Schwanz. „Den habt ihr nicht. Den wollt ihr haben. Verleugnet doch die Biologie, bis ihr schwarz werdet. Ficken können nur Männer – kapieren Sie? Frauen haben keinen Schwanz, um das Ficken zu besorgen, das es braucht auf dieser Welt. Das wissen sie, und Sie wissen es auch. Die meisten Frauen wollen ja gar nicht, was ihr Feministinnen glaubt, daß sie wollen. Die Frauenbewegung ist gelaufen. Die Frauen haben genau hingesehen, und sie wollen es nicht."

„Wie wollen denn Sie das wissen? Sie sind ein Neandertaler, der denkt, es ließe sich alles mit der Keule oder mit dem Schwanz regeln." Sie deutete verächtlich auf seinen Schwanz. „Damit sind Sie total vernagelt."

„Wenn ich ein Neandertaler bin, sind Sie eine Amazone – und das macht Sie zur *Legende*. Ich habe mit Frauen gearbeitet, mit *normalen* Frauen, im Norden und im Süden und jetzt hier im Westen, und das nun schon *zwölf Jahre*. Gott sei Dank war keine von ihnen Feministin. Sie sind die einzige Feministin, die mir je untergekommen ist."

Bei all ihrem Zorn wurde ihr klar, daß sie noch nie jemanden so leidenschaftlich gehaßt hatte wie diesen Mann. Sie sagte mit leiser, vernichtender Stimme: „Ich bin nicht die erste Feministin, die Ihnen untergekommen ist. Hunderte sind Ihnen untergekommen. Tausende. Glauben Sie etwa, daß die Sklaven, die 'Ja, Massa' sagten, ihre Herren geliebt haben? Glauben Sie, daß es nicht Millionen von Frauen gibt, die tagtäglich 'Ja, Sir' oder 'Ja, Liebster' sagen und ihr Leben aus tiefstem Herzen hassen und –"

„Richtige Frauen nicht. Bezeichnen Sie sich etwa als richtige Frau? Sehen Sie sich doch an. Sehen Sie sich an –"

„Paul!"

Carolyn rief seinen Namen und erschütterte seine Wut, ein bebender Laut zwischen all den explodierenden Knallfröschen in den umliegenden Gärten. Er kehrte Val Hunter den Rücken; glühenden Haß im Blick, sah er seine Frau an.

„Ma, laß uns gehen." Neal Hunter starrte ihn an und wich vor ihm zurück.

„Du armes kleines Schwein", sagte er zu Neal. „Gott weiß, was deine schwule Mutter dir antut –"

„Paul!"

Val Hunter sprang auf und ging mit großen Schritten zum Haus. Carolyn lief ihr nach.

Val hielt an der Glastür. Ihre Hand ergriff Carolyns bloßen Unterarm und hielt ihn fest. „Es tut mir wirklich leid, Carrie. Gute Nacht."

Er hörte nicht, was seine Frau antwortete; die vertrauliche Geste, mit der Val Hunter seine Frau anfaßte, und dieser widerwärtige vertrauliche Kosename brachten ihn außer sich.

Val Hunter ließ Carolyn los und verschwand im Haus, ihren Sohn im Schlepptau. Carolyn wirbelte herum und kam auf ihn zu, ihre Augen waren zusammengekniffen, ihre Fäuste geballt.

„Diese Amazone, dieses Miststück. Wie kannst du bloß ein solches Miststück mögen, das –"

„Du Schwein." Ihre Stimme war tonlos, eisig. „Du kannst es nicht ertragen, daß ich eine Freundin habe. Du kannst es nicht ertragen, daß ich einmal etwas selbständig getan habe, daß ich den Nerv hatte, ein Kunstwerk zu kaufen –"

„Kunst, so 'n Scheiß. Das Drecksding, das da im Wohnzimmer hängt, ist genauso wenig Kunst wie –"

Sie packte den Stuhl, in dem Val Hunter gesessen hatte – seinen Regiestuhl.

„Carolyn!" brüllte er, als er begriff, was sie vorhatte.

Sie schleuderte den Stuhl mit aller Kraft gegen den Grill. In Folie gewickelte Kartoffeln und brennende Holzkohle flogen überall auf seinem wohlrasierten Rasen umher, zischend wie brennende Knallfrösche.

„Gott, o Gott!" Er rannte zum Gartenwerkzeug am Haus. „Gott, sieh nur, was du angerichtet hast!"

13

„Es ist, wie wenn man Gelb und Rot und Blau zusammenmischt – heraus kommt Schwarz oder Grau. Menschen können wie Farben sein – allein ganz prima, aber steck sie zusammen, und sie sind gräßlich", versuchte Val Neal zu erklären.

Grimmig sagte er: „Ich hätte ihm eine verpassen sollen, als er sagte, du wärst schwul." Noch in seiner Badehose stand er angriffslustig im Wohnzimmer, die Füße gespreizt, Hände in die Hüften gestemmt.

Sie fuhr ihm durchs Haar, grinste bei der Vorstellung, wie ihr Sohn mit seinen kleinen hämmernden Fäusten auf Paul Blake losging. „Weißt du überhaupt, was das Wort bedeutet?"

„Ma, zum Kuckuck." Er sah sie entrüstet an. „Erinnerst du dich denn nicht mehr an Mr. Steinberg?"

Sie erinnerte sich, daß Neal einmal aus der Schule gekommen war und von nichts anderem geredet hatte als von seinem Englischlehrer, der die Schüler gebeten hatte, sämtliche Schimpfworte zu nennen, mit denen bestimmte Gruppen von Menschen bezeichnet wurden, und sie auf Zuruf an die Tafel schrieb. „Ich wette, wir kamen auf fünfzig", hatte Neal erklärt und ihr haarklein auseinandergelegt, wie schrecklich diese Aufzählung gewesen war, diese gräßlichen Worte, Reihe um Reihe, angefangen mit Schwuchtel, Fotze, Prolli und Judenbengel, was Mr. Steinberg selbst hingeschrieben hatte.

„Hör mal, Freund", sagte sie zu Neal, „heut' ist der Vierte Juli, vergessen? Warum sehen wir uns nicht ein Feuerwerk an? Laß uns nach Devonshire rausfahren."

Sie fühlte sich von ihrem Haß auf Paul Blake vergiftet. Sie mußte nach draußen, so als könnte die Weite und die frische

Luft das Schwären lindern. Sie wollte nicht über die Ereignisse des heutigen Abends brüten.

„Läßt du das etwa an?" Mißbilligend sah er auf ihr Kleid.

„Ist der Papst Baptist? Der letzte, wofür ich mich umziehe, ist ein Affe mit Flügeln."

„Ergib dich, Dorothy!" Neal raste in sein Zimmer.

Später, auf dem Ventura Freeway, während die Feuerwerksblumen am Nachthimmel explodierten und verglommen und Boy George leise im Radio sang, sagte Neal sachlich: „Carolyn ist eine nette Frau, Ma. Ich mag sie wirklich. Warum hat sie bloß so ein Ekel geheiratet?"

Sie kam auf ihre Analogie zurück. „Manche Farben passen vielleicht nicht zusammen, aber andere ganz wunderbar."

Er zuckte die Achseln und drehte das Radio auf.

Aber es war auch ihr unbegreiflich. Sie sah Paul Blake wieder vor sich, und mit würgendem Haß, der sie bei dieser Vorstellung befiel, versuchte sie, ihrem Gefühl auf den Grund zu gehen. Sie dachte an ihren Ausflug in die Mojave mit Neal und an die Klapperschlange, die sie beobachtet hatten, wie sie mit natürlicher dreister Bedrohlichkeit ihr Terrain überwachte. Zwar war Paul Blake vielleicht nicht so seelenlos wie ein Reptil, doch verkörperte er eindeutig all die vielen Männer, die sie kennengelernt hatte, die sich mit arroganter Überlegenheit über sie und den Wert all dessen, was sie sagte, dachte, fühlte, kreierte, zustande brachte, lustig gemacht hatten. Männer, die erwarteten, daß sie die Oberhand und Kontrolle hatten, die Unabhängigkeit oder Auflehnung mit amüsierter Nachsicht betrachteten, so als hätten sie ein Kind vor sich. Und ernsthaftere Bedrohungen ihrer Überlegenheit mit argwöhnischer Gönnerhaftigkeit besahen, als hätten sie es mit einer armen Irren zu tun.

Warum hatte Carolyn sich einem solchen Mann wie Paul Blake ausgeliefert? Mit angeekelter Grimasse gab Val zu, daß Paul Blake eine Aura sexuellen Selbstvertrauens besaß. Das hatte er gleich im ersten Augenblick vermittelt – nicht als Herausforderung oder als Andeutung, daß sie eine begehrenswerte Frau war, weit entfernt davon – einfach als Tatbestand. Viele Männer waren sexuell hoffnungslos unterbelichtet und in jungen Jahren um so eher. Vielleicht hatte die neunzehnjährige Carolyn Paul für die sexuelle Offenbarung gehalten. Weiß Gott, dachte Val, es hatte eines älteren Mannes bedurft, ihr die einzige sexuelle Bestärkung zu geben, die sie je erlebt hatte.

Vielleicht hatte es an Henry Ingalls Größe gelegen – einssiebzig (warum nur, warum zog sie immer so kleine Männer an?) – und an seinem Alter, fünfundfünfzig gegenüber ihren vierundzwanzig, was ihr ein Gefühl von Selbstvertrauen gegeben hatte statt der üblichen Verklemmtheit und Angst. Sie hatte sich bei ihm entspannt, war dreimal zum Orgasmus gekommen, jedesmal nach dem Geschlechtsverkehr, hatte den Höhepunkt mühelos durch manuelle oder orale Stimulation erreicht. „Das ist es, was du magst", hatte er ihr gesagt, damals, als Frauen noch den Theorien von Freud und Kinsey auf den Leim gegangen waren, „du bist erstaunlich empfänglich, und das ist alles, worauf es ankommt. Hab keine Schuldgefühle, weil es dir gefällt, es ist nichts falsch daran, und laß dir von niemandem etwas anderes einreden." Diese Bestärkung hatte sie befriedigt, ihr aber in den sexuellen Kämpfen ihrer beiden Ehen und anschließenden Affären nicht genützt. Sobald sie ihre Bedürfnisse gestand, hielten die Männer sie – oder sich – für unzulänglich. Nachdem sie diese enttäuschende Erfahrung wieder und wieder gemacht hatte, fiel es ihr leichter, das hinzunehmen, was ihr geboten wurde.

Vielleicht war sie mit Paul Blake so aneinandergeraten, weil sie sich weigerte, in Gegenwart ihres größer werdenden Sohns je wieder ein männliches Ego zu hätscheln. Vielleicht hatte sie auch einen Punkt im Leben erreicht, wo sie niemanden mehr so sehr mochte, daß sie sich anders gab – selbst wenn es bedeutete, die Freundschaft einer Person zu verlieren, an der ihr lag. Und vielleicht stimmte in Wahrheit auch nichts von beidem – vielleicht hatte sie einfach einen kennengelernt, den sie so verabscheute, daß alle Barrieren in sich zusammengefallen waren in diesem geschlossenen Schaltkreis des Hasses, der nur sie und Paul Blake umfaßte.

Egal, wieviel Bewußtseinserweiterung in diese Welt durchgedrungen war, Carolyn Blake würde an Paul Blake kleben bleiben, weil es nun mal so war, weil es noch immer so war. Abgesehen von der armseligen Aufmüpfigkeit einer geänderten Arbeitszeit hatte Carolyn Blake kein Anzeichen gegeben, daß sie etwas anderes als eine gehorsame Gattin war. Und das mußte der wahre Grund gewesen sein, weshalb sie einen zehn Jahre älteren Mann geheiratet hatte: einen zu haben, dem sie gehorchte, einem Mann und einer Vaterfigur, die ihr sagte, was sie tun sollte.

Aber ich werde sie vermissen... Wie gern bin ich inzwischen mit ihr zusammen...

„Gleich kommt *San Diego Freeway*", sagte Neal und schnippte bei einem Song von Michael Jackson mit den Fingern.

„Wie recht du hast", antwortete sie und wechselte die Spur.

14

Carolyn warf sich aufs Bett im Gästezimmer und starrte unverwandt zur Decke. Sie konnte Paul im Garten fluchen hören, während er die überall verstreuten glühenden Kohlen aufklaubte; er war so nah an ihrem Fenster, daß sie den Kopf nur zu heben brauchte, um ihn zu sehen. Sie wollte nicht hinausschauen.

Val macht sich Vorwürfe, ich bin sicher, daß sie es tut. Was immer auch vorgefallen war, es mußte seine Schuld sein. Vielleicht kenne ich sie ja nicht gut genug, um mir sicher zu sein, aber ich kenne ihn.

Abrupt stand sie auf, strich die gelbe bedruckte Bettdecke glatt, dann ihren Rock und ihre Bluse und ging aus dem Haus.

Zweimal klopfte sie an die Tür des unbeleuchteten Gästehauses und ging ungetröstet den Weg zurück.

Jerry Robinson war aus dem Haus gekommen, stand in seiner Einfahrt und starrte sie aus wässrigblauen Augen an. „Mrs. Hunter und der Junge sind vor ein paar Minuten weggefahren."

„Vielen Dank."

„Ich habe Sie alle vor kurzem in Ihrem Garten gehört. Es gab wohl Krach."

Neugieriger alter Kerl, dachte sie wütend. „Nichts von Bedeutung", entgegnete sie und lief an ihm vorbei.

„Sie und Paul, Sie kommen doch jetzt bald herüber", rief er ihr nach.

Paul saß auf dem Sofa und sah fern. „Ich schätze, du warst drüben, um dich zu entschuldigen." Seine Stimme klang aggressiv, äußerst gereizt.

„Sie sind ausgegangen", sagte sie einsilbig. „Ich hatte nicht die Möglichkeit."

„Ich will dich ja nicht verletzen." Er wählte seine Worte sehr genau. „Aber es gibt Dinge, die du nicht bemerkst. Ich weiß sicher, daß sie schwul ist. Worauf sie es in Wahrheit abgesehen hat, ist –"

„Hör auf! Das reicht!"

Sein Ton war schneidend: „Schrei mich nicht an."

„Ich tue, was ich will, verdammt! Und jetzt kein Wort mehr!" Ihre Stimme überschlug sich. „Val Hunter ist meine Freundin. Es war *deine* Idee, sie kennenzulernen –"

„Ich mag sie nicht, Prinzessin. Ich kann's nicht ändern. Ich kann sie einfach nicht ausstehen."

Er klang überraschend weich, fast entschuldigend. Sie senkte entwaffnet die Stimme. „Du hast kein Recht, mir meine Freundinnen vorzuschreiben."

„Das versuche ich doch gar nicht. Ich kann bloß diese Frau nicht ausstehen." Er rang sich ein Grinsen ab. „Könntest du's nicht mit einer anderen versuchen?"

Ein wenig beschwichtigt sagte sie beherrscht, aber standhaft: „Sie ist meine Freundin, und das wird sie bleiben, falls sie das will, nach diesem Abend hier..."

„Du bist überzeugt, daß alles, was passiert ist, meine Schuld war. Aber ich habe mir eine solche Scheiße von ihr anhören müssen..."

In flammendem Zorn stand sie vor ihm. „Rede nur weiter, na los, erzähl du mir was von Scheiße anhören müssen. Nicht mal der Michigansee würde all die Scheiße fassen, die ich mir von diesen dummdreisten Tölpeln bei deinen Geschäftspartys anhören muß. Lächle, sagst du mir. Sei freundlich." Ihre Stimme klang schneidend, ihre Worte paßten so gar nicht dazu. „Was dem einen recht ist... Wenn du Nachhilfestunden brauchst, wie man sich Scheiße anhört und dabei lächelt..."

Er streckte beide Arme über den Kopf und ergab sich. „Sei's drum. Können wir Frieden schließen?"

Sie setzte sich in ihre Sofaecke, frustriert und noch immer in Rage.

„Essen wir jetzt?"

„Ich hab' keinen Hunger", sagte sie unversöhnlich. Sie sah das graue Bild an der Wand an und versuchte, sich zu beruhigen.

Er ging in die Küche, wortlos machte er sich ein Sandwich.

Später an diesem schweigsamen Abend folgte er ihr ins Gästezimmer. „Übertreibst du nicht ein bißchen? Habe ich etwa ein Schwerverbrechen begangen?"

„Ich will allein sein. Ist *das* etwa ein Schwerverbrechen?"

In seiner Miene lag Vorsicht und Bestürzung. Er nickte und ging.

Allmählich schwand ihr Zorn; sie dachte daran, in ihr Schlafzimmer zurückzukehren. Doch sie lag ausgestreckt – Arme und Beine gespreizt – da und genoß die ungewohnte Freiheit und Geräumigkeit. In ihrer unwiderstehlichen Müdigkeit verdrängte sie jeden Gedanken an ihn. Als letztes sah sie noch einmal Val in ihrem weißen Kleid vor sich, ihren gebräunten Körper, der Gesundheit und Stärke ausstrahlte.

Am Nachmittag darauf war Val nicht im Pool. Doch sie öffnete sogleich auf Carolyns Klopfen; in ihren üblichen Shorts und dem T-Shirt stand sie in der Tür. Sie brachte ein kleines, gequältes Lächeln zustande. „Ich weiß nicht, wie ich es Ihnen beibringen soll, Carrie, aber Ihr Mann und ich haben uns ineinander verliebt."

Carolyn rang sich ein müdes Lächeln ab. „Was kann ich dazu sagen? Ich begreife nicht, was da passiert ist oder warum..."

Val zuckte die Achseln. „Schlechte Chemie."

„Sie kennen ihn ja nicht richtig – er ist gar nicht so, wie Sie ihn erlebt haben. Damals, als ich ihn kennenlernte, war er so hungrig nach Liebe, er war wie ein verlorener kleiner Junge. Es steckt noch heute in ihm..." Sie unterbrach sich. Es hatte keinen Sinn, etwas zu erklären, was Val nicht sehen konnte. Vielleicht sah außer ihr niemand Paul so richtig. „Val... ich hoffe, wir können weiterhin Freundinnen sein."

Val nickte. „Ich bin froh, daß Sie so empfinden. Machen wir unter den gegebenen Umständen das Beste draus, ja?"

Sie sah, daß Val ihr keinen Glauben schenkte, daß die Worte reine Höflichkeit waren. Carolyn sagte hastig: „Haben Sie einen Grill? Kann ich mich heute abend bei Ihnen zum Essen einladen? Dann bringe ich die Steaks mit, die wir eigentlich gestern essen wollten. Nun, wie finden Sic das?"

„Klingt gut." Val grinste. „Neal wird sich freuen, Sie wiederzusehen. Können wir wieder zu Ihnen gehen? Ich glaube, ich würde jetzt gern schwimmen."

Carolyn rief Paul im Büro an und erklärte: „Ich werde das Hühnchen-Cordon-bleu warm stellen, Liebling", machte sie ihm freundlich das Friedensangebot; das Essen war eins seiner Leibgerichte.

„Gut, Prinzessin", sagte er friedlich. „Dann bis später."

15

Als sie drei Jahre verheiratet waren, Carolyn war damals zweiundzwanzig, war sie einsilbiger geworden. Sie wollte – oder konnte – lediglich erklären: „Mir ist einfach nicht nach Reden.

Er witterte eine Liäson. Es schien zwar kaum Gelegenheit dazu zu geben, doch wußte er aufgrund einiger freudloser Affären während seiner ersten Ehe, wie leicht sich solche Dinge arrangieren ließen. Da ihre Stimmung sich nicht änderte, wurde sein Argwohn zur Besessenheit und gipfelte schließlich in der Beauftragung eines Privatdetektivs. Nachdem er sich ihrer Treue vergewissert hatte, bereute er die Geldverschwendung, schimpfte sich und seinen Verdacht lächerlich. Und als die schweigsamen Phasen anhielten, gewöhnte er sich allmählich daran.

Momentan hätte er mehr Verständnis für eine Affäre gehabt, damit wäre er leichter klargekommen als mit dieser Val-Hunter-Geschichte. Und er hätte schon dafür gesorgt, daß ein Rivale bedauerte, überhaupt geboren zu sein.

Es wurmte ihn sehr, daß er sich die beste Chance, das Val-Hunter-Problem zu lösen, vermasselt hatte. Hätte er doch bloß nicht soviel getrunken, hätte er doch bloß nicht in seiner Verachtung für diese Frau schließlich die Selbstbeherrschung verloren; er hätte sich mit ihr anfreunden können, und dann wäre es ein leichtes gewesen, eine Taktik aus der Geschäftswelt anzuwenden: Er hätte nur die richtigen Knöpfe finden und drücken müssen. Nach und nach hätte er ihr den Boden unter den Füßen weggezogen. Oft genügte als Grundlage schon das einfache Lächerlichmachen. Gargantua hätte er sie nennen können – mit einem Lächeln natürlich, als wäre es ein nett gemeinter Spitzname. Paula Bunyan.

Er schob seine Geschäftsprognose beiseite, die er gerade korrigierte, und sah auf seinen Tischkalender. Der 23. Juli – neunzehn Tage seit dem Vierten Juli, seit dieser ganze Mist begonnen hatte. Garantiert zweimal in der Woche ging sie abends rüber. Nur für eine Stunde, sagte sie jedesmal. Doch für gewöhnlich wurden es anderthalb Stunden und letzten Donnerstag sogar zwei. Sie hatte erklärt: „Val und ich wollen uns Geraldine Ferraros Antrittsrede anhören."

„Ich weiß, daß dies ein historischer Augenblick für Frauen ist", hatte er geantwortet, „und ich möchte sie mir auch anhören. Mit dir, Prinzessin."

Sie schüttelte den Kopf. „Du empfindest nicht das gleiche wie ich, wie die meisten Frauen zur Zeit... Wenn du nur die Frauen in meiner Firma hören könntest..." Sie fügte abschließend hinzu: „Du würdest die Demokraten ja doch nicht wählen, es sei denn, Reagan wechselte die Partei."

„Du hattest noch nicht mal das Interesse, überhaupt zu wählen", trumpfte er auf.

„Diesmal tu' ich's", sagte sie leise und ging aus dem Haus.

Er griff wieder nach seiner Prognose und legte sie wieder beiseite. Was wollte sie bloß von dieser Frau? Was für Bedürfnisse hatte sie? Warum diese Abendbesuche, wieso konnten sie sich nicht über den Zaun unterhalten? Um mit Neal zusammenzusein, hatte sie gesagt, weil ich ihn liebe, und weder ihn noch sie kann ich zu uns einladen... Und Val arbeitet... Aber diese Künstler konnten ja jederzeit arbeiten, um Mitternacht gar, wenn sie wollten. Carolyn hatte irgendwas über die eigene Hausarbeit gesagt. Doch wieviel Zeit nahm das Putzen und Kochen tatsächlich in Anspruch? Nicht viel, bei nur zwei Personen und mit sämtlichen arbeitsparenden Geräten, die man überhaupt kaufen konnte. Wieviel Dreck konnten zwei Leute schon machen? Und Carolyn lungerte viel mehr in der Sonne herum... Sie war braun und wurde immer dunkler.

Die Tatsache, daß Carolyn mit ihr zusammensein wollte, ließ sich nicht leugnen. Die Sache nicht rationalisieren. Warum? Worüber redeten sie? Carolyn las noch immer diese zerfledderten Bücher aus der Leihbücherei – gab's über Kunst denn soviel zu lernen oder zu reden? Unbestreitbar war er genauso intelligent wie diese Hunter, seine Arbeit war mindestens ebenso interessant – und obendrein verdammt viel besser bezahlt. Er redete zwar nicht viel über seine Arbeit, aber offenbar interessierte sie auch nicht so sehr...

Er hieb mit der Hand auf seinen Schreibtisch, die Seiten der Prognose stoben umher. Gott verdammt, jetzt reichte es ihm. Er brauchte Ruhe in seinem Leben, wollte sich mit seiner Frau wieder wohl fühlen. Wollte, daß die Dinge wieder so liefen wie zuvor. Ganz oben zu bleiben war schon schwer genug, auch ohne das alles, und alle wußten, entweder er oder Dick Jensen würde der nächste Zweigstellenleiter; Will Trask belauerte sie beide mit seinem stechenden Blick...

Es mußte eine Lösung geben – es gab immer eine. Abwarten? Das könnte er, doch wie lange? Diese neunzehn Tage waren endlos gewesen, der Gedanke an dieses Miststück von Amazone, die ihn auslachte, war unerträglich. Und er war keineswegs mit Geduld gesegnet.

Was machten die Leute nur, um ihre Ehe wieder aufzupolieren? Brachten eine Abwechslung hinein, das war's.

Mochte es auch absurd erscheinen, vielleicht sollte er mit Val Hunter umgehen, als wäre sie ein Mann. Die Zähne zusammenbeißen und sich so verhalten, als würde er wieder um Carolyn werben, genauso, wie er es vor seiner Heirat getan hatte. Ob es ihm nun gefiel oder nicht, es wäre von Vorteil, das Problem auf diese Weise anzugehen... Er konnte für Carolyn Dinge tun, an die Val Hunter nicht im entferntesten heranreichen konnte.

Wieder sah er auf seinen Kalender. Bedrückt dämmerte ihm, daß er mindestens noch drei Wochen hier festsaß. Die Olympischen Spiele begannen am nächsten Wochenende; die Sportlerinnen und Sportler trudelten bereits ein. Den Berichten zufolge war der Verkehr schauerlich; seine Firma hatte Sammelfahrten mit Bus und Auto organisiert, allen Mitarbeiterinnen und Mitarbeitern nahegelegt, Urlaub zu nehmen. Es wäre unmöglich, irgendwo in dieser Stadt ein freies Plätzchen zu ergattern ... weder im Restaurant noch sonstwo. Er ließ die Schultern sinken.

Dennoch, es schadete nicht, sich mal umzuhören, rumzufragen ... Nimm die Dinge nie so, wie sie erscheinen, erinnerte er sich – diese Grundregel des Geschäftslebens traf auch aufs Leben zu. Wer weiß, vielleicht fände sich doch unverhofft eine verwundbare Stelle in einem anscheinend undurchdringlichen Panzer ...

Er langte zu seiner Sprechanlage hinüber, dann besann er sich anders. Auf Margie konnte er sich bei so was nicht verlassen. Sie war zu passiv, zu bereitwillig, ein Nein als Antwort hinzunehmen, deshalb war sie ja Sekretärin und nicht im Verkauf, wo sie gern sein wollte – und deshalb konnten die meisten Frauen im Geschäftsleben keine Lorbeeren ernten. Die meisten Frauen waren so.

Nein, er würde selbst ein paar Erkundigungen einholen und sehen, wie hoffnungslos die Situation tatsächlich war.

16

Carolyn und Val hatten schon eine ganze angenehme Weile lang kein Wort mehr gewechselt. Im Wasser zwischen ihren beiden Luftmatratzen erforschten Vals Finger die Form von Carolyns Hand, innen und außen, zwischen den Fingern, über die Nägel. Val hatte die Augen geschlossen; das Carolyn zugewandte Gesicht war gelassen und friedlich.

Carolyn betrachtete ausgiebig die breite Stirn, die dichten dunklen Brauen und Wimpern, die Nase mit leicht gewölbten Nasenlöchern, die vollen Lippen. Die meisten Leute würden sagen, ihr sinnlicher Mund sei das Schönste an ihr, dachte Carolyn, und vielleicht findet sie selbst das auch. Die Lippen waren ausdrucksvoll, so wie die große sanfte Hand, die die ihre hielt. Sie mochte Vals Hände sehr, Hände, die so vertrauensvoll und selbstsicher waren, ob sie nun Geschirr abräumte oder Kleidung zusammenfaltete, Leinwand spannte oder Rahmen baute, sorgfältig Pinsel auswusch oder auf einem ihrer zahllosen Blöcke, die überall im Haus in Reichweite lagen, eine Skizze anfertigte. Val hatte ihr nicht erlaubt, diese Hände beim Malen eines Bildes zu betrachten. „Carrie, ich will nicht, ich kann nicht zulassen, daß Sie meine unfertigen Bilder ansehen.."

Carolyn entzog Val ihre Hand, um sich auf den Rücken zu drehen, aalte sich in der Sonne, als die Luftmatratze aus dem schattigen Teil des Pools glitt. Sie fühlte sich rundum wohl, streckte sich, sah zufrieden an sich herab. Große Freude am eigenen tief goldbraunen Körper erfüllte sie, seit kurzem ein ganz und gar neuer Stolz. Sie reichte wieder hinüber, um zu fühlen, wie Vals große weiche Hand die ihre umschloß. Sie döste weiter, nur das beruhigende Dröhnen eines Flugzeugs drang in ihr Bewußtsein und die Hand, die die ihre hielt. Als sie die Augen aufschlug, sah sie, daß Val sie anschaute.

Val lächelte. „Ihr Haar wird länger."

„Ist es schon zu lang?"

„Nicht annähernd." Val ließ Carolyns Hand los und schüttelte sich das Wasser von den Fingern, ehe sie nach einer Strähne griff. „Die Spitzen sind jetzt viel lockiger. Sie sind jung, Sie sollten jung aussehen. Haben Sie nicht solche Eile, Paul oder sonstwen ringsum einzuholen." Sie zwirbelte die Strähne zwischen ihren Fingern. „Ihr Haar hat die Farbe von trocknendem Sand."

Val machte selten Bemerkungen über ihr Aussehen, und Carolyn zögerte den Moment hinaus. Sie murmelte: „Nasser Sand klingt ja nun nicht gerade attraktiv."

„Nicht nasser Sand, trocknender Sand. Also Sand mit Sonne darauf. Das ist eine Farbe, die sich schwer hinkriegen läßt..."

Wieder trieben sie schweigend dahin. Vals Finger strichen langsam weiter durch Carolyns Haar. Carolyn sagte träge mit geschlossenen Augen: „Neal ist so begeistert über die Olympiade."

Val gluckste. „Wir werden uns zwei Veranstaltungen ansehen. Ich nehme ihn mit zum Marathon der Frauen, er nimmt mich mit zu dem der Männer. Der Preis für beides ist genau richtig – umsonst." Glucksend paddelte sie ihre Luftmatratze zum flachen Ende des Pools. „Kommen Sie heute abend rüber, Carrie?"

„Ganz bestimmt."

***

Paul kam pünktlich nach Hause – ein ungewohntes Ereignis –, und nachdem er sie geküßt hatte, legte er seine Aktenmappe feierlich aufs Sofa. „Ich hole uns einen Drink, Prinzessin. Wir haben etwas zu feiern. Ich habe eine tolle Überraschung, ich knoble schon den ganzen Tag daran..."

Sie kam um halb neun zu Val. „Ich konnte nicht eher kommen", sagte sie trübselig und trat in das kleine chaotische Wohnzimmer. „Wo ist Neal?"

„An der Ecke, Milch holen. Sie war alle." Stirnrunzelnd sah sie das Paket in Carolyns Händen. „Nicht schon wieder etwas für ihn."

„Nur ein neues Puzzle..."

„Zu dem, woran ihr beide gerade bastelt, zum Monopoly, das Sie letzte Woche mitgebracht haben, und dem Baseballhandschuh und dem Flugzeugbaukasten –"

„Ach, lassen Sie das." Unruhig ging sie durchs Zimmer und hob Zeitungen auf, schaffte Ordnung.

„Lassen *Sie* das. Freundinnen kommen nicht in mein Haus und räumen auf. Was ist in Sie gefahren?"

„Ach Gott, Val, ich muß auf die Bahamas."

Val warf den Kopf zurück und lachte. „Ich hole ein Aspirin."

„Ich will nicht dahin", sagte Carolyn heftig. „Mir ist nicht danach zumute. Aber wenn Sie ihn gesehen hätten. Eine ganze Aktentasche vollgestopft mit Prospekten. Er hat alles geplant – Hotels, Ausflüge, eine Nacht in Miami, sogar unsere Kleidung. Er hat meinen Chef angerufen, um sicherzugehen, daß ich Urlaub bekäme."

Val grinste. „Wann fahren Sie also?"

„Freitag!"

„Freitag?"

Carolyn ließ sich aufs Sofa fallen. „Ich kann nicht sehr lange hierbleiben, sonst wäre er allzu verletzt. Er ist wie ein kleiner Junge in bezug auf diese Reise." Töricht gestand sie: „Ich hätte eigentlich gar nicht herkommen können, hätte ich ihm nicht gesagt, ich wolle ein wenig angeben." Sie sah eine befriedigende Ernüchterung in Vals Gesicht.

„Wie können Sie am Freitag wegfahren?" fragte Val. „Da fängt doch die Olympiade an. Wie konnte er –"

„Sein Reisebüro hat ihm gesagt, daß sie jede Menge Plätze auf den Flügen von Los Angeles haben, nicht annähernd so viele Leute, wie erwartet, sind hier eingefallen. Und wir fliegen auf irgendeine Insel, ich weiß nicht mehr, wie sie heißt, nicht so ein großer Touristenbums wie Nassau. Das einzige Problem war das Hotel in Miami, aber dort hat er Geschäftsfreunde, somit –"

„Hallo, Carolyn!" Neal knallte vor Freude die Tür zu, gab seiner Mutter die Tüte und umarmte Carolyn. „Wo hast du gesteckt? He, ist das ein Geschenk für mich? Hat Ma dir erzählt, daß wir die olympische Fackel gesehen haben?"

„Ja", antwortete Carolyn und umarmte ihn auch, „aber erzähl mir trotzdem alles, vielleicht hat sie ja etwas Gutes vergessen." Sie grinste Val an, froh, daß sie hier war.

Val lächelte. „Carrie, bleiben Sie noch ein paar Minuten", überredete sie sie. „Schließlich hat er Sie bald ganz allein für sich..."

17

Val zog einen Skizzenblock unter einem Stapel hervor. Der Block war fast voll, und sie durchblätterte ihn langsam: Carolyn im Badeanzug, die mit Gläsern in der Hand zum Pool ging. Carolyn in Shorts im Liegestuhl, die Beine graziös übergeschlagen, wie sie die Arme mit Sonnenöl einrieb. Carolyn auf einer Luftmatratze auf dem Bauch liegend, einen Arm unter dem Kopf, dösend; dann auf dem Rücken liegend, mit einer Hand schirmte sie die Sonne ab; auf einen Ellbogen gestützt, der Malerin zugewandt, lächelnd.

Val suchte einen Bleistift Nummer eins heraus und verfeinerte die Linien auf Carolyns Körper auf älteren Skizzen; sie wußte jetzt, wie dieser Körper zu zeichnen war. Auf einer neuen Seite erstand Carolyns Gesicht wieder, diesmal mit einem schmollenden Flunsch. Val lächelte beim Zeichnen.

Später im Bett grübelte sie, was in dem inzwischen kalten Krieg zwischen ihr und Paul Blake vor sich gegangen war. Falls er einfach abgewartet hatte, hatte er jetzt die Geduld verloren. Carolyn war sich des vollen Ausmaßes ihres unüberbrückbaren gegenseitigen Hasses nicht bewußt, doch auch so war die Fortsetzung dieser Freundschaft gegen den Willen ihres Mannes überraschend. Es hatte den Anschein, als wüchse ihr Entscheidungs- und Durchsetzungsvermögen. Mit sechsundzwanzig gehörte das vielleicht einfach zum Prozeß des Erwachsenwerdens... Schließlich, so dachte Val, obwohl sie selbst in ihrer Andersartigkeit immer eine Außenseiterin gewesen war, war sie auch erst in Carolyns Alter als Individuum in Erscheinung getreten und hatte ihr Leben selbst in die Hand genommen...

Doch jetzt ergriff Paul Blake ganz eindeutig Besitz von seiner Frau. Entführte sie für zwei Wochen in die Tropen zu Mondschein und Romanze, wo er sie mit Essen und Trinken und Ficken bediente bis zur Unterwerfung. Und wahrscheinlich funktionierte es so. Val drehte sich um und starrte in die dunklen Schatten ihres Zimmers.

Das schwarze Meer war von einer Lichterkette gesäumt, die Küste einer Tropeninsel. Carolyns Arm umschlang sie; ihr Kopf lag an Vals Schulter, während sie an Deck eines Schiffes standen und auf die Lichter starrten. Vals Hände umfaßten Carolyns Taille. Wortlos drehte Carolyn sich um. Val zog sie an sich und streichelte über die Rundung ihrer Hüfte...

Val setzte sich im Bett auf. Ihr Körper war heiß, ihr Puls raste. Ihr erster klarer Gedanke war der an Alix: Gott sei Dank, Alix war in Houston. Wäre sie hier, wüßte jemand von diesem Traum, würde sie sich totlachen.

Val sah auf die Uhr: halb sechs. Es schien, als wäre es gefährlich, im Bett zu bleiben. Sie stand auf und schlich geräuschlos ins schattenhafte Grau des Wohnzimmers. Ein Anflug von Morgendämmerung zeigte sich am verblassenden Himmel. Sie setzte sich auf ihr Sofa und starrte aus dem Fenster auf die pechschwarzen Silhouetten der Blätter und auf die Mauer, die sie von Paul und Carolyn Blake trennte.

Der Traum war leicht zu erklären; er war eine Vermischung der Situationen. Sie war sich Carolyns Körper bewußt, weil sie ihn skizziert hatte. Und nicht nur das: Sie hatte gerade eine Darstellung dessen auf der Leinwand vollendet. Weil sie Carolyns Körper wiedererschuf, war sie von dem Gefühl dafür okkupiert. Gewiß, sie berührten einander mehr als die meisten Frauen, doch das lag an Carolyns Wasserphobie, und da hielten sie sich nur an den Händen... Abgesehen von heute. Aber schließlich hätten alle, ob Mann oder Frau, ihre Freude an diesem langen, seidigen Haar, das sich so wunderbar anfühlte.

Ich bin ein sexuelles Wesen, sagte sie sich. Seit Jahren habe ich nur gelegentlich und meistens unbefriedigenden Sex. Alle wußten, daß Onanie nicht das Gelbe vom Ei war. Selbst ein Blumenkohl sähe nach einer Weile wie ein Sexualobjekt aus.

Es gab wirklich kein Problem; zwischen ihnen würde sich nichts Sexuelles abspielen.

Heute wäre ihr letzter Tag, bevor er sie mitnahm... Das Bild von Carolyn war praktisch fertig, sie mußte nur noch letzte Hand anlegen. Sie würde es ihr zeigen. Warum nicht? Carolyn würde nicht wissen, daß es ein Bild von ihr war, dazu war es zu abstrakt.

18

Ihre Augen starrten auf ein nahtloses Ineinanderfließen schlichter Harmonien, sinnlich gerundete Linien willkürlich variierender Grüntöne. Obwohl ohne mathematische Regelmäßigkeit, waren die Rundungen äußerst symmetrisch, fließend bis zum Bildrand auf goldfarbenem Grund, ein Widerschein von Sonne. Ihr Blick ging hinauf und heftete sich auf eine grüne Fläche, eine zarte Schattierung, die sie faszinierte; sie sah, daß es ein stilisiertes Auge war, das in die eigene in sich gekehrte Reserviertheit blickte. Wieder starrte sie auf die schier endlosen, fließenden, graziösen Linien.

„Es ist wie eine... musikalische Komposition. Als hätten Sie sich Musikstücke hergenommen..." Sie stockte.

„Der Vergleich irritiert mich überhaupt nicht." Vals Stimme klang weich.

„Das Grün dieser Rundungen variiert so unglaublich... Überall diese Struktur, außer da, wo die Farbe wechselt –"

„Damit sollen Schichten, Tiefen dargestellt werden. Unerwartete, unvorhergesehene Schichten und Tiefen."

Vom Bild aufs neue gebannt, murmelte Carolyn: „Gott, wie gern möchte ich es haben..." Als Val nicht antwortete, drehte sich Carolyn zu ihr um.

„Carrie, es trocknet doch noch." Val machte einen entgeisterten Eindruck. „Es muß noch eine Weile trocknen... Dann gefirnißt werden. Und ich denke... Vielleicht will ich ja noch einiges ändern."

Erstaunt sah sie Val an. Noch nie hatte sie von Val ein solches Gestammel gehört. Aber sie begriff ganz klar, daß Val dieses wunderbare, lyrische Bild behalten wollte. „Wenn ich nur das Privileg habe, es zu betrachten", sagte sie fröhlich.

Sogleich lächelte Val. „Sie können unmöglich noch ein Bild von mir zu Hause anschleppen, auch nicht, um den Bahamas zu entrinnen. Sie sind wohl verrückt!"

Carolyn kicherte zustimmend; dann versenkte sie sich wieder in das Bild.

„Selbst Michelangelo würde sich geschmeichelt fühlen."

Vals Ton war liebevoll und warm. „Kommen Sie, wir haben noch ein paar Minuten – lassen Sie uns rübergehen und in Ihrem Pool aalen."

Stolz auf ihre neuerrungene Unerschrockenheit im Wasser glitt Carolyn auf ihre Luftmatratze und dümpelte auf der tiefen Seite des Pools unweit der Leiter dahin. Sie konnte inzwischen sogar im Wasser untertauchen, wenn sie sich nur am Poolrand oder an der Luftmatratze festhalten konnte.

Val schwamm zu ihr und hielt sich am Poolrand fest. „Genießen Sie das Wasser dort, wo sie hinfahren, Carrie", sagte sie eindringlich. „Wie ich höre, ist es einer der wirklich schönen Plätze auf der Welt."

Carolyn legte Val die Hände auf die Schultern, die ihr mittlerweile in ihrer Breite und Stärke wie ein sicherer Anker vorkamen. Sie legte ihre Wange an Vals. „Ich werde Sie und Neal richtig vermissen."

Sie spürte Vals Körper an ihrem, fühlte, wie Vals Arme sie umschlangen, und realisierte die Folgen zu spät.

Einen Augenblick später tauchte sie wieder auf, von Val gehalten, versuchte, nicht mehr zu lachen, um nicht mehr husten zu müssen. „Sie verrücktes Weib, eine von uns muß sich doch festhalten.“ Sie umklammerte Val, bis sich ihr Husten gelegt hatte.

Wortlos half Val ihr aus dem Pool. Ihre weichen, warmen Hände strichen Carolyn das nasse Haar aus dem Gesicht und das perlende Wasser.

„Es geht mir gut, wirklich“, sagte Carolyn.

„Es war genauso meine Schuld...“

Val griff nach ihrem Handtuch. „Carrie, machen Sie's gut.“ Mit ein paar Schritten nahm sie Anlauf, packte die Mauer und schwang sich hinüber.

19

Er arbeitete länger und erledigte die Eingänge in seinem Fach. Als er heimkam, brachte er eine elegant verpackte Schachtel mit. Er überreichte sie Carolyn mit einer grinsenden Verbeugung, wobei er sich etwas albern vorkam. Überrascht und vor Freude lachend, stellte sie die Schachtel auf die Bar und entfernte die riesige rote Schleife und die Silberfolie. An hauchdünnen Spaghettiträgern hielt sie ein eierschalfarbenes Nachthemd in die Höhe.

Als er ihre aufgerissenen Augen, ihre Freude sah, hatte er nicht mehr so große Schuldgefühle. Margie hatte ihre Sache blendend gemacht. Schließlich hatte er ihr ja auch genau erklärt, was sie kaufen sollte; und bei all der Arbeit, die zu erledigen war, bevor er seinen Arbeitsplatz für zwei Wochen verlassen konnte, hatte er einfach keine Zeit dafür erübrigen können. „Es ist schon lange her, daß ich dir so etwas gekauft habe, Prinzessin.“

„So etwas hast du mir noch nie gekauft.“ Sie strich über das Tüllgewebe und ging ins Schlafzimmer. „Das packe ich jetzt als erstes ein. Aber es ist viel zu teuer, viel zu schön, um es im Bett zu tragen.“

Er setzte sich auf den Bettrand; sie beugte sich hinunter und küßte ihn. Er zog sie herab. „Schatz, wir müssen packen", protestierte sie, als er ihren Hals küßte.

„In einer Minute."

Verstohlen sah sie zur Uhr. Zehn vor acht. Wenn sie jetzt nebenan wäre, würde sie vielleicht mit Val und Neal etwas spielen, Karten womöglich. Und sich über Neals Wetteifer freuen, seine unkomplizierte Offenheit, seinen geradlinigen Ernst, seine Freude an ihrer Faszination...

„Paul", flüsterte sie, als er aufstöhnte und kam. „Lieber Paul." Er regte sich nicht, während sie seine zerwühlten grauen Schläfen streichelte.

Sie packten. Jetzt würde Neal sich anschicken, ins Bett zu gehen. Wenn sie jetzt drüben wäre, würde sie auf dem Sofa kauern und sich mit Val unterhalten oder sich die Nachrichten im neunten Programm ansehen oder Val über Kunst befragen oder vielleicht von ihrer eigenen Arbeit erzählen. Baseballgeräusche oder auch Rockmusik kämen aus dem Radio in Neals Zimmer. Wieder ein gemütlicher Abend, an dem sie sich auf die beiden Leben einließe, die sie ebenso fesselten wie das eigene...

„Habe ich irgendwas gesagt? Oder getan?" fragte Paul. „Das ganze Strahlen, das du hattest, als ich heimkam, ist offenbar verflogen."

Mit pflichtschuldiger Heftigkeit protestierte sie: „Schatz, was wir da gerade getan haben, war etwas ermüdend. Im Gegensatz zu dir habe ich nämlich kein kleines Nickerchen gehalten."

„Ich möchte dich in diesem Urlaub sehr glücklich machen", sagte er weich. Er ließ die Schlösser seines Koffers zuschnappen und trug ihn ins Wohnzimmer.

Ihre Freundschaft mit Val – diese neue, tiefempfundene Freude am Leben –, wie konnte sie nur diesen Sand im Getriebe entfernen, sein verdrießliches, passives Akzeptieren, sein gequältes Märtyrertum?

Vielleicht, wenn er in jeder Weise wieder ihrer Liebe sicher war... Vielleicht könnte sie Val bei ihrer Rückkehr weniger oft sehen... Vielleicht, wenn sie guten Willen zeigte, könnte nach einer gewissen Zeit die Feindseligkeit zwischen den beiden erlahmen... Vielleicht, nur vielleicht, bestand ja eine solche Möglichkeit.

Wenn er so sehr entschlossen war, diesen Urlaub für sie wundervoll zu machen, würde sie ihr Bestes tun, ihn ebenfalls glücklich zu machen – in jeder Weise. Diese nächsten zehn Tage würde sie sich ganz und gar auf ihn konzentrieren, auf seine Freude, sein Glück.

20

„Erst der Anfang, Liebling.“ Er sah zu, wie der Fahrer ihr Gepäck im Kofferraum der riesigen blauen Limousine verstaute, und bedauerte, daß es ihm nicht in den Sinn gekommen war, traditionelles Schwarz zu ordern. Und er wünschte sich, Val Hunter würde im Vorderhaus statt im Gartenhaus wohnen, so daß sie sähe, wie er Carolyn entführte.

„Erste Klasse das Ganze, Prinzessin. Von hier an nur das Beste.“ Er winkte dem Fahrer ab und hielt ihr galant die Wagentür auf.

Spätabends in Miami Beach spazierten sie barfuß in der linden Luft am Meer entlang. Seit ihrer ersten Bekanntschaft hatte er kaum von seiner Kindheit und Jugend gesprochen, und nun kam er auf Geschichten zurück, deren Schmerz und Härte ihrem Gedächtnis ganz entfallen waren, so daß sie bei seiner Erzählung wieder aufgefrischt wurden. Später zog sie das Nachthemd an, und im Mondschein, der einen Kegel in das Meer hinter ihrem Balkon schnitt, empfing sie ihn mit solcher Hingabe, daß sein Liebemachen in raschen, leidenschaftlichen Höhepunkten gipfelte. Am nächsten Morgen beim Aufwachen umschlangen seine Arme wieder ihren Körper.

Sie flogen in einer neunsitzigen Cessna auf die Bahamainsel Eleuthera, händchenhaltend saßen sie da, während das dunkelblaue Meer unter dem winzigen Flugzeug in durchsichtiges Grün überging. An diesem Abend sahen sie sich in der Bar des Winding Bay Club – wo sie sich wie im Exil fühlten – zusammen mit ein paar Dutzend johlenden, fröhlichen Gästen, alle aus den Vereinigten Staaten, die Eröffnungsfeier der Olympischen Spiele an. Während der lächelnde karibische Kellner ihr ein neues Rumgetränk servierte, betrachtete Carolyn die erhebenden Luftaufnahmen vom glitzernden Los Angeles mit Tränen des Stolzes auf ihre neue Wahlheimat, und als schließlich die amerikanischen Sportlerinnen und Sportler jubelnd hinter ihrer Flagge zu den schwungvollen Klängen der Hymne *The Stars and Stripes Forever* ins Stadion einmarschierten, wünschte sie sich aus tiefstem Herzen, zu Hause zu sein.

Blaugrünes Meer, kristallklar, gleißender weißer Sand, immer neue Wolkenformationen am schmerzhaft blauen Himmel – alles weckte Erinnerungen an die leuchtenden Farben von Vals Bildern. Carolyn wanderte mit Paul an idealen, menschenleeren Stränden entlang, watete im durchsichtigen Wasser, betrachtete die kleinen schimmernden, hastig flüchtenden Fische, sammelte Muscheln bei Ebbe, lag mit Paul in der Sonne.

Auf Erkundung versessen, mieteten sie sich ein Auto mit einem stillen, höflichen Führer, der sie über verwegene Straßen fuhr und durch Ortschaften mit Häusern in leuchtenden Farben und Gebäuden, die zweihundert Jahre und älter waren. Sie hielten in anderen Urlaubsorten der Insel, wo Carolyn die bescheidenen Andenkenläden durchforstete. Sie fuhren über unausgeschilderte Wege durch eine Fülle blühenden Laubwerks, die am makellosen weißen oder rosafarbenen Sandstrand der Karibik mündeten oder auf der anderen Seite der Insel auf böigen Klippen hoch über dem brandenden Atlantik.

Begeistert stürzte sie sich auf diese Ausflüge, in der Hoffnung, ihn zu ermüden – oder sich selbst, wenn das nicht gelang, so daß sie wahrheitsgemäß erklären konnte, sie sei erledigt, wenn sie sich außerstande fühlte, sich seinem Liebemachen mit voller Inbrunst hinzugeben. Das Alleinsein mit ihm in ihrem Strandhaus – zu welcher Tages- oder Abendstunde auch immer – bedeutete, mit ihm zu schlafen; und ihr Gewebe wurde immer dünner, ihre Vagina verkrampfte sich wie vor einem gewaltsamen Eindringen.

Abends dinierten sie im Speisesaal des Clubs, im Hintergrund plätschernde Unterhaltung und karibische Musik vom Band, einem gelegentlichen Popsong, den sie schon aus Neals Radio kannte. Nach dem Essen schlenderten sie wieder zu ihrem Strandhaus, die Kokospalmen wiegten sich in der linden Brise, sein Arm lag um sie, seine Hand strich besitzergreifend über ihre Hüfte. Und schon bald lag sie da, lauschte dem Meer und dem Wind in den Palmen, während sie ihn liebkoste, während seine Finger sie insistierend streichelten in Erwartung der Feuchtigkeit für seinen steifen Penis. Dann die stöhnende Frage: „Spürst du mich?" „Ja... Ja, Paul, Liebling..." „Besser als auf unserer Hochzeitsreise?" „Besser denn je..." Er küßte ihren Hals, ihre Ohren, ihr Gesicht; die letzten Kolbenstöße, dann schlief er ein.

Danach wusch sie sich, betupfte ihre Möse mit kaltem Wasser, eine tröstliche Wohltat zwischen ihren Beinen.

Frühmorgens an ihrem fünften Urlaubstag, als sie zu einem Zwei-Tage-Ausflug nach Nassau starten wollten, erwachte sie mit brennendem Schmerz. Sie untersuchte sich; die Lippen ihrer Vagina waren hochrot.

„Ich gehe zur Rezeption und erkundige mich nach einem Arzt", sagte Paul mit besorgter Stimme und kummervoll gerunzelter Stirn.

„Ich glaube nicht, daß das nötig ist." Sie lachte verlegen. „Es ist nicht so wie die Infektion vor vier Jahren, weißt du noch? Es eitert nicht. Es ist nur, daß..." Wieder lachte sie. „Wir waren... Na ja, laß uns einen Tag oder zwei Pause machen, bitte. Es wäre mir peinlich, wenn mir ein Arzt sagte, daß..."

„Okay", sagte Paul hastig. „Aber wir bleiben besser hier. Es wäre zu lästig für dich..."

„Ja", sagte sie. „Vielleicht könnten wir ein Auto bekommen und zur nächsten Apotheke fahren, wo ich Salbe besorgen kann. Dann geht's mir bald besser."

Später an diesem Morgen lagen sie auf der Terrasse ihres Hauses, sie blickte auf das wunderbar klare Wasser, atmete die salzhaltige milde Luft ein. Heute nacht würde sie nicht bestürmt, vielleicht auch nicht die nächsten zwei Nächte oder gar drei.

Nachmittags schlenderten sie zum winzigen Andenkenladen des Clubs in einem Fachwerkhaus am Strand. Sie kaufte Neal ein weißes Winding-Bay-T-Shirt und ein paar Kartenspiele mit Inselansichten darauf, dem tiefen Blau und gleißenden Weiß der Karibik. Sie hatte ihm bereits in anderen Andenkenläden ein leuchtendblaues T-Shirt mit einem großen weißen Hai darauf gekauft und eine ganze Muschelsammlung.

„Du bist wirklich vernarrt in das Kind", bemerkte Paul kühl. Er deutete auf eine große schwarze Frau, die graziös den Weg neben dem Andenkenladen entlangschritt, auf dem Kopf balancierte sie einen Obstkorb. „Kannst du denn nicht begreifen, daß seine Mutter so was Ähnliches tut?"

„Schatz?" Der auf ihn gerichtete Blick war neutral, ihre Stimme klang unbeteiligt. „Hättest du mich geliebt, wenn ich einsfünfundachtzig wäre?"

„Sicher." Es war nur eine Spur von Zögern. „Das hätte ich", fügte er hinzu.

„Was?" Ihre Gedanken waren bereits abgeschweift, sie durchstöberte gerade ein Tablett mit goldenen Armkettchen.

„Dich geliebt, auch mit einsfünfundachtzig."

„Ah. Das ist gut." Trug Val überhaupt Armbänder? Möglicherweise nicht...

In dieser Nacht empfand sie Schuldgefühle über ihre Erleichterung und schlug Paul vor: „Wenn du Liebe machen willst, Schatz, könnte ich –"

„Nein." Dann wurde sein Ton nachgiebiger. „Es kommt mir

zu sehr wie Masturbation vor nach der echten Sache."

Als sie sich zum Schlafen umdrehte, dachte sie noch, daß er ihre Sexorgie vielleicht ebenso über hatte wie sie. Diese Nacht hatte sie ihren Körper für sich und fiel in einen tiefen, wunderbaren Schlaf.

Die nächsten beiden Tage fühlte sie sich nicht gedrängt, die Initiative zu irgendwelchen Aktivitäten zu ergreifen, also aalte sie sich am Strand in der Sonne, lungerte auf der Terrasse herum, las die Romane, die sie an der Rezeption im Bücherregal aufgetrieben hatte. Paul spielte Golf im Cotton Bay Club, und so schlenderte sie durch Winding Bay und plauderte mit einem Einheimischen, einem karibischen Tauchexperten der Inselgewässer. Mit sanfter Stimme erzählte er ihr bereitwillig die Geschichte von Eleuthera seit der Zeit des Kolumbus und zeigte ihr die schönsten Stücke seiner überreichen Muschelsammlung, die er aus einem Umkreis von hundert Meilen an den Inselstränden zusammengetragen hatte.

Als sie Paul ihre neuerworbenen Kenntnisse mit Begeisterung unterbreitete, bemerkte er: „Paß bloß auf, mit wem du sprichst, wenn du hier allein bist."

„Ach, Paul", antwortete sie vorwurfsvoll, „dieser Ort, diese Leute hier sind so ganz anders als die bei uns. Auf der ganzen Insel ist uns bisher noch kein Polizist untergekommen!" Er äußerte sich nicht weiter, aber von da an erzählte sie ihm nichts mehr über ihre Gespräche mit dem Tauchlehrer; sie wollte ihn nicht beunruhigen. Bald wäre der Urlaub zu Ende. Sie war froh.

Zwei Tage vor ihrer Heimreise, morgens im Bett, glitt Paul an ihr herab, lüpfte ihr Nachthemd und untersuchte sie mit übertriebenem Eifer.

„Es sieht wieder rosig und heil aus." Sachte strich er mit der Fingerspitze darüber. „Wie fühlt sich das an?"

„Viel besser. Prima", sagte sie hastig, denn bei seinem starrenden Blick zwischen ihre Beine kam sie sich völlig lächerlich vor. „Es geht mir schon wieder ganz gut, Schatz."

Er kam zu ihr hoch, und sie nahm ihn in die Arme. Sogleich band er seine Pyjamahose auf.

Sie entzog sich ihm. Sie murmelte: „Warum können wir uns nicht statt dessen küssen ... hier." Sie streichelte seinen steifen Penis.

Er starrte sie wortlos an, und sie sagte verlegen, peinlich berührt und defensiv: „Du hast einmal gesagt, du wünschtest, ich würde gelegentlich die Initiative ergreifen. Das tue ich jetzt. Ich finde, wir könnten ein wenig mehr wagen, meinst du nicht?"

„Ich will nicht, daß du das bei mir machst." Dann lächelte er und stützte sich auf den Ellbogen und streichelte ihren Bauch. „Aber ich würde alles auf der Welt tun, was dir gefallen könnte ..."

Er hatte womöglich das Gefühl, zu diesem Schluß kam sie zwei Minuten später, als stochere er mit einem Stock auf sie ein. Sie warf einen verstohlenen Blick auf ihn herab.

Starr lag er da, mit zugekniffenen Augen, angeekelter Grimasse und stocksteif herausgestreckter Zunge.

Sie erstarrte vor Scham, griff in sein Haar und zog ihn hoch.

„Das war wunderbar", flüsterte sie.

Er stieg aus dem Bett und fingerte in seinem Mund herum. „Ein Haar", krächzte er und verschwand im Badezimmer. Obwohl das Wasser lief, hörte sie, wie er sich die Zähne putzte und gurgelte.

Dann kam er wieder ins Bett und fragte: „Versuchen wir's noch mal?"

Beschämt und von seinem Wunsch, ihr gefällig zu sein, gerührt, antwortete sie: „Nein, Schatz, du warst süß und wunderbar."

Er nahm sie in seine Arme. Sie schmeckte Zahnpasta auf seinen Lippen. Sie verdrängte jeden Gedanken und konzentrierte sich auf seine Befriedigung.

21

Wie damals, als er ihr den Hof gemacht hatte, war seine Werbung auch diesmal von Erfolg gekrönt. In zwölf Tagen nur eine Erwähnung dieser Val Hunter – und das von ihm. Morgen war der letzte Tag vor ihrem Rückflug, und sie hatte dieser Hunter noch nicht mal ein Mitbringsel gekauft.

Ich habe gewonnen. Noch bevor ich mit schwerem Geschütz auffahre. Ich habe gewonnen.

Vielleicht hatte er ja die ganze Zeit über die Situation falsch eingeschätzt, den Einfluß dieser Hunter. Vielleicht war es ja tatsächlich der Junge, dem Carolyns Zuneigung galt. Obwohl nicht so ganz verständlich, war's doch durchaus möglich – und deshalb wäre das schwere Geschütz heute abend um so wirkungsvoller. Oft überstiegen die Vorstellungen der Frauen sein Fassungsvermögen; gerade das machte sie ja so rätselhaft, so mysteriös und wunderbar...

Er lag dösend und zufrieden im Bett, hörte Carolyn im Bad rumoren. Der Sex vor einer halben Stunde war anstrengend, ermüdend gewesen, doch der Orgasmus – so intensiv, daß er alles um sich her vergaß, alles außer ihrer weichen Kontraktion...

Carolyn kam ins Zimmer. Schläfrig sagte er: „Prinzessin, warum faulenzen wir heute nicht einfach, geben unserer Bräune den letzten Schliff?"

„Gut, Schatz. Aber ich möchte noch zum Tauchlehrer, vielleicht magst du ja mitkommen. Er will mir eine ganz besondere Muschel zeigen, die er gesäubert hat. Womöglich will ich sie kaufen."

Er zuckte die Achseln. „Sicher." Er betrachtete sie mit

Freude, seufzte tief auf, als er zurückdachte: „Es war gut."

Sie drehte sich um und sah ihn an, ohne zu lächeln. „Mache ich dich wirklich glücklich?"

„Nach diesem Urlaub fragst du das noch?" Die Frage machte ihn fassungslos.

Sie wandte sich ab und lächelte ihn im Spiegel an, während sie energisch ihr Haar bürstete.

„Weiber!" rief er gutgelaunt. „Gott steh mir bei, ich werde die Weiber nie begreifen." Er sah zu, wie sie sich die Knoten aus den gelockten Haarspitzen bürstete. „Wann läßt du dir bloß das Haar schneiden?"

Ihr Blick schweifte zu ihm, dann weiter. „Ich weiß nicht", sagte sie vage und abwesend. „Irgendwann..."

Nach dem Mittagessen sah Carolyn den Tauchlehrer am Andenkenladen. Er hatte ihr den Rücken zugekehrt und schloß die Tür neben dem Laden auf. Als sie und Paul hingingen, kam der Eleutheraner mit vollen Händen heraus.

Unbeeindruckt betrachtete Paul die glänzende, rosa-weiß gerillte Oberseite der Muschel. Lächelnd, die schönen weißen Zähne strahlten sehr weiß in dem dunklen Gesicht, drehte der Tauchlehrer die Muschel um und hielt sie Carolyn hin. Paul war verblüfft.

Die fächerförmig gebauschten Ränder schimmerten lachsfarben, die tiefen, wie mit einem Kamm gezogenen Rillen gingen in dunkles Zobelbraun über und schillerten so betörend, daß man sich die noch größere Schönheit der inneren Muschelspirale vorstellen konnte.

„Sie ist atemberaubend", hauchte Carolyn. „Sie ist einfach phantastisch."

„Nehmen Sie sie, berühren Sie sie", sagte der Eleutheraner in seinem Singsang. „Es ist eine der schönsten hier, eine prächtige Muschel."

Ehrfürchtig bekam Carolyn die Muschel in beide Hände gelegt, ihre Fingerspitzen streichelten die tiefgerillten Rundungen, die sich ins Innere bogen. Die Augen unverwandt auf die

Muschel gerichtet, sagte sie zu Paul: „Man nennt sie die Königin des Meeres... Mr. Cartwright hat mir alles darüber erzählt... Es zumindest versucht..."

Sie sah den Tauchlehrer an, dessen muskulöse Arme über dem blaßgrünen Hemd des Winding Bay Club verschränkt waren, und erwiderte sein Lächeln. „Ich nehme sie", sagte sie.

„Fünfundneunzig Dollar, Mrs. Blake", sagte der Eleutheraner mit weicher Stimme.

Carolyn nickte. „Ich nehme sie", wiederholte sie.

„Warte eine Sekunde, Carolyn", sagte Paul. „Ich finde auch, sie ist außerordentlich. Aber sollten wir nicht erst darüber reden? Ich meine, sie ist... Wo im Haus paßt sie denn hin?"

„Königin des Meeres, wie treffend", murmelte Carolyn mit abwesendem Blick. „Ich will sie für Val", sagte sie.

„Fünfundneunzig Dollar", wiederholte Paul mit einem Schwindelgefühl. „Eine Muschel, ich weiß ja nicht, ob eine Muschel das wert –"

„Das ist es", erklärte Carolyn. „Mr. Cartwright hat mir über Muscheln eine Menge erzählt, er war sehr großzügig mit seiner Zeit." Sie zog ihre Reiseschecks aus der Schultertasche, ihre grünen Augen auf Paul gerichtet. „Da gibt's doch kein echtes Problem, nicht wahr?"

„Sicher ist sie billig zu diesem Preis", stammelte er.

Wieder spürte er dieses Schwindelgefühl, so stark, daß er sich an der Hauswand festhielt.

Der Champagner, dachte er. Zuviel Champagner bei ihrem Abschiedsessen. Seine sexuelle Erregung wuchs, aber kam nicht zum Höhepunkt; auf seinem Körper brach der Schweiß aus. Der Orgasmus, als er kam, beglückte ihn mehr als die Ekstase, ein zwanghafter Gedanke an die unersättliche Rita aus erster Ehe.

„So bist du noch nie gewesen", murmelte Carolyn und tupfte ihm mit dem Kissen den Schweiß von Schulterblättern und Rücken.

„Ich werde duschen“, sagte er, mühsam nach Luft schnappend.

„Das wirst du nicht. Es ist gut so.“

Nach der ganzen Strapaze war sie offenbar kaum außer Atem. Allerdings war er danach auch selten so lange wach gewesen...

„Es ist gut so“, wiederholte sie.

„Liebling?“ Er rollte sich auf den Rücken, zog sie auf sich und nahm ihr Gesicht in seine Hände. Nach all der wundervollen Vertrautheit ihrer Ferien, der gerade erlebten Intimität, war dies der passende Augenblick.

„Liebling, ich habe schon eine Weile darüber nachgedacht. Ich bin überzeugt, daß es für uns die richtige Zeit ist, unser Kind zu bekommen. Jetzt. Ich möchte ein Kind mit dir haben. Ein Mädchen. Mit grünen Augen wie deine.“

Carolyn sah ihn unverwandt an. „Noch nicht, Paul.“

Sie nahm sein Gesicht in ihre Hände; er ließ sie los und schloß die Augen. Er fühlte, wie ihre kühlen Finger seine Wangen streichelten, während sie sagte: „Du bist erst sechsunddreißig – ich weiß jetzt, wie jung das im Grunde ist. Du kommst mir jünger vor denn je. Wir haben noch viel Zeit.“

Sie sagte weich, tröstend: „Und ich bin gerade sechsundzwanzig. Erst sechsundzwanzig, Schatz. Ich will in meinem Beruf vorwärtskommen, ich will die Möglichkeit haben, es erst mal zu etwas zu bringen, damit ich später, wenn ich das möchte, nicht ganz von vorn anfangen muß, wie damals, als wir von Chicago wegzogen. Das kannst du doch verstehen, nicht wahr?“

„Mmhmm“, brummte er, indem er fortsah und sich ein Kissen unter den Kopf schob.

Sie glitt neben ihn und nahm seine Hand, hielt sie umschlungen und preßte sie an ihre Brust. „Dann ist es gut, ja? Im Moment scheint es so am besten.“

„Mmhmm.“ Er rührte sich nicht.

„Paul?“

Er atmete tief, stellte sich schlafend und gab keine Antwort.

Er spürte, daß sie aus dem Bett schlüpfte, gleich darauf hörte er im Bad das Wasser laufen.

Er lag da, die Fäuste seitlich geballt, unter seinen Augenlidern wurde es ganz heiß.

Sie hatte gesagt: *Im Moment scheint es so am besten.* Das hatte seine Mutter auch behauptet. Seine Mutter hatte erklärt: SO IST ES AM BESTEN.

22

Sie war den ganzen Tag aufmerksam und liebevoll zu Paul gewesen. Trotz ihrer Abneigung gegen öffentlich demonstrierte Zärtlichkeiten hatte sie ihren Kopf an seine Schulter geschmiegt und seine Hand gehalten, seit die Cessna auf ihrem Rückflug nach Miami war. Sie wußte sehr wohl, daß sie ihn tief verletzt und er sich stundenlang schlafend gestellt hatte; sein Atmen war ihr allzu vertraut.

Und sie war noch wacher als er. Sie wußte, daß, hätte er früher ein Kind gewollt – bevor sie Val kennengelernt hatte –, sie sich gefügt hätte. Val und die Probleme in Vals Leben hatten ihr klargemacht, wie eingeschränkt ihr Leben in den darauffolgenden Jahren wäre, hätte sie die Verantwortung für ein Kind. Doch Paul ging auf die Vierzig zu; er hatte das Recht, Vater zu sein. Aber ihr Leben und ihre Berufsaussichten würden eingeengt – nicht seine. Die Möglichkeiten in ihrem Leben würden sich drastisch verringern, genau wie bei Val.

Val hatte ihr gesagt: „Als regionale Malerin bin ich in meiner Höchstform... Aber ich wäre gern in Europa gewesen, wenigstens für ein Jahr." In ihrem Gesicht hatte Sehnsucht gelegen. „Und ich hätte gern einige Jahre ausprobiert, was ich malen will und wie ich mir mein Handwerk erarbeite."

Carolyn hatte gefragt: „Wenn Sie noch einmal von vorn anfangen könnten, hätten Sie dann auch... ein Kind bekommen?"

„Ach Gott, ja. Aber ich hätte lieber gewartet, bis ich um die Dreißig gewesen wäre..."

Sie landeten in Miami. Eine Stunde später auf ihrem Non-Stop-Flug nach Los Angeles starrte Paul unverwandt aus dem Flugzeugfenster. Obwohl sie wußte, wie durchschaubar ihre Bemühungen waren, ihm zu gefallen, wiederholte sie: „Ich fand es ganz wundervoll, alles war so phantastisch."

Da sah er sie an, lächelte und zog ihre Hand an die Lippen. „Ich liebe dich, Prinzessin. Über alles."

Sie zog seinen Kopf an sich und küßte ihn.

Es wird bestimmt alles gut, versicherte sie sich. Er wird schon noch verstehen, daß ein oder zwei Jahre nicht so viel ausmachen...

Am frühen Abend hatten sie ausgepackt; ihre Mitbringsel für Neal und Val stapelten sich auf dem Schminktisch. Sie rief Val vom Schlafzimmerapparat an, und ihr wurde bewußt, daß sie noch nie mit ihr telefoniert hatte.

Vals tiefe, volltönende Stimme machte sie auf einmal verlegen. „Ja", stotterte sie, „hm, hallo –"

„Carrie, willkommen daheim. Ich habe gehofft, Sie würden anrufen. Neal möchte Ihnen hallo sagen, dann wollte ich fragen, wie wär's –"

„Hören Sie", sagte sie mit einem Blick auf den Geschenkestapel, die behutsam verpackte Königin des Meeres. „Warum komme ich nicht rüber für ein Viertelstündchen? Ich habe da ein paar Dinge mitgebracht..."

Sie ging ins Wohnzimmer, die Geschenke im Arm. „Schatz, ich bin gleich wieder hier. Sie verreisen übers Wochenende", log sie, „sonst sehe ich Neal erst nächste Woche..."

Er sah kurz von seiner Post auf, ehe er weiterlas. „Ich bin müde. Wahrscheinlich die Zeitverschiebung."

„Leg dich doch ein Weilchen hin, Schatz", sagte sie mitfühlend.

Er lächelte und zog zwei Nummern der *Business Week* aus dem Poststapel.

Neal rannte in seinem neuen Haifischhemd herum und sang: „Ich bin der König der Wä-äl-der..."

„Des Meeres, du Dummerchen", sagte Val zärtlich. Sie starrte auf die schimmernde Muschel in ihrer Hand. „Carrie, die ist ja umwerfend, so einzigartig... Es wäre so einfach für Sie gewesen, mir irgendeinen Gebrauchsgegenstand zu schenken. Ich bin so glücklich, einen solch wundervollen Schatz zu bekommen..."

„Ich muß sofort wieder nach Hause." Sie errötete vor Freude über die Begeisterung der beiden.

„Hach, ich hab' dir ja noch gar nichts von der Olympiade erzählt!" rief Neal. „Du *kannst* noch nicht gehen!"

„Bleiben Sie noch ein wenig, Carrie", drängte Val. „Schließlich hat er Sie ja ganze zwei Wochen für sich gehabt."

23

Mit seinen siebenundsechzig Jahren nur leicht gebeugt, das weiße Haar noch voll und dicht, hatte Jerry Robinson sich bequem zur Ruhe gesetzt, und die meiste Zeit verbrachte er beim Fischen am Pirussee oder spielte Poolbillard mit seinen Kumpanen in seiner Stammkneipe am Lakershim Boulevard – die heute abend durch die aggressive Klimaanlage eisigkalt war –, wohin er Paul mitgebracht hatte.

Nach ein paar gewollt fröhlichen Scherzen mit den Stammgästen, die Jerry ihm vorstellte, und nachdem er Jerry vier Bier spendiert hatte, hielt Paul ihn für locker genug, so daß er ihn an einen Ecktisch lotste.

„Jerry", sagte Paul und zog mit seinem Bierglas Schlieren auf dem polierten Tisch, „macht es dir etwas aus, wenn ich frage, was du für das Gästehaus bekommst?"

Jerry blinzelte ihn an. „Macht mir nichts aus, Bruder. Dreihundert sind's."

Jerry nannte jeden Mann, den er mochte, Bruder, eine Angewohnheit, die Paul mißfiel. Doch er lächelte und nickte. „Ich hab' schon vermutet, daß du nicht das verlangen würdest, was es wert ist, Jerry. Du hast ein weiches Herz. Diese Hunter, ist sie 'ne gute Mieterin?"

„Sehr zurückhaltend."

„Das dauert nur ein Weilchen. Du kennst ja die Frauen." Er und Jerry kicherten, dann fragte er: „Wie ist's mit dem Kind? Stört es dich oder Dorothy?"

„Nee. Ich hab's anfangs befürchtet, um ehrlich zu sein. Ich und die Frau werden nicht gern belästigt, weißt du. Aber es war Dorothy, die sagte, vermiete es ihnen. Sie sind ganz in Ordnung. Er ist ein netter Junge. Ruhig, gute Manieren. Das gibt's bei Kindern heutzutage nur noch selten."

„Es ist ein Wunder." Fasziniert starrte Paul auf das silbern schimmernde Ding, eine Heiligenbildmedaille, im Ausschnitt von Jerrys Buschhemd. Er betonte die nächsten Worte: „Bei solch einer überkandidelten Mutter."

„Überkandidelt?" Jerrys rheumatische Augen blickten ihn erschrocken an.

„Na ja, wir hatten sie zum Essen eingeladen..."

„Dorothy sagte, daß sie Carolyn abends ziemlich oft rüberkommen sieht."

„Carolyn mag den Jungen sehr." Es gelang ihm nur schwer, seine Stimme nicht defensiv klingen zu lassen. „Ich bin sicher, daß er ein wenig Bemuttern dringend nötig hat."

Jerry sah ihn an, in seinen wässrigblauen Augen lag Mitleid; und mit einem Anflug von Zorn wurde Paul klar, daß Jerry annahm, er und Carolyn könnten keine Kinder bekommen. Er machte den Mund auf, dann biß er die Kiefern zusammen.

Jerry sagte: „Du glaubst nicht, daß Miz Hunter ihn besonders bemuttert? Es scheint, als ob sie sich sehr gut um ihn kümmert."

„Manche Leute können eben eine gute Show abziehen, das muß ich dir wohl nicht erst erklären. Sie sagt, sie sei verheiratet gewesen, aber Carolyn –" Er biß sich auf die Lippen und blickte Jerry reumütig an, so als habe er sich bei einem Vertrauensbruch ertappt. Er fuhr fort: „Diese Künstlertypen, na ja..."

Jerry nickte verständnisinnig.

„Auch wenn sie ihn unter einem Maulbeerbaum gekriegt hat, ist er deshalb nicht minder ein netter Junge, nicht? Aber diese Hunter, die hat vielleicht komische Ansichten, Jerry. Am Abend, als sie bei uns war, sagte sie doch direkt vor ihrem Sohn, daß sie eigentlich an überhaupt nichts glaubt. Wohl kaum eine gottesfürchtige Frau, meinst du nicht auch? Hast du je gesehen, daß sie sonntagmorgens mit ihm in die Kirche geht?"

Als Jerry ihn offenen Mundes anstarrte, nahm Paul seine Gelegenheit war. „Sie braucht nicht die Gegenwart eines Mannes für ihren Sohn, das hat sie auch gesagt. Gott weiß, was für eine Memme dieser Junge mal wird, wenn seine Mutter so denkt... Viele solcher Frauen heutzutage, sie glauben, daß sie überhaupt keine Männer brauchen."

Jerry nickte. „Die Frau und ich haben erst gestern darüber geredet."

„Ich bin froh, daß Dorothy noch immer deiner Meinung ist, Jerry. Diese Hunter, wenn die erst an Dorothy rankommt, Gott weiß, was sie ihr dann alles einflüstert. Es wäre doch schrecklich nach all diesen Jahren, wenn Dorothy auf einmal an allem herummeckern würde, was ihr beide zusammen gehabt habt."

Wieder starrte Jerry ihn fassungslos an. „Die Frau – ich kenne Dorothy, so etwas täte sie nie..."

„Tagtäglich sehe ich in meinem Job, wie Frauen drauf aus sind, jede Frau zu bekehren, an die sie herankommen. Und jetzt, da wir Reagan haben und der gesunde Menschenverstand wieder in dieses Land einkehrt, um so mehr. Und nun haben sie auch noch diese Ferraro als Vizepräsidentskandidatin. Mit Sicherheit kannst du deine Frau nicht an die Leine legen, wenn du hierher kommst oder zum Fischen fährst, na, kannst du's?"

Jerry trank sein Bier, schwenkte sein Glas und schüttelte den Rest darin heftig durcheinander. Paul machte der Kellnerin – einer gebleichten Blondine mit angestrengtem Gesicht – ein Zeichen für eine neue Runde. Sie tranken schweigend, Jerry brütete über seinem Bier, Paul war zufrieden, daß seine Worte solchen Widerhall fanden. Er bekam vom Bier einen schweren Kopf.

„Wünschte, ich hätte eine Ahnung, wie ich sie loswerden könnte", sagte Jerry schließlich.

„Nun", antwortete Paul bedächtig und kaschierte seinen Triumph, „es gibt immer einen Weg. Du brauchst das Haus aus irgendeinem Grund. Vielleicht für eine Verwandte?"

„Wir haben keine Verwandte, jedenfalls nicht in der Nähe."

Paul unterdrückte ein verächtliches Schnauben. „Das muß sie ja nicht erfahren."

„Ich kann Dinge nicht gut aufbauschen, Leute anlügen. Sie merken sofort, wenn ich's tue."

„Sieh mal, Jerry. Wieso brauchst du eigentlich Gründe? Du täuschst nur etwas vor, um sie nicht vor den Kopf zu stoßen. Es ist dein Haus, Mann. Haben wir schließlich nicht immer noch Besitzrechte in diesem Land?"

„Bei Gott, du hast recht, Bruder!" Jerry stieß mit Paul an und nahm einen tiefen Zug aus seinem Glas.

„Du bekommst dreihundert für das Haus", sagte Paul dumpf und versuchte, einen klaren Gedanken zu fassen und Jerry zu fixieren. „Ich sag' dir was. Du bringst sie aus deinem Gesichtskreis und genauso aus meinem – bevor sie Carolyn oder Dorothy etwas antut. Wenn diese Hunter auszieht, gebe ich dir einen Hunderter für deine Mühe und zahle die Miete, bis du es neu vermietet hast."

„Das ist verrückt." Jerry schüttelte heftig den Kopf. „Kommt nicht in Frage, das brauchst du nicht, Bruder."

Sie plänkelten gutgelaunt – Kumpels jetzt –, bis Jerry einwilligte, einen Kasten Mooseheadbier für seine Mühe anzunehmen, und daß Paul ihn zum nächsten Spiel der Raiders mitnähme. Sie besiegelten ihren Handel mit einem Handschlag und einer neuen Runde Bier.

„Ich glaube tatsächlich, du könntest dreihundertfünfzig fürs Haus kriegen“, sagte Paul zu ihm. „Ich weiß, daß du's kriegen könntest.“

„Weiß nicht... Es ist schon arg winzig, Bruder. Keine Badewanne, der Teppichboden nur so lala. Und die Küche –“

„Dreihundertfünfundzwanzig also. Verlang soviel. Runtergehen kannst du immer noch.“

„Du bist ein ganz gerissener Kerl. Hab' ich der Frau schon immer gesagt.“

„Ich denke, du solltest Dorothy nicht alles haarklein erzählen“, riet Paul.

„Mach dir keine Sorgen. Diese Hunter hat mit Dorothy nicht viel zu tun. Jedenfalls ist die Frau immer einverstanden mit dem, was ich tue.“ Jerry stand auf, und mit streitlustigem Torkeln bahnte er sich den Weg zur Herrentoilette.

24

Carolyn starrte Val perplex an.

Val lachte trocken. „Ich muß so ähnlich ausgesehen haben wie Sie, als Jerry Robinson mir das sagte. Er hat mich nicht angesehen, Carrie. Ich habe gefragt, ob Neal irgendwas ausgefressen hat, und er sah aus, als wollte er sich in einem Mauseloch verkriechen. Was immer ich auch sagte, er wiederholte lediglich diese Geschichte, daß er das Haus für eine Verwandte brauche.“

„Ich werde mit ihm reden. Oder besser noch, ich werde Paul darum bitten. Sie schwatzen immer im Garten, sie –“

„Nein“, sagte Val mit aller Entschiedenheit. „Die Gründe sind mir egal. Ich will nirgendwo sein, wo ich nicht erwünscht bin. Er hat mir gesagt, bei der Suche nach einer neuen Wohnung könne ich mir soviel Zeit lasen, wie ich brauche. Und das werde ich. Wollen Sie mir helfen?“

„Natürlich. Aber das hier ist lächerlich. Ich verstehe nicht –“

„Da ist nichts zu machen. Betrachten Sie es als X-Faktor, als eine der kleinen Unwägbarkeiten im Leben."

Sie ignorierte Pauls Gleichgültigkeit, seine wachsende Irritation, und bestand darauf, über Jerry Robinson zu reden. „In den anderthalb Jahren, die wir jetzt hier leben, war der einzige Verwandte, der sie je besucht hat, dieser Bruder von Hawaii, weißt du noch? Die Robinsons haben uns in den Ohren gelegen, wir sollten rüberkommen und ihn kennenlernen. Niemals vermietet er an eine Verwandte."

„Woher wissen wir das? Vielleicht gibt's ja noch andere Verwandte." Seine Stimme klang schneidend, außer sich. „Was zum Teufel geht das mich an?"

Sie sagte kalt: „Ich werde eine Menge Zeit damit zubringen, ihr zu helfen. Es wird nicht leicht sein, den richtigen Platz für eine Malerin zu finden."

„Davon bin ich überzeugt", konterte er betont sarkastisch.

Doch kaum zehn Tage später sagte Val: „Das ist es, Carrie. Sehen Sie sich das Licht an, all diese großen Fenster. Ein wenig ramponiert zwar, aber preiswert, verglichen mit dem, was wir uns angeschaut haben, und es wird sich herrichten lassen, meinen Sie nicht?"

„Ja", antwortete Carolyn beklommen angesichts dieser drei schäbigen Zimmer, ehemals Büroräume des darunterliegenden, völlig heruntergekommenen Drugstores am lauten, vielbefahrenen Magnolia Boulevard. Sie hatte das kleine gelbe Haus so geliebt... „Wir können es herrichten, Val, es gemütlich machen."

Mit Carolyns Hilfe zog Val am Monatsende ein, am letzten Sonntag im September. Nachdem Neal abends zu Bett gegangen war, ließ Val sich aufs Sofa fallen. „Carrie, wenn ich schon so müde bin, wie kaputt müssen Sie da erst sein."

„Mir geht's gut." Nie gäbe sie zu, daß sie im Leben noch nicht so schwer gearbeitet hatte, so erledigt gewesen war. „Sie haben viermal soviel gearbeitet wie ich. Morgen werden Sie's in den Knochen spüren... Kommen Sie rüber", drängte sie, „der Pool wird guttun –"

„Zuviel Arbeit. Warum kommen Sie nicht hierher? Ich verspreche Ihnen auch, daß ich Ihnen keine Arbeit aufhalse. Wir werden mehr Zeit miteinander haben."

„Sie haben recht", sagte Carolyn nachdenklich, und der Gedanke, mehr Zeit mit Val zu haben, machte sie froh. „Jede Veränderung hat für gewöhnlich ihr Gutes – auch wenn es zuerst nicht so aussieht."

„Diese Wohnung ist heller, offener", sagte Val müde. „Um die Wahrheit zu sagen, in dem kleinen Häuschen bekam ich manchmal Anfälle von Klaustrophobie."

Als Carolyn sich ein Glas Wasser holte, fand sie bei ihrer Rückkehr Val schlafend in die Sofaecke gekauert. Es würde nicht schaden, beschloß Carolyn, wenn sie in ihren Shorts schliefe. Also bettete sie Vals Füße hoch, und Val rollte sich auf dem kurzen Sofa zusammen. Carolyn fand in der großen Wäschetruhe eine Decke, deckte sie zu und schloß die Wohnungstür hinter sich.

Montag, nach ihrem Besuch bei Val, bremste Carolyn ihren Wagen, sobald sie die orange-weiße Polyesterhose von Dorothy Robinson erkannte, die mit zwei Einkaufstüten beladen war. Carolyn betrachtete sie grübelnd. Wenn die Robinsons nicht vorhatten, ihr Haus tatsächlich an Verwandte zu vermieten, warum hatten sie Val dann gekündigt? Sie hielt an und nahm Dorothy Robinson mit.

Als Paul nach Hause kam, stand sie mit verschränkten Armen im Wohnzimmer. Er übersah, daß sie seinen Gruß nicht erwiderte, hängte sein Jackett sorgfältig über den weißen Sessel und kam zu ihr. „Lenny hat mir heute von einem Haus erzählt", sagte er, „drei Straßen von ihm entfernt in Encino, der Eigentümer ist in einer Notlage. Wir könnten –"

„Du elendes Miststück."

Vom Donner gerührt blieb er stehen.

„*Du* hast es Val angetan. *Du.*"

„Wovon redest du eigentlich?"

Ihre grünen Augen waren ruhig, doch sie hatte an seiner Stimme gehört, was sie wissen mußte. Irrationalerweise hatte sie gehofft, daß Dorothy Robinson sich irgendwie geirrt hatte.

„Siehst du etwa so aus, wenn du geschäftlich jemanden abgelinkt hast? So lässig und unschuldig?“ Sie konnte weder ihr Zittern noch das Beben ihrer Stimme beherrschen. „Jerry Robinson hat zwar Val Hunter belogen, nicht aber seine Frau. Dorothy Robinson hat es erst erfahren, nachdem es geschehen war; sie findet es schrecklich, wie du und Jerry eine Frau aus dem Weg geräumt habt, die euch nichts getan hat.“

Er antwortete nicht. Seine Augen erinnerten sie an den Science-fiction-Film, den sie gestern abend gesehen hatte, in dem die Leute einen völlig leeren Blick hatten und ihre Körper ferngesteuert waren.

Sie sagte: „Jetzt begreife ich, was wirklich los ist. Es sind nicht meine Freundinnen, es ist auch nicht meine Arbeitszeit, es ist mein ganzes Leben. Das ist es immer gewesen. Du besitzt mich. Ich habe es im Grunde nie zuvor gewußt, weil es früher eigentlich keine Rolle gespielt hat.“

„Das stimmt nicht. Alles, was wir früher hatten, war wunderbar. Wir waren früher glücklich, weißt du noch? Ich habe keine Ahnung, was für Flausen sie dir in den Kopf gesetzt hat.“ Seine Stimme klang fest und überzeugt. „Ich habe jedes Recht, dich vor ihr zu beschützen.“

„Beschützen? *Beschützen?* Du spinnst.“

„Diese Amazone hat dich gegen mich aufgehetzt. Dir nichts als Scheiße eingetrichtert.“

„Wie könnte sie dich wohl bedrohen? Wir sind verheiratet. Du bist mein Mann. Sie ist eine Frau. Ich bin nicht deine Sklavin, ich –“

„Jetzt hör mir mal zu, Carolyn. Sie ist nicht einfach eine Frau. Sie will dich für sich haben. Ich weiß, daß du's nicht glaubst, aber dieser weibliche Paul Bunyan ist eine Lesbe. Sie versucht, dich ins Bett zu zerren.“

„Sie hat nie irgendwas getan, sie...“ Sprachlos vor Wut mahlten ihre Kiefer einen Moment lang. „Ich bin dir nie untreu gewesen. Das ist mir nie in den Sinn gekommen. Offensichtlich glaubst du, ich könnte es mit allen treiben, ob Mann, Frau oder Kind."

Sein Mund war eine schmale weiße Linie. „Ich weiß nur das eine, seit diese Amazone dahergekommen ist, ist unsere Ehe eine halbe Sache gewesen."

„Unsere Ehe eine halbe Sache?" fragte sie zornig. „Ich werde dir zeigen, was in Wahrheit eine halbe Sache ist."

Sie marschierte ins Schlafzimmer. Dreimal ging sie hin und her, dann hatte sie all ihre Sachen im Gästezimmer.

25

Wolken weichen Nebels umwaberten sie, Carolyn sah Val an, ihre grünen Augen waren weit offen und bittend, ihr Körper im Bikini glänzte. Carolyn legte ihren Kopf auf Vals Schulter, ihr Haar fiel silbern herab. Carolyns Arm umschlang sie, Carolyn preßte sich an sie; das Fleisch, kalt wie Marmor, erwärmte sich unter Vals Händen. Carolyn hob ihr Gesicht...

Val schreckte hoch, riß die Decke beiseite, die Morgenluft tat ihrem heißen Körper gut.

Nur in Träumen sah sie derartige Bilder, beruhigte sie sich, ihr Puls wurde langsamer; in wachen Stunden hatte sie nie solche Phantasien... Zweifellos resultierten diese Träume aus der Vorstellungskraft, die Alix ihr eingepflanzt hatte. Oder auch fehlgeleitete Schuldgefühle wegen Alix.

Sie sagte in Gedanken zu Alix: Nicht jede Liebe ist Sexualität, nicht jede Berührung ist Sexualität. Ich habe soviel Berührung von ihr, wie ich mir wünsche oder brauche. Ich habe ihre Wärme, ihre Zuneigung, ihr Vertrauen. Du warst eine Phase, Alix. Diese Träume sind eine Phase.

In der Dämmrigkeit des Zimmers griff sie nach ihrer Uhr. Halb sieben. Sie stand auf und schauderte in ihrem alten wollenen Morgenrock, dankbar für die Morgenkühle und die milden Tage nach der sengenden Septemberhitze. Es war noch früh, aber sie hatte eine Menge zu tun, um die Bilder für den Transport zu verpacken. Und was sollte sie anziehen? Ihre neuesten Jeans und die gute weiße Bluse, beschloß sie. Schließlich verkaufte sie ihre Werke, nicht ihren Körper. Carolyn wäre so gut gekleidet, das reichte für beide, sie würden schon nicht aus Santa Barbara, diesem aufgemotzten Nest, herausgeworfen...

Von allen Ereignissen der vergangenen Woche hatte sie Carolyns Angebot, sie heute zu begleiten, am meisten verblüfft. Lächelnd dachte Val an die Stichelei mit Neal zurück: „Es liegt mir fern, mir, einer lausigen Mutter, einen Ausflug nach Santa Barbara zu erwarten und danach einen Abstecher zum Strandhaus, wenn ich damit gegen einen Sonntag vor Opas Fernseher anstinken soll."

Neal hatte gekontert: „Opa versteht immerhin, daß die Cubs vielleicht auf die Weltrangliste kommen und daß Walter Peyton Jim Brown den Rekord abjagt und obendrein Dallas auf dem Schlauch steht."

Carolyn hatte leise gefragt: „Möchten Sie, daß ich mitkomme, Val?"

„Ja... klar", hatte sie geantwortet und sich rasch von ihrer Überraschung erholt. „Aber ich muß am Strandhaus vorbeifahren, Carrie. Ein paar Bilder mitnehmen –"

„Ich kann den Tag mit Ihnen verbringen", hatte Carolyn im gleichen leisen Ton hinzugefügt.

Was zum Teufel war mit der Blakeschen Ehe los? Ungeachtet all der Rechtfertigungen von Carolyn, daß sie ihr beim Renovieren der Wohnung helfen wolle, hatte sie eine erstaunliche Menge Zeit hier verbracht. Carolyns Stimmung hatte zwischen eifrigem Plaudern und geistesabwesendem Schweigen geschwankt. Val hatte sich sehr zusammennehmen müssen, nicht aus Sorge oder Neugier nachzufragen, nichts herauszufordern – zu warten, bis Carolyn bereit war, von sich aus zu reden.

Val drückte die Zahnpasta auf ihre Bürste. Vielleicht spielte

Paul Blake ja Golf oder ginge zu einem Fußballspiel oder zu irgendeinem anderen blöden männlichen Wochenendritual – aber dennoch mußte er momentan in Rage sein, da er wußte, wo Carolyn den heutigen Tag verbrachte, mit wem sie ihn zu verbringen vorzog. Vielleicht, so dachte sie und grinste sich mit einem Zahnpastalächeln im Spiegel an, argwöhnte er sogar eine lesbische Affäre.

Welche Ironie, daß ihr zum erstenmal in ihrem Leben der Gedanke, jemand hielte sie für lesbisch, gefiel – solange dieser Jemand Paul Blake war.

Sie warf den Morgenrock ab und stieg unter die erfrischend kühle Dusche. Ohne jeden Zweifel gab es einen Mangel in der Blakeschen Ehe. Während sie Paul Blake nur das Schlechteste wünschte – und eines Tages würde Carolyn ganz gewiß dämmern, daß sie mit diesem Mann nicht verheiratet bleiben konnte –, war es ihr keine Genugtuung, wenn Carolyn in irgendeine unglückliche Situation geriete.

26

Er saß am Tisch, blätterte durch den Papierberg der Sonntagsausgabe der *Times*, trank Kaffee, aß den englischen Teekuchen, den Carolyn ihm hingestellt hatte, und lauschte auf ihre Geräusche, als sie sich zum Gehen fertig machte. Früher hatte sie am Wochenende immer abends gebadet, eine Stunde vor dem Zubettgehen, und war dann in ihrem Hausmantel zu ihm gekommen, hatte wunderbar nach Badeölen geduftet und sich aufs Sofa gekauert. Am Wochenende morgens baden... Um einfach so wegzugehen ohne ihn...

Seit dem Tod seiner Mutter war er nicht mehr so hilflos gewesen, so unfähig, etwas zu tun. Seit Montag hatte sie nun jede Nacht im Gästezimmer geschlafen. Sie hatte sein Abendessen zubereitet wie immer, es aber im Ofen warm gestellt; er hatte die ganze Woche bis spätabends gearbeitet, weil er nicht mit ihr zusammen im Haus sein konnte. Die frostigen Formalitäten nicht ertragen konnte, wenn sie daheim war, doch auch seine Ängste nicht, wenn sie nicht zu Hause war – sondern bei Val Hunter. Er wußte noch nicht mal, wo Val Hunter jetzt wohnte.

„Ich hoffe, du spazierst nicht so spät abends in einer gefährlichen Gegend herum", hatte er am Mittwoch gesagt, als sie um Mitternacht heimkam. Es war sowohl eine Warnung als auch der Versuch, ihr eine Information zu entlocken. Aber sie hatte nicht geantwortet.

Dreimal war sie diese Woche bis spätnachts ausgeblieben, als ob ihr Mangel an Schlaf sie nicht interessiere, als ob er nicht die geringste Aufmerksamkeit mehr verdiene. Jede Nacht hatte er auf sie gewartet. Sie erzählten sich nicht mal in Kürze das Neueste vom Tag, sie erwähnten – nicht mal andeutungsweise – ihre Auseinandersetzung. Um ihr weiterhin seine Liebe zu zeigen, berührte er sie vorsichtig in seiner üblichen saloppen Weise – legte den Arm um sie, wenn er in die Küche kam, um Eis zu holen, all die körperlichen Gewohnheiten aus all den Tagen ihrer Ehe in der Hoffnung, ihr zu vermitteln, daß dieser Teil seiner Liebe für sie zu tief in ihm saß, als daß er sich ändern ließe, ungeachtet des Ausmaßes ihrer Entfremdung.

Er hatte wesentliche, grundsätzliche Macht verloren. Er war Carolyn gegenüber noch nie in einer derart schwachen Position gewesen – er hielt schlechte Karten in der Hand und mußte sie behutsam spielen. Wie sehr er auch leiden würde, der nächste Schritt mußte von ihr kommen – oder er würde mehr verlieren, als er je wiedergutmachen könnte.

Steh's durch, sagte er sich, wie er es sich die ganze Woche über täglich gesagt hatte. Wenn die Karten derart schlecht waren, hielt man sie am besten dicht vor der Brust und bluffte. Etwas anderes konnte man nicht tun.

Es ginge vorbei. Das mußte es ja. Eine Freundschaft von nur ein paar Monaten Dauer gegen die Jahre ihrer Ehe? Es würde schon alles wieder ins Lot kommen. Er hatte acht erprobte Jahre der Liebe und Sorgfalt aufzubieten.

Er hatte auf diese Hunter überreagiert. Hatte eine Atombombe gezündet, während es doch alles andere auch getan hätte, und zwar mit weniger Fallout. Er glaubte nicht an das Psychogeschwätz heutzutage, aber Carolyn machte zweifellos eine Lebensphase durch, irgendeine Hysterie, die Frauen so eigen war. Ein kleiner Ausflug in die Unabhängigkeit, das war's, was sie eigentlich wollte, also laß sie sich austoben, und dann würden sie weiterleben wie früher.

Er mußte nur standhaft bleiben, und bald wäre alles wieder gut, würde alles sich wieder normalisieren, so, wie es vorher war. Künftig würde er vorsichtiger sein – Carolyn mehr Leine lassen. Wenn sie aus diesem Irrenhaus von Stadt versetzt würden – und er täte sein Bestes, damit es bald geschähe, würde sogar einer Versetzung ohne Aufstieg zustimmen –, würde er sicherlich sofort einen großen Bekanntenkreis suchen, mehr gesellschaftliches Leben. Dann hätte sie ihre Freundinnen, alles, was sie wollte. Doch es gäbe keine Val Hunter mehr.

Was immer der Reiz dieser Beziehung war, er würde sich verlieren. Val Hunter konnte durchaus sexuell entartet sein – diese Frau war männlich genug, Schlips und Anzug zu tragen –, aber Carolyn war eine völlig normale Frau und lediglich vorübergehend von einer Ausgeflippten fasziniert. Wenn Carolyn auch momentan durcheinander war, so würde sie schließlich doch wieder ihm gehören. Weil es hier eine echte Substanz gab. Er selbst hatte eine enge Freundschaft – zweimal in dieser Woche hatte er mit Harve in Chicago telefoniert, gewettet, daß die Cubs auf die Weltrangliste kämen –, und keine Freundschaft, wie eng auch immer, konnte diese machtvolle Bindung einer guten Ehe gefährden.

Ja, steh es durch. Sei geduldig. Sei ein Heiliger. Nein, ein Märtyrer, der seiner eigensinnigen Frau erlaubte, all das zu tun, was sie wollte. Sobald Carolyn einlenkte, sobald sie konzilianter würde, fände er schon heraus, wie er ihr das gesträubte Gefieder glattstreichen, alles wiedergutmachen und seine

Ehe ein für allemal konsolidieren könnte. Dann wären sie enger zusammen denn je...

Er starrte durch das Halbdunkel der geschlossenen Vorhänge ins Wohnzimmer, in der Stille seines Hauses horchte er auf irgendein Geräusch von ihr. Ein kalter Schauder verursachte ihm eine Gänsehaut, und er gestand sich seine Angst ein: Liebe war das größte Risiko. Eins, das er blindlings eingegangen war, ohne zu wissen, was auf dem Spiel stand. War es das, was seine Mutter, mit ihrem Tod, ihn hatte lehren wollen? Er hatte nicht gelernt – hatte noch nicht mal die Warnung mitbekommen. Er hatte wieder geliebt, und diesmal mit jeder Faser seines Seins. Carolyn zu verlieren... Einen solchen Verlust konnte er ebensowenig fassen wie den eigenen Tod.

Carolyn trat ins Zimmer, und er sah sie an, der Schmerz schnürte ihm die Brust zusammen. Sie trug ein kurzärmeliges Hemd in Zitronengelb, das er noch nie gesehen hatte, und eine dunkelgrüne Baumwollhose. Ohne Make-up – nur einen Hauch von Lippenstift – sah sie sehr jung aus, das gefönte Haar füllig um ihr Gesicht, die Spitzen gelockt und widerspenstig. Er konnte sich nicht erinnern, wann er sie je so schön gefunden hatte.

Er sagte mit Mühe: „Nimm deinen Wagen. Bei der Kiste, die sie fährt, kannst du von Glück reden, wenn sie's bis zur nächsten Ecke schafft." Er glaubte, eine Erweichung in ihrem Gesicht zu sehen, den Ansatz eines Lächelns.

„Ich werde es vorschlagen", sagte sie. „Du siehst müde aus."

„'Ne lange, schwere Woche." Er brachte ein Lächeln zustande. Soviel war er gewillt nachzugeben.

„Auch ich bin müde." Sie beugte sich herab und küßte ihn flüchtig auf die Stirn, die Hände auf seine Schultern gestützt, wie um sich aufzubäumen, falls er sie an sich zog. „Bin am Nachmittag zurück."

Die Badedüfte erfüllten ihn mit ängstlicher Sehnsucht. Er umfaßte ihre Taille, aber seine Hände strichen sie sacht, als er ihre Stirn küßte. Er wäre nicht so verlogen, ihr eine schöne Zeit zu wünschen. „Mach's gut", sagte er.

Als sie ging, schloß er die Augen, sah sie in ihrer seidigen Nacktheit vor sich, an ihn gepreßt, ihre Arme hielten ihn fest.

27

Mit wohlgefälligem Blick ließ Val Carolyn in die Wohnung. Es war neun Uhr; sie hatte Neal bereits zu seinem Großvater gebracht. Sie hatte geplant, eine halbe Stunde vor elf, der Öffnung von Hilda Greens Galerie, dort zu sein.

„Paul möchte, daß wir meinen Wagen nehmen", sagte Carolyn. „Ich habe versprochen, es vorzuschlagen."

„Der Käfer ist schon vollgepackt", sagte Val gelassen. „Ich möchte die Bilder nicht wieder umpacken."

Verdammter Paul Blake. Mein Auto ist gut genug für deine Frau, mit geflickten Polstern und allem.

Val versuchte, ihren Zorn herunterzuschlucken, und langte nach einem Weidenkörbchen. „Etwas Obst, Käse, Apfelsaft. Neal hat uns das eingepackt – er dachte, wir könnten auf dem Heimweg Hunger bekommen."

Carolyn gluckste. „Er ist erstaunlich. Sie sehen hübsch aus."

Val grinste, ihre gute Laune war zurückgekehrt. „Sie sehen reizend aus." Sie nahm eine Windjacke aus dem Schrank; Carolyn hätte besser lange Hosen angezogen, denn am Meer würde es kühl sein.

***

Die Galerie Hopestead lag in einer holzumzäunten Enklave in einem Vorort von Santa Barbara, inmitten von einem Dutzend Spezialgeschäften mit weißen Schindeln und gebeizten Holzschindeldächern in einer Schonung von kleinen Tannen. „Schickimicki", murmelte Val. „Wahrscheinlich dauert es nicht lange, Carrie."

„Ich strolche ein wenig herum", erwiderte Carolyn, einen Pastetenladen im Visier, dessen Düfte die frische Morgenbrise herüberwehte.

Auf Vals Klopfen öffnete sich eine Tür mit bernsteinfarbenen Butzenscheiben, darin stand eine grauhaarige Frau in einem pflaumenblauen Seidenkleid. „Sie müssen Val Hunter sein. Treten Sie ein. Eine meiner Freundinnen hat ein Bild von Ihnen..."

Eine Stunde später entdeckte Val die im Andenkenladen umherschlendernde Carolyn. Als Carolyn sie sah, lief sie zu ihr und umarmte sie. „Gute Neuigkeiten, ich seh's Ihnen an."

Val umarmte sie ebenfalls. „Ja." Sie packte ihren Arm, der kühl in ihrer Hand lag. „Kommen Sie, ich werd's Ihnen im Wagen erzählen."

Während sie sich durch den dichten Sonntagsverkehr schlängelten, erzählte Val begeistert: „Also, sie war bereit, sechs zu nehmen, und dann werden wir weitersehen. Aber sie ist sehr optimistisch. Sie will sich vergrößern, nicht nur kalifornische Künstlerinnen und Künstler, will die Galerie aufwerten, so sagte sie. Aufwerten, Carrie. Sie hatte bereits beschlossen, meine Bilder zu nehmen, aufgrund des Vorschlags einer Freundin in Los Angeles und der lausigen Fotos, die ich ihr geschickt habe."

Carolyn legte ihre Hand auf Vals, die auf der Gangschaltung ruhte. „Endlich entwickeln sich die Dinge für Sie. Neal wird so stolz sein. Val – eine neugierige Frage: Wieviel Prozent nimmt eine Galerie, wenn sie Ihre Bilder verkauft?"

„Meistens fünfunddreißig. Susan nimmt dreißig. Hilda Green will vierzig."

„So viel? Aber da bleiben ja –"

„Weniger, als Sie glauben", fiel Val ihr ins Wort. Sie drückte wieder Carolyns Hand. „Der ganze Entwurf, die eigentliche Arbeit, ganz zu schweigen vom Material – ich verdiene einen Stundenlohn von etwa zwanzig Cent. Aber..." Sie grinste Carolyn fröhlich an.

Der Wagen begann zu ächzen, und sie entzog Carolyn ihre

Hand, um zu schalten. „Hilda Greens Galerie mag ja klein sein, dafür hat sie eine aktive Kundschaft. Sie findet, meine Bilder sollten nicht unter tausend Dollar kosten.“

Wieder nahm sie Carolyns Hand. Die nächsten anderthalb Stunden unterhielt sie sich mit Carolyn in ausgelassener Stimmung, während sie sie mit einer Hand durch den Verkehr auf dem Highway 101 bugsierte.

Das Haus in Malibu war ein zweigeschossiges, windgepeitschtes, graues Holzhaus neben anderen bescheidenen Häusern, weitab von der Malibu-Beach-Kolonie, ihr einziger Reiz das endlose Meer und der Himmel.

Mit Hilfe einer Karte tippte Val einen Code auf eine Tastatur gleich hinter der Vordertür, um die Alarmanlage abzustellen. Carolyns Blick wurde von einem riesigen gefliesten Kamin angezogen, der von zwei Panoramafenstern flankiert war. Von dort sah man die Brandung, die über so viele Felsen spülte, daß sie für Surfer reizlos war. Der Strand so felsig, daß er sogar Sonnenanbeter abschreckte. Ein breites Sofa war dem Meer zugewandt; Bücherregale türmten sich an den Wänden, darin auch ein Fernseher und eine Stereoanlage. Eine imposante, uralte Sanduhr aus poliertem Kirschholz stand in der hinteren Ecke, deren Ticktack in das Rauschen der Brandung einfiel. Ein Glockenschlag lenkte die Aufmerksamkeit auf die Zeit: halb zwei. Pflanzen hingen in Bastkörben herab und brachten Leben in die Beige-Brauntöne des Zimmers. Carolyn ging hinüber und betrachtete die Fotos an der Wand des Eßzimmes, offenbar interessierten sie die Leute, denen dieses Haus gehörte.

„Es ist wunderschön hier“, sagte sie. „Ein Puppenhaus, ideal für zwei Personen. Aber es kommt mir klamm und kalt vor.“

„Oben sind die Dachfenster auf“, sagte Val. „Es war hier so heiß, daß sie den ganzen Sommer über offenstanden. Holen Sie die Windjacke aus dem Wagen, inzwischen mache ich sie zu.“

„Es geht schon. Ich möchte lieber mit nach oben gehen.“

Während Val die Dachfenster schloß, sah Carolyn sich in dem riesigen Schlafzimmer um, in dem ein altes amerikanisches Bett mit vier Pfosten stand. Es hatte einen begehbaren Kleiderschrank und ein Bad mit einer überdimensionalen Wanne.

Als sie wieder unten waren, trat Carolyn ans Fenster. Am Horizont in der Ferne hing ein grauer Nebelschleier; doch der Tag war klar und sonnig, und die Brandung toste, grüne Wellen brachen mächtig mit schneeweißen Schaumkronen über dunkle Felsen. Eine Weile standen sie schweigend da. Carolyn ergriff Vals Hand, ließ sie wieder sinken und umschlang ihre Taille. Vals Arm legte sich um Carolyn, die ein wenig zitterte.

Carolyn sagte leise: „Mir ist doch kalt. Ich hätte mir etwas Wärmeres anziehen sollen."

Spontan und ohne nachzudenken nahm Val sie in die Arme, um sie zu wärmen. Carolyns Kopf berührte ihre Schultern; Val spürte das Haar an ihrem Hals. Einen Augenblick standen sie reglos da, Val dachte nur daran, daß sie Carolyn wärmen mußte, ihre Arme schlangen sich fest um den weichen Körper. Carolyn murmelte etwas Unverständliches.

Vals Hände streichelten ihren Rücken, die schmale Taille. Halt, dachte sie plötzlich. Doch ihre Hände glitten weiter bis zu den Hüften.

„Val."

Das Wort war so klar und scharf, daß Val sie losließ und so rasch einen Schritt zurücktrat, daß Carolyn taumelte.

Val starrte sie an.

Carolyns Augen waren weit aufgerissen und konsterniert.

Val wandte sich ab. Sie dachte: *Nun ist alles aus. Ich habe alles vermasselt.*

28

Ich wußte es. Wie eingraviert waren die Worte in ihrem Kopf. *Paul wußte es. Und ich wußte es auch.*

„Val", sagte sie und staunte über ihre ruhige Stimme. „Wäre es recht, wenn wir ein Feuer machen?"

Val drehte sich entgeistert um. Dann blickte sie zum Kamin. „Ich denke schon", und fügte etwas nachdrücklicher hinzu: „Ich wüßte nicht, warum nicht." Mit zwei Schritten war sie am Kamin und kniete sich neben den Korb mit dem Feuerholz.

Carolyn nahm ein Wollplaid vom Sofa, faltete es auseinander und breitete es auf dem Teppich vor dem Kamin aus, um ein gemütlicheres, weniger formelles Ambiente zum Reden zu schaffen. Ihre Gesten hatten etwas Automatisches, Instinktives; ihre Gedanken rasten.

Das Feuer brannte im Nu; Val stand mit der Zange davor und stocherte an dem Kloben herum – unnötigerweise, bemerkte Carolyn.

„Val", sagte sie. Sie setzte sich auf die Decke und streckte die Hand nach ihr aus.

Val hockte sich im Yogastil an den Rand der grünen Decke. Carolyn rutschte auf den Knien zu ihr und nahm ihre Hand. Die Hand war ohne jede Reaktion.

„Val, wir..." Unvermittelt, ganz instinktiv, befahl sie: „Val, sieh mich an."

Val hob die Augen, sie sah aus wie ein Kind, das Prügel erwartet. Carolyn tastete nach ihrer anderen Hand, rieb und wärmte sie. „Val", sagte sie heiser. „Wir fassen uns schon seit Monaten an."

Val antwortete nicht.

Ich weiß nicht, was sie von mir will. „Val, kannst du mir sagen... was du empfindest?“ *Gott, ich taste mich hier durch ein Minenfeld.* „Kannst du mir sagen, was...“

„Ich...“ Val räusperte sich. „Ich weiß es nicht“, sagte sie mit dumpfer, tonloser Stimme. „Ich weiß es wirklich nicht.“

Sie schwiegen, und Carolyn spürte die klare Wahrheit dieser Antwort, weil es auch ihre Antwort war.

Mein Wunsch, mit ihr zusammenzusein, war mehr als Freundschaft, mehr als Schuldgefühl über das, was Paul ihr angetan hat. Und doch weiß ich nicht, was ich die ganze Zeit gebraucht habe, was ich eigentlich suchte...

„Was soll's?“ Vals Stimme war fester geworden, ihre Augen starrten ins Feuer.

Carolyn sagte langsam: „Ich weiß auch nicht, was ich empfinde. Nicht... bewußt. Aber... wir haben uns schon seit Monaten angefaßt. Und ich habe...“ Sie stockte; sie wollte sagen: *alles in Gang gesetzt.*

Ihre Hände umklammerten Vals Hals. Hier blieb nur Offenheit. „Val, immer war ich es, die... dich am meisten berührt hat.“ Nun brachen die Worte aus ungeahnter Tiefe hervor, sprudelten frei heraus: „Weil etwas zwischen uns war und ich es gespürt habe.“

Val antwortete nicht, doch sie sah Carolyn an.

Carolyn hielt dem forschenden Blick stand. *Ich habe keine Angst... Ich würde ihr nicht weh tun... Wie kann sie mir weh tun?*

„Carrie.“

Der Klang ihres Namens rüttelte sie auf, schreckte sie widerstrebend aus ihren Gedanken.

Val sagte: „Ich habe nie...“

Wieder verblüffte sie die Erkenntnis der Wahrheit. Daß alles so gekommen war, konnte nur daran liegen, daß sie beide es nicht darauf angelegt hatten.

„Ich weiß“, antwortete sie. „Ich hätte es bemerkt...“

Val ließ ihre Hand los und griff hinüber. Angespannt vor Erwartung schloß Carolyn unwillkürlich die Augen, als sie Vals

Hand in ihrem Haar spürte. Val hob das Haar von ihren Schultern, hielt es, als ob sie es wöge.

Linkisch, weil sie nicht wußte, wohin mit ihren Händen, legte Carolyn sie Val auf die Schulter und spürte das feste Fleisch durch die Seide.

Sanfte Hände nahmen Carolyns Gesicht. *Vals Hände.* Das volle Bewußtsein bemächtigte sich ihrer: *Vals Hände.*

Carolyn blickte in die dunklen Augen, gebannt von der Tiefe und Intensität. Unbewußt fuhren ihre Hände in Vals Haar, die widerspenstigen Locken ringelten sich um ihre Finger.

Mit halbgeschlossenen Augen blickte Val auf ihren Mund. Wie hypnotisiert starrte Carolyn auf Vals sinnliche volle Lippen.

Ob Val sie an sich zog oder umgekehrt, sie wußte es nicht. Doch dann hob Val den Kopf. Wieder sah Carolyn gebannt auf diese Lippen, die sie so kurz nur berührt hatten, sehnte sich danach, ihre Weichheit, die Zärtlichkeit, Keuschheit weiter zu spüren.

Sie umklammerte Vals Schultern, hielt sich daran fest und starrte auf Vals Mund. „Fühlen sich meine Lippen so an wie deine?“

Val war verdutzt, dann mußte sie lachen, und Carolyn wurdc klar, wie absurd ihre Frage war, und sie lachte mit. Nun war der Bann gebrochen.

„Ich weiß nicht. Fühlen sich meine so an wie deine, Carrie?“

Beide Hände in Vals Haar, zog sie Vals Kopf an sich. Ihre Lippen öffneten sich, und zögernd, behutsam berührte sie Vals Zunge mit ihrer Zungenspitze, dann entzog sie ihren Mund, durchdrungen von der tiefen Vertrautheit ihrer Beziehung. Ihre Arme hielten Val umschlungen, ihr Körper fieberte nach ihr.

Ein Scheit polterte in die Glut, so daß die Funken stoben, und die beiden fuhren auseinander. Val stand auf und sah nach dem Feuer.

Carolyn betrachtete sie mit einem Stich der Erregung – Ungewißheit und Begehren gleichermaßen. Bei dieser Erkundung von Neuland fühlte sie sich sicher und geborgen.

Val setzte sich neben sie, ihr Blick war ruhig und fest. Doch als ihre Hände wieder in Carolyns Haar fuhren, bemerkte Carolyn ihr Zögern. Sie ergriff Vals Hände und hielt sie fest.

Val fragte: „Geht es dir gut?“

„Ja“, antwortete sie. „Und dir?“

Sie umschlang Val, sehnte sich nach ihrer Umarmung, nach ihrem üppigen, weichen Körper.

Sie hörte das rhythmische Tosen der Brandung, das Ticktack der Standuhr, die zwei schlug, dann viertel nach, dann halb drei. Durchflutet von der Wärme der Umarmung, die sie zutiefst genoß, lag sie auf der Decke, mit dem Rücken zum Feuer, den Kopf auf einem weichen Kissen. Ihre Zunge erforschte Vals Ohr, und sie spürte Vals Schauder.

Val stützte sich auf den Ellbogen, beugte sich über Carolyn. Carolyn schlang die Arme um sie, streichelte ihre Schultern, ihren Rücken. Sie ließ ihre Hände unter Vals Bluse gleiten. Der Büstenhalter auf der glatten, warmen Haut störte. Sie hakte ihn auf und zog Val zu sich herab, um die weiche Fülle dieser Brüste zu spüren. Ihre Handflächen strichen über Vals glatten Rücken, ihre Finger vergruben sich im zarten Fleisch.

Val stützte sich auf; die schweren Brüste, weich, üppig und atemberaubend, lagen in Carolyns Händen. Val hob ihren Körper, als wolle sie das Gefühl von Carolyns Händen auf ihren Brüsten ganz und gar auskosten. Die Brüste spannten sich sogleich, als Carolyn sacht über die Brustwarzen strich und sie zwischen den Fingerspitzen rieb.

Die Uhr schlug drei. Carolyn schnupperte Vals sonnengebräunte Haut, wühlte ihr Gesicht in Vals Brüste, von deren weicher Fülle sie nicht genug kriegen konnte. Sie küßte die harten Brustwarzen, saugte daran.

Val umschlang sie und zog sie hoch. Sie küßte sie wild und mit fordernder Zunge. Ihre Hand glitt über Carolyns Hals direkt in ihre Bluse. Und Carolyns Brustwarzen erschauerten und wurden hart, noch ehe Val sie berührte.

Die Hände fingerten ungeduldig an Carolyns Blusenknöpfen, und Carolyn dachte: Magere, kleine Brüste, nicht annähernd ein solcher Genuß, wie ihre es sind.

Die großen zarten Hände bedeckten und streichelten Carolyns Brüste, Val küßte sie; ihre Zunge hatte den gleichen Rhythmus wie ihre Hand auf den Brüsten. Dann packte Val ihre Hüften und preßte sie an sich. Ihre Hände tasteten nach dem Gürtel.

Val stand auf und zog die Vorhänge zu. Carolyn lag nackt im dämmrigen Zimmer, betrachtete Val, hörte das Zischen des frischen Holzscheits, den Val aufs Feuer gelegt hatte, das ferne Bellen eines Hundes am Strand, das Rollen der Brandung.

Val kniete sich neben sie, zog ihre Jeans aus. Der Feuerschein warf kupfergoldene Flecken auf ihr schwarzes Haar, malte Goldtöne auf ihre Haut. Carolyn blickte beiseite, dann sah sie sie ungeniert an. Das schwarze Haardreieck war eine dichte, lockige Matte. Die breiten Hüften hatten feste, fleischige Backen, rund und ausladend, die weiß gegen die Bräune abstachen.

Die Erinnerung tauchte wieder auf, diesmal in aller Stärke. Da war etwas, das sie gesehen hatte, irgendwo im Grünen...

Val kam zu ihr; die großen sanften Hände lagen warm auf Carolyns Körper, sie streichelten sie so zärtlich, daß Carolyn die Augen schloß und ihren Körper unter den Fingern spürte. Vals Hände, dachte sie, die schönen Hände einer Malerin...

Vals Körper beugte sich über sie, berührte sie aber nicht, und Vals Hände packten ihre Hüften, hoben sie hoch, drückten sie an sich, zwischen ihre Schenkel. Carolyn zog sie auf sich. Vals Körper war warm und stark und wie Seide. Umschlungen von ihrer Weichheit, hielt Carolyn sie ganz fest an sich gedrückt, und die Lust überwältigte sie, als sie Vals Zunge in sich spürte.

***

Sie zog ihren Mund fort und holte tief Luft. Vals warme Hand ruhte zwischen ihren Beinen. Vals Atem ging so rasch wie ihrer. Ihr Körper zitterte, als Vals Finger sie fanden, und Carolyn staunte, wie naß sie war. Die Finger streichelten sie, so daß sie bebte, und sie hörte Vals Atem an ihrer Kehle.

Carolyn bewegte das Becken im Rhythmus, wie sie es brauchte; Vals Finger, mit genau dem richtigen Druck, bewegten sich im gleichen Rhythmus. Carolyn spreizte ihre angespannten, zitternden Beine weit auseinander.

Sie versuchte, die Spannung zu halten, zumindest ein wenig davon. Aber sie machte sich Luft, und ihr Körper sank auf die Decke zurück. Keuchend öffnete sie die Augen, die warme, reglose Hand zwischen ihren Beinen und Vals zärtliche Lippen auf ihrem Gesicht beruhigten sie und auch die rhythmische Brandung, die jetzt, wie es schien, ein Teil von ihr war.

So leicht mit ihr... So unglaublich leicht...

Wie würde Val wohl am liebsten kommen? Doch Vals Mund küßte sie, zärtlich, sinnlich, forschend. Bald regte sich das Begehren von neuem, die Lust kam langsam, aber diesmal mit größerer Heftigkeit, als ob alle Nerven ihr entgegenfieberten. Und als Vals Finger sie berührten, wußte sie, daß ihre Leidenschaft noch größer würde. Kurz bevor sie kam, hörte sie noch im Rausch vage die Uhr schlagen.

Benommen sagte sie zu Val: „Ich will, daß du..."

Doch wieder küßte der Mund ihre Lippen, die Hände streichelten sie mit betörender Sicherheit, die Finger fanden sie wieder, jetzt langsam, ganz ohne Eile.

Danach, ermattet und warm in Vals Armen, starrte sie über Vals Schulter ins dunkle Zimmer – das Dunkel umhüllte sie und bemächtigte sich ihrer.

Das laute Plumpsen eines Scheits im Kamin weckte sie. Die umfassende Wärme ihres Körpers war wohlig, und sie wollte gerade wieder einschlafen, als ihr klar wurde, daß ihr Kopf auf

Vals Schulter lag und Vals Arme sie hielten, eine Hand strich ihr kaum merklich durchs Haar. Die Decke war um sie geschlungen; das Feuer glühte nur noch.

Sie hob den Kopf und blickte Val an. „Wie lange habe ich geschlafen?"

Lächelnd strich Val ihr die Wange. „Etwa zwanzig Minuten."

„Ich kann's nicht fassen..." Carolyn stützte sich auf den Ellbogen. „Das ist ja furchtbar."

Val strich ihr das Haar aus dem Gesicht. „Vielleicht finden manche Leute das schmeichelhaft."

„Ich habe... du hast... keinen..." Verlegen sah sie fort. „Wie spät ist es?"

„Kurz nach fünf."

„Das kann doch nicht wahr sein!"

„Ist es aber. Wir müssen nach Hause."

„Aber du... Wir haben nicht –"

„Ich kriege schon noch meine Revanche." Val lächelte zärtlich und amüsiert.

Die Mattigkeit ihres Körpers war verflogen. Sie wollte noch nicht fort, sie war noch nicht dazu bereit. Sie suchte nach Ausflüchten. „Kann ich noch duschen? Ist das in Ordnung?"

„Warum denn nicht?"

Den Blick starr auf Vals kräftigen, nackten Körper gerichtet, folgte Carolyn ihr die Treppe hinauf ins Badezimmer.

„Mein Haar darf nicht naß werden", sagte Carolyn. Dann verdrängte sie diesen ersten Gedanken an Paul mit aller Macht.

Unter der warmen Dusche stellte sie sich auf die Fußspitzen, schlang die Arme um Val und drückte ihr Gesicht an Vals Schulter. Schließlich drehte Val hinter Carolyn die Hähne zu. Unbekümmert fragte Carolyn: „Kannst du Neal nicht noch etwas länger bei seinem Großvater lassen?"

Val wickelte sie in ein weißes Badelaken. Sie trocknete sich ab, dann nahm sie Carolyn bei der Hand und führte sie nach unten. Plötzlich hob sie Carolyn hoch und hielt sie lachend fest. „Heitere mich auf", sagte sie.

Carolyn schlang ihr die Arme um den Hals und bewunderte voller Freude die Stärke dieser Frau. Vals Stärke... Da war doch was... Wieder drängte sich ihr diese vage Erinnerung auf.

Val kniete sich hin und machte es ihr auf der Decke vor dem Kamin bequem. Im Zimmer war es kühl geworden. Val legte einen neuen Scheit aufs Feuer und stocherte in der Glut.

Carolyn sah wie hypnotisiert zu. Diese Erinnerung, über die sie sich seit Monaten den Kopf zerbrach, rückte mehr und mehr in ihr Bewußtsein.

Und dann fiel es ihr plötzlich ein, und sie staunte, wie klar sie sich auf einmal erinnerte: sechs riesige Bronzeskulpturen in einem Park von Chicago, als sie neun Jahre alt war. Gigantische, herrliche, mächtige Statuen von Frauen. Skulpturen von wem? Damals war ihr die Frage nicht in den Sinn gekommen.

„Warum sind sie so groß?" hatte sie flüsternd ihre Mutter gefragt, eingeschüchtert von den gewaltigen Hüften und Schenkeln der vor ihr aufragenden Frau in Bronze.

„So sollten sie sein, das ist alles", hatte mißbilligend ihre Mutter kurz und bündig erklärt.

Eine Bodenplatte nahm schließlich Carolyns Blick gefangen. „Was ist ein Fruchtbarkeitssymbol?" hatte sie ihre Mutter gefragt.

„Das erfährst du schon noch, wenn du älter wirst", hatte ihre Mutter düster geantwortet, sie an die Hand genommen und fortgezogen, während sich Carolyn sehnsüchtig umgeblickt hatte.

Sie hatte diese Statuen ganz verdrängt. Sie hatte die dunkle Drohung ihrer Mutter, daß sie eines Tages über diese großen, rundlichen, wunderbaren Frauenskulpturen Bescheid wissen würde, nicht ertragen können...

Val kam zu ihr. Staunend und ahnungsvoll – und in dieser Vorahnung lag eine Spur Angst – starrte Carolyn sie an. Sie sah so überwältigend weiblich aus.

Val ließ sich neben ihr nieder, und als ob sie ein Geschenk auspackte, öffnete sie das Badetuch, strich die Falten glatt; ihre dunklen, glänzenden Augen betrachteten ausgiebig Carolyns Körper. Ihre Stimme klang heiser: „Du bist schön wie der junge Frühling."

Carolyn packte sie, das üppige Fleisch – Vals Hüften und Schenkel – unter ihren Fingern. Sie küßte Val, dann wandte sie sich genüßlich ihrem Körper zu.

Scheu strich ihre Hand über das krause weiche Schamhaar, das noch feucht vom Duschen war. Vals Beine öffneten sich. Erregt streichelte Carolyn diese warmen, weichen Falten.

Val schob ihre Hand beiseite und drehte Carolyn auf den Rücken. Sie spreizte Carolyns Schenkel, beugte sich über sie. Ihr dunkler Haarschopf glitt zwischen Carolyns Beine.

Carolyn fieberte nach ihr, wollte sie ganz und gar und schlang die Arme und Beine um sie.

Es war, als hätte sie die Kontrolle über ihren Körper verloren, bis sie allmählich in den pulsierenden Rhythmus von Vals Körper einfiel und ihr Becken im Gleichklang bewegte.

Ihre Erregung wuchs, und Carolyn ließ ihre Beine sinken und spreizte sie weit auseinander. Vals Hände begannen zu flattern. Carolyn dachte noch, wie leicht erregbar ihr Körper war. Dann spürte sie nur noch Val und die alles durchdringende Lust.

In der warmen, weichen Umarmung wußte Carolyn, daß sie sich irgendwie lösen mußten, doch sie konnte nicht. Sie lag auf Vals Körper, spürte, wie Vals Hand ihre Hüfte streichelte, sie knetete, dann konzentrierte sie sich auf die andere Hand, die Finger, die ihr solche Lust bereiteten. Sie bewegte sich nur wenig, ihre Erregung hielt an, bis die rhythmische Bewegung ihres Körpers unvermeidlich wurde. Nachdem sie gekommen war, blieb die Hand dort, die Finger in ihr.

Die Uhr schlug sieben. Und sie entzog sich Val.

Sie dachte sich einen Vorwand für Paul aus, während sie sich anzog, dann verdrängte sie jeden Gedanken an ihn aus ihrem Kopf.

Auf ihrer Heimfahrt machte Val einen in sich gekehrten Eindruck, sie hüllte sich in Schweigen. Carolyn war ihr dankbar; sie wollte weder reden noch denken. Stumm saß sie da und spürte der höchsten Lust und Euphorie ihres Körpers nach.

29

Sie rief ihren Vater an, daß sie Neal morgen früh abholen und zur Schule bringen würde, wenn es ihm recht wäre. Ja, es ging ihr gut, sie brauchte nur mal ein wenig Zeit für sich selbst. Sie redete kurz und liebevoll mit Neal, dann legte sie auf und wußte, daß ihr Vater vermutete, sie sei mit einem Mann zusammen. Das verurteilte er nicht. Wenn er seine Meinung über rigide religiöse Moralvorstellungen äußerte, so meistens mit der Bemerkung: dummes Zeug. Doch diese Vorstellung von sexueller Normalität war eben die üblich männliche; die Ereignisse des heutigen Tages wären für ihn das gleiche, als hätte sie es mit einem Orang-Utan getrieben.

Sie öffnete eine Dose Bohnen mit Schweinefleisch und aß sie bereits voller Heißhunger, während sie im Topf warm wurden. Dann legte sie ein Küchentuch unter den Topf, nahm ihn mit ins Wohnzimmer, wo sie auf dem Sofa den Rest vertilgte. Sie stellte den Topf mit dem Küchentuch auf den Teetisch und saß eine Weile reglos da. Von unten brandete der Verkehrslärm herauf, und ihr wurde bewußt, daß der Rhythmus dem Tosen des Meeres ähnelte...

Zurückgelehnt betrachtete sie ihre ausgestreckten Hände. Sie beschnupperte einen Finger und schmeckte den Geruch von Carolyn Blake.

Sie stellte sich zynisch die Frage, wer wohl mehr lachen würde, Paul Blake oder Alix Sommers? Wahrscheinlich Paul Blake. Was für Probleme es auch immer in der Blakeschen

Ehe gab, über die Vorstellung, daß lesbischer Sex es angeblich mit dem guten alten Heterosex aufnehmen könnte, würde er sich schlicht totlachen. Seine Frau hatte sich also mit einer anderen Frau amüsiert, sie hatten es einander besorgt, ein wenig gegenseitig onaniert, na und?

Was aber hatte Carolyn Blake empfunden? Ganz gewiß nicht das, was sie aus ihrem Ehebett kannte. Sicher, sie hatte den Sex genossen... mehr als genossen. Dennoch war es für sie, Val, wohl kaum schmeichelhaft, daß Carolyn Blake erschöpft eingeschlafen war, was zweifellos an der Häufigkeit, nicht an der Intensität der Erfahrung lag.

Val ging in die Küche. Während sie Wasser für einen Pulverkaffee kochte, stellte sie sich das hämische Gesicht Paul Blakes vor und dachte: Ich wette, bei dir ist sie nie eingeschlafen. Ich wette, du bist wie die meisten Männer: hast deine Ladung abgefeuert und bist eingepennt.

Sie kehrte mit dem Kaffee ins Wohnzimmer zurück. Sie dachte an Alix. Auch Alix würde über sie lachen. Ein kurzes, wissendes und bitteres Lachen.

Wie alt war Alix damals, als sie zusammenlebten? Richard hatte sie zwei Jahre vorher verlassen... Neal war vier gewesen... Sie erinnerte sich noch daran, wie begeistert Alix über den Vorschlag war, mit ihr zusammenzuziehen. Nachdem sie Jahre lang kapriziöse Affären mit Männern gehabt und sich als Objekt männlicher Begierde gefühlt hatte, denn schon wegen ihrer Blondheit wurde ihr nachgestellt, hatte ein häusliches Leben ohne Männer für Alix etwas Beschützendes. Sechsundzwanzig. Alix war damals sechsundzwanzig. So alt wie Carolyn Blake.

Daß Alix sich in eine Frau verliebte, war für sie eine klare Sache gewesen, die Erklärung der bis dahin erlebten Unvereinbarkeiten und Widersprüche, eine Reaktion, die sie bereitwillig akzeptierte, auch wenn sie Komplikationen und Ängste mit sich brachte. In ihrer rebellischen Begeisterung kündigte sie ihre konventionelle Bürotätigkeit – und zog aus, als sie die physischen Frustrationen eines Lebens mit Val nicht mehr akzeptieren konnte. Alix hatte eine Menge Jobs und Liebhaberinnen gehabt und jedesmal voll darauf gesetzt, dann jede Geliebte ohne große sichtbare Reue verlassen und ohne sichtbare beiderseitige Verletzung oder Bitterkeit. Alle Liebhaberinnen waren noch heute mit Alix befreundet, eine Tatsache, die Val als Beweis nahm, daß sexuelle Liebe zwischen Frauen nichts Markerschütterndes war.

Nachdem Alix ausgezogen war, hatte Val beschlossen, nicht mehr mit jemand zusammenzuziehen. Um ihret- wie auch Neals willen nicht. Sie wollte keine Wiederholung ihrer enervierenden Ehekräche erleben, und die Vorstellung, mit einer anderen Frau zusammenzuleben, verwarf sie ohne weiteres Nachdenken.

Doch sie wußte, warum. Mit einer lesbischen Frau wollte sie nicht zusammenleben, und eine heterosexuelle kam nach Alix nicht in Frage. Die unterschwellige sexuelle Spannung zwischen ihr und Alix ließ sich ja nicht wiederholen.

Gewiß, sie hatten einander berührt, Alix hatte sie ständig zu innigen Umarmungen verführt und jedesmal versucht, Vals Mauern zu durchbrechen; jedesmal hatte Val sie zurückgestoßen. Val hatte damals gewußt, wenn sie je wieder mit einer Frau zusammenlebte, wünschte sie sich wieder eine wie Alix.

Sie hatte gedacht, daß Alix für das, was immer Val ihr gab, dankbar sein sollte; daß Alix' brennende Liebe unterentwikkelt war, lag ja auf der Hand. Hatten sich Andy und Richard ihr gegenüber nicht auch so verhalten? Sie war ein Freak unter den Frauen, sie sollte ihnen dankbar sein, daß sie sie überhaupt geheiratet hatten.

Und sie *war* dankbar gewesen. Später hatte sie gewagt, sich durchzusetzen, hatte mehr verlangt, gar eine gewisse Gleichberechtigung erwartet. Im Gegensatz zu Alix war sie geblieben, hatte ausgeharrt, doch diese Jammerlappen von Ehemännern verschwanden auf Nimmerwiedersehen.

Von all ihren Geliebten, ob oberflächlich oder ernsthaft, war nur Alix mit ihr befreundet geblieben. Nun gestand sie sich ein, daß Alix trotz der begrenzten Berührung ihre Geliebte gewesen war. Und sie, Val, eine der Exgeliebten von Alix – eine jener Auserwählten, die Alix nicht fallenließ.

Sie lehnte sich in ihr Sofa zurück und dachte an Carolyn Blake, und als sie ihre lange, allmähliche Liebe noch einmal durchlebte, die wachsende Vertrautheit, die Intimität, wurde ihr ganz heiß.

Als Malerin, so wurde ihr bewußt, wäre nichts törichter oder ein größerer Selbstbetrug als das Verleugnen ihrer künstlerischen Instinkte. Und doch hatte sie in ihrem Leben als Frau die belebende Aufrechterhaltung ihrer sexuellen Instinkte verleugnet. Eine Frau in den Armen zu halten war für sie genauso richtig wie das Auftragen der richtigen Farbe auf Leinwand.

Wieder hob sie schnuppernd die Finger. Ihr Begehren war eindeutig und nicht zu kaschieren: Sie genoß auch den Geruch ihrer Finger. Carolyn Blake hatte nackt in ihren Armen gelegen, sich ihr hingegeben; doch sie, Val, war zu scheu gewesen, das zu erforschen, was hinter dem anscheinend Sicheren lag. Wieder einmal hatte sie nicht gewagt, die Selbstbeschränkung zu durchbrechen.

Selbstbeschränkung. Ihr ganzes Leben war eine einzige Selbstbeschränkung.

Noch einmal stellte sie sich die Frage: Hätte sie damals gewußt, was sie jetzt wußte, hätten sie und Alix dann als Geliebte zusammengelebt?

Ja, antwortete sie. Und vielleicht wären sie noch heute zusammen. Und sie hätte sich nicht auf Carolyn Blake eingelassen.

Alix hatte recht. Die Abkehr von der Männerwelt bedeutete nicht, daß sie, Val, nach ihren eigenen Regeln lebte. Sie hatte ein Leben lang nach den Regeln dieser Männerwelt gelebt. Sechsunddreißig Jahre lang. All diese vergeudeten Jahre hindurch.

Wieder schnupperte sie Carolyn Blakes Geruch. Und in ihr Begehren mischte sich großer Zorn.

Wie ginge es nun weiter mit Carolyn Blake? Würde sie sie

wiedersehen wollen? Würde Carolyn Blake sie gar morgen sehen wollen?

Diese Entscheidung würde sie Carolyn Blake nicht überlassen. Sie würde ihr einfach gegenübertreten. Entweder ihre Beziehung entwickelte sich weiter, oder sie wäre beendet, ob so oder so, sie würde es morgen wissen.

In großer Sehnsucht roch sie noch einmal an ihren Fingern. Dann fiel ihr Paul Blake ein. Und sie stopfte sich die Finger in den Mund.

30

„Natürlich wollte ich dich anrufen", sagte Carolyn Blake zum drittenmal. „Aber wir waren im Nirgendwo, weit und breit kein Telefon."

Er stand im Wohnzimmer und stellte sie zur Rede, die geballten Fäuste tief in den Taschen seiner Jogginghose – sie konnte sehen, wie sich seine Knöchel durch den Stoff abzeichneten.

„Ich hab' dir ja gesagt, daß ihre Klapperkiste zusammenbricht", erklärte er.

Sein Kommentar heute morgen hatte ihr das Stichwort für ihre Ausrede geliefert. Nun wünschte sie nur noch, daß alles vorbei wäre, und erwiderte matt: „Ja, das hast du."

„Du hättest mich danach gleich anrufen können." Seine Stimme war schneidend, sein Mund ein Strich in dem bleichen Gesicht.

„Wir sind sofort nach Hause gefahren, ohne anzuhalten. Es ist ja erst kurz nach acht; ich bin zwei Stunden später gekommen, als ich gesagt habe."

Sein Blick durchbohrte sie. „Du hast gesagt, daß du am Nachmittag wieder hier bist."

„Ich habe gesagt, ich wäre zum Abendessen zurück", entgegnete sie ohne Überzeugung; sie konnte sich nicht mehr erinnern.

„Nein, Carolyn. Ich warte bereits seit drei Uhr auf dich." Er wurde lauter. „Frauen passiert so allerlei, selbst wenn diese Dingsbums so aussieht wie die Königin der Amazonen."

Zorn überlagerte ihre Mattigkeit. „Ich denke anders darüber, Paul."

„Du wirst schon noch merken, daß die Welt ein verdammter Dschungel ist, und dann ist es zu spät."

Sie war verletzt und verärgert; er wußte, wie sehr sie das Wort haßte. „Ich wollte nicht, daß du dir Sorgen machst. Das wollte ich nicht", wiederholte sie voller Schuldgefühle in dem Bewußtsein, daß sie kaum einen Gedanken an ihn verschwendet hatte. „Hast du schon gegessen?"

„Nein", sagte er schmollend. „Wie hätte ich können? Ich war ja völlig außer mir. Hab' nicht mal die Debatte zwischen Reagan und Mondale verfolgen können."

Sie toastete Brot und briet Schinken für Sandwiches. Der Duft war verlockend, am liebsten hätte sie sich gierig darüber hergemacht, doch unter seinem forschenden Blick zwang sie sich, langsam zu essen.

„Hattet ihr denn Erfolg?" fragte er. Und als sie ihn entgeistert ansah, fügte er ungeduldig hinzu: „Mit der Kunstgalerie."

„O ja. Sie nehmen ihre Bilder."

Mit besänftigtem Schnauben biß er in ein Sandwich. Seine Stimme klang ruhig: „Warum hast du nicht dein Auto genommen, wie ich es wollte?"

„Ihre Bilder waren schon eingepackt. Sie sollten am besten sowenig wie möglich bewegt werden."

Er antwortete nicht. Nur Eßgeräusche durchdrangen die Stille des Hauses. Sie wußte, daß er noch immer sauer war und nur auf ein Stichwort für eine weitere Szene wartete. „Paul", sagte sie, „warum schließen wir nicht einfach Frieden?"

„Gut, meinetwegen." Sein Gesicht hellte sich augenblicklich auf, und er klang wie umgewandelt.

Wie ungeschickt sie sich ausgedrückt hatte, nun maß er ihren Worten eine besondere Bedeutung bei. Zutiefst verärgert stand sie vom Tisch auf. „Warum machst du nicht den Fernseher an? Angela Lanburys neue Show läuft – die gefällt dir doch so." Sie spürte seinen durchdringenden Blick, als sie den Apparat anstellte.

Er sagte: „Die Sache mit dem Gästezimmer... ist dann also erledigt."

„Nein", entgegnete sie knapp, gepeinigt von Schuldgefühlen und dem dringenden Bedürfnis, diese Nacht für sich zu haben. Der Gedanke, daß er sie anfaßte, war ihr unerträglich.

„Prinzessin, warum nicht? Prinzessin, wir werden uns doch wegen dieser Dinge nicht scheiden lassen, nicht wahr? Ob richtig oder falsch, was passiert ist, ist passiert. Wenn wir eine Ehe haben wollen, müssen wir von hier aus weitergehen."

Sie nickte zustimmend. „Momentan bin ich dazu nicht in der Lage... was die sexuelle Seite der Ehe betrifft. Dafür habe ich im Augenblick nicht... das rechte Gefühl."

„Du liebst mich nicht mehr, ist es das, was du sagen willst?"

Sie wußte, es war eine rhetorische Frage, doch sie antwortete nüchtern: „Nein. Ich liebe dich. Aber mir ist einfach nicht nach Zärtlichkeit." *Ich brauche die heutige Nacht. Gott, schenk mir doch nur die heutige Nacht, und ich bitte dich nie mehr um etwas.*

Er starrte sie eine Zeitlang an, dann – als hätte er etwas in ihrem Gesicht gesehen, das ihn befriedigte – glitt sein Blick zum Fernseher.

Um zehn Uhr erhob sie sich erleichtert und wollte ins Gästezimmer gehen. Doch er schnitt ihr den Weg ab und packte ihre Schultern.

Sie konnte ihre Reaktion nicht verhindern: Sie entwand sich ihm und schüttelte seine Hände ab. Fassungslos stand er da. Hastig und gequält sagte sie: „Es tut mir leid, es tut mir leid, Liebling, ich... ich bin einfach hundemüde..."

Das Entsetzen auf seinem Gesicht wich der Wut. Er hob die Hand, und einen unfaßlichen Augenblick lang glaubte sie, er würde sie schlagen.

Er ließ die Hand sinken. „Um Himmels willen, Carolyn." Er wandte sich ab. „Ich wollte doch nur unseren Gute-Nacht-Kuß." Dann fügte er flüsternd hinzu: „So wie immer." Er stakste ins Schlafzimmer.

Als sie im Bett lag, war ihr, als spürte sie seine Wut durch die Wände hindurch. Aber er hatte ja auch jedes Recht, wütend zu sein, dachte sie, und sie würde es morgen wiedergutmachen, irgendwie.

Sie verdrängte den Gedanken an ihn, was ihr nicht gelang, und so grübelte sie über das nach, was heute geschehen war, was es bedeutete. Eine Tatsache filterte sich heraus: ihre Sehnsucht, jetzt in Vals Armen zu sein, ihre Weichheit zu spüren.

Bilder von Vals Körper, Erinnerungen an ihre Hingabe an diese mächtige Nacktheit überfielen sie. Ihr Körper schmerzte vor Begehren, sie rollte sich auf den Bauch und vergrub ihr Gesicht in das Kissen.

31

Mechanisch fuhr Carolyn nach Hause, ihre Hände umkrampften das Lenkrad, und ihre Kehle war so zugeschnürt, daß sie kaum schlucken konnte. Ihr Arbeitstag lag wie in weiter Ferne, sie hatte ihre Tätigkeit automatisch verrichtet, ohne mit dem Kopf wirklich dabeizusein. Als sie in ihre Straße bog, wurde ihr etwas schwindlig von dem Adrenalinstoß: Ob Val wohl da war? Würde sie im Garten sein und schwimmen, wie immer?

Dann erspähte sie Val in abgeschnittenen Jeans und weißem T-Shirt oben auf der kleinen dreistufigen Backsteintreppe vor der Haustür.

Sie parkte vorsichtig und schloß die elektronische Garagentür hinter sich. Mit Herzklopfen und weichen Knien ging sie über die Auffahrt zur Haustür.

In keinen Büstenhalter gezwängt, zeichneten sich Vals Brüste unter dem dünnen Stoff ab, der die deutlich hervorstehenden Brustwarzen nur wenig plattdrückte. Carolyn langte nach dem üppigen Busen. Val hinderte sie und ergriff ihre Hände. Dann fischte sie Carolyns Schlüsselbund aus dem Seitenfach ihrer Schultertasche und fand auf Anhieb den Hausschlüssel.

Carolyn legte ihre Tasche auf das Tischchen in der Diele und ging Val durch das kühle Haus voran. Im Gästezimmer wandte sie sich um und langte nach dem, wonach sie sich sehnte. Sie zog Vals T-Shirt hoch, nahm die nackten Brüste in ihre Hände und vergrub ihr Gesicht darin. Sie küßte das weiche, warme Fleisch, fuhr mit der Zunge über die schwellenden Brustwarzen. Sie fühlte, daß Val am Reißverschluß ihres Kleides nestelte, es öffnete, so daß es herabfiel. Val streifte ihr den Slip über die Hüften. Carolyn stieg heraus und fingerte an Vals Shorts.

Sie war verblüfft, wie heiß Vals Körper war, ihre Arme so stark, daß ihr die Luft wegblieb. Sie schmiegte sich an den heißen, glatten Körper, umschlang ihren Rücken und küßte sie. Ihre Finger ertasteten jede Mulde dieses heißen Körpers, und als Val sie aufs Bett legte, schloß sie die Beine um sie.

Vals Zunge in ihrem Mund war fordernd, das Bett quietschte. Ihr Körper bewegte sich im gleichen Tempo wie Vals, fieberhaft erzitterte er unter ihr, zwischen ihren Beinen pulsierte die Erregung. Erschauernd preßte Val sie an sich und spürte, wie Carolyn bebte und kam.

Ineinanderverschmolzen lagen sie da. Dann rückte Val beiseite.

Sowie die kühle Luft über ihre nackte Haut strich, fühlte sie sich bis ins Innerste entblößt, starr vor Begehren. Heiß brannte es zwischen ihren Schenkeln, ihre Brüste schwellten so sehr, da sie Vals Mund nicht mehr aushielt und ihren Kopf wegzog. Val glitt an ihrem Körper herab, zwischen ihre Beine, ihre Hände kneteten Carolyns Schenkel.

In leidenschaftlicher Begierde schloß sie die Augen. Sie wußte nicht, was folgen würde, bis sie Vals Mund spürte. Da fiel ihr schlagartig ein, wie angewidert Paul gewesen war. Sie erstarrte.

Val murmelte beruhigende Laute, ihre Hände ließen die Schenkel los, streichelten sie, preßten sie an ihr warmes Gesicht. Ihr Mund suchte sie gierig. Wieder entrangen sich ihr beschwichtigende Laute. Dann hielt der Mund inne und öffnete sich.

Carolyn schmolz dahin, mehr und mehr, bei jedem Zungenschlag stieg ihre Lust, die Zunge traf genau, der Druck war optimal, und sie spreizte die Beine weit auseinander. Wenn die Zunge jetzt aufhörte, würde sie sterben. Doch sie hörte nicht auf, und in ihrer Angst, die ihre Lust schmälerte, griff sie in Vals Haar, hielt ihren Kopf, und die Zunge verstärkte den Druck, schneller und schneller trieb sie die Ekstase zum Höhepunkt, so daß sie orgastisch erbebte. Sie hob das Becken und wußte, gleich würde sie kommen, gleich, gleich. Und dann kam sie, aus tiefstem Innern, so gewaltig, daß es sie schüttelte.

Sie sank aufs Bett zurück, ihr Körper war leicht und so leer, daß ihr war, als ob sie schwebte.

Vals körperlose Stimme vibrierte über ihr, die ersten Worte, seit sie zusammen waren: „Gott, du liebst es – du liebst es absolut."

Carolyn sagte mit Mühe, und ihr Kopf war wie graue Watte: „Ich will nicht... will nicht... daß du das je wieder tust."

Um halb fünf wachte sie auf. Die Bettdecke war über sie gezogen; ihr Kleid hing im Schrank; ihre anderen Sachen lagen ordentlich zusammengefaltet auf dem Stuhl. Sie setzte sich auf und las die Notiz auf der Kommode: MORGEN BIN ICH DEN GANZEN TAG IM STRANDHAUS.

Ich nicht, dachte sie, dies darf nicht noch einmal geschehen.

Sie hatte noch eine Stunde, bis sie ans Essenkochen denken mußte. Sie sank zurück, dann wälzte sie sich herum, und die Tränen liefen aufs Kissen, als sie zurückdachte, die Euphorie ihres Körpers ging im erneuten Begehren unter.

32

Paul fixierte sie, während sie unverwandt auf den Bildschirm starrte, als wäre sie seit neuestem eine leidenschaftliche Anhängerin der rituellen Sportschau am Montagabend. „Also mußten sie die Präsidentschaftswahlen abblasen“, sagte er.

Sie antwortete mit geistesabwesendem Nicken.

„Carolyn, verdammt noch mal!“ Sie schreckte hoch und sah ihn an. „Du hast nicht ein einziges Wort von mir gehört, seit ich zu Hause bin.“

Sie klimperte mit den Eiswürfeln in ihrem Glas, das sie bislang nicht angerührt hatte. Sie stellte es auf den Untersatz und rieb sich die Augen.

„Schlimm genug, daß du nicht mit mir schläfst. Nun hörst du nicht mal mehr zu, wenn ich rede.“ Ihr Seufzer machte ihn noch wütender. „Du sagst, du brauchst Zeit – wieviel Zeit?“

„Ich weiß nicht... bis es wieder stimmt.“ Ihre grünen Augen starrten ihn offen und ernst an. „Wie kannst du mich wollen, wenn ich so empfinde?“

„Ich will dich immer.“ Und mit Nachdruck fügte er hinzu: „Selbst wenn du einen Mord begingest, würde ich dir verzeihen. Und dich wollen.“

„Das ist verrückt. Das kannst du nicht wirklich meinen.“

Er überdachte kurz seine Bemerkung. „Doch, das meine ich. Was immer du getan hättest, ich würde dich lieben und dich wollen.“

„Aber ich will nicht, daß du mich in dieser Weise liebst. Das ist ja, als wäre es völlig wurscht, was mit mir ist. Als hätte deine Liebe mit *mir* überhaupt nichts zu tun. So etwas will ich nicht, von *niemandem*.“

„Nichts ist wurscht, was mit dir ist. Das ist es ja eben", sagte er kopfschüttelnd, weil sie sich so ereiferte, und belächelte ihre törichte Logik. Frauen waren schon ein verdammter Pfahl im Fleische. „Da bist du platt, wie sehr ich dich liebe. Glaub mir, eine Menge Frauen –"

Ein schnarrendes Geräusch erklang aus der Küche, und sie ging hinüber zum Mikrowellenherd, um ihr Essen aufzutragen.

Er setzte sich in den blauen Sessel, legte die Beine auf den Schemel und bewunderte seine Slipper – dunkelbraunes Leder, irrsinnig teuer –, die sie ihm letztes Jahr zu Weihnachten geschenkt hatte.

Nach dem Essen widmete er sich teils dem Fußballspiel, teils dem Abfassen eines Marktberichts über ein neues Massenprodukt federleichter Röhren. „Prinzessin, was machst du da?" fragte er laut.

„Ich räume eben noch auf", rief sie aus der Küche, indem sie mit Nachdruck eine Schranktür schloß.

In letzter Zeit tat sie nichts anderes, als aufzuräumen und zu putzen. Oder sie ging zu dieser verdammten Amazone. Apropos – warum war sie eigentlich heute nicht dort? Sie besuchte sie doch jeden Montagabend, damit er sich in Ruhe die Sportschau ansehen konnte, wie sie vorgab.

Einen Augenblick lang kam Hoffnung in ihm auf; dann wurde ihm klar, daß sie wieder mit ihm schlafen würde, wenn es mit der Amazone zum Bruch gekommen wäre. Vermutlich hatte die Amazone heute etwas anderes vor, vielleicht mit ihrem Balg zusammen. Diese verdammte Amazone, die lachte sich wohl noch immer halb tot über ihn – in dem Bewußtsein, wie sehr er es haßte, wenn Carolyn mit ihr zusammen war, und da gab's rein gar nichts, was er dagegen tun konnte.

Acht gräßliche Nächte. Neun, denn heute nacht sah es nicht anders aus. Verdammt, es fehlt ihr doch auch. Sieh sie bloß an: nervös, schreckhaft, das Essen kaum angerührt. Schlimmer Tag im Büro, sagt sie. Scheiße, sag' ich. Nach acht Jahren muß ich's schließlich wissen. Sie braucht es, so wie Rita es brauchte, so wie ich es brauche.

„Prinzessin", rief er, „du kannst jetzt rauskommen, das Fußballspiel ist fast vorbei."

Wann würde sie nur diesen Schwachsinn beenden? Er sah sie vor sich, wie er Carolyns Becken vom Bett hob, wenn er in sie eindrang. Er kniff die Augen zusammen und verdrängte diese Vorstellung, bei der er fast einen Ständer bekam.

Sie trat ins Wohnzimmer und sah auf die Uhr. „Merv Griffin fängt an." Sie ging ins Gästezimmer.

Ihre Uhr – Gold, vierzehn Karat, zwei Diamanten, siebenhundert Dollar im Großhandel. Weihnachten vor vier Jahren – oder waren es fünf? Er war ganz sicher gewesen, daß sie ihr nicht gefallen würde, daß sie Einwände hätte und ihn zum Umtausch veranlaßte... Aber sie hatte sie umgebunden, und das war's. Er konzentrierte sich wieder auf seinen Bericht.

Sie kam aus dem Gästezimmer, band den Gürtel ihres weißen Frotteemantels zu, Creme glänzte auf der warmen Bräune ihres Gesichts. Sie kuschelte sich in ihre übliche Ecke auf dem Sofa und bürstete sich das Haar.

Warum hatte er eigentlich aufgehört, abends ihr Haar zu bürsten? Es war schon Jahre her... Er sehnte sich nach dem seidigen Gefühl, wenn ihr Haar durch seine Hände glitt.

Eine Verfolgungsszene auf dem Bildschirm fesselte seine Aufmerksamkeit. Als Werbung eingeblendet wurde, blickte er sie an und wollte etwas sagen, da sah er, wie sie mit zurückgelehntem Kopf das graue Bild betrachtete.

Er starrte sie finster an. Was war da bloß, was sah sie darin? So was hätte er auch zustande gebracht, hätte nur graue Asche sammeln und auf die Leinwand schmieren müssen. Er wandte sich wieder seinem Bericht zu.

Als er das nächstemal zu ihr sah, war sie eingeschlafen, ihr Kopf ruhte in der Sofaecke, die Arme hatte sie um sich geschlungen. Er wartete, bis die Sendung zu Ende war und danach auch noch die Zehn-Uhr-Nachrichten. Er hätte sie so gern mitgenommen, selbst wenn sie schlief. Er kniete sich vor sie.

„Prinzessin", flüsterte er, vor Liebe und Begehren war ihm ganz weh, und er küßte ihre Stirn.

Sie kam langsam zu sich. Ihre Lider hingen müde herab. Sie raffte ihren Morgenrock. Fast wie im Nachgedanken küßte sie ihn auf die Wange – es wurmte ihn, daß er unrasiert war – und stand auf; er sah zu, wie sie langsam, gähnend ins Gästezimmer hinüberging.

33

Sie erwachte um zwei Uhr. Geräuschlos machte sie sich eine Tasse Kaffee, knipste im Wohnzimmer die kleine Lampe an und setzte sich aufs Sofa. Sie dachte gequält, daß es ihr – im Gegensatz zu Scarlett O'Hara – lieber wäre, überhaupt nicht mehr nachdenken zu müssen. Jedenfalls nicht über Paul, jedenfalls nicht über Val.

Sie kauerte sich in die Sofaecke, trank ihren Kaffee und stellte sich das Geräusch und den Geruch des Regens vor.

Sie spülte ihre Tasse aus und ging wieder zu Bett. Wie heraufziehender Regen – so empfand sie benommen die dumpfe Müdigkeit. Das Kissen schmiegte sich weich an ihre Wange wie Vals Brüste, und sie preßte ihr Gesicht in das Weiche.

Die einzige Möglichkeit, ihr Leben wieder ins normale Lot zu bringen, bestand darin, all die Dinge zu tun, die Routine und normal waren, zu diesem Schluß gelangte sie nun: zum Beispiel heute zur Arbeit zu gehen und sich auf ihren Job zu konzentrieren – und all diese Bilder und Gefühle zu ignorieren, die sie drängten, statt dessen zum Strandhaus zu fahren. Sie zog das Kissen unter ihrem Kopf weg und drückte das Gesicht auf die harte Matratze.

Als sie aufstand, um sich zur Arbeit fertig zu machen, marschierte sie unter die Dusche und drehte grimmig den Kaltwasserhahn auf.

Sie fuhr ins Büro. Draußen war es grau und bedeckt, und sie erwog, ob sie Val anrufen und ihr sagen sollte, daß sie heute nicht zum Strandhaus kommen könnte. Aber der Tenor der Notiz war ja keine Einladung gewesen, nur eine Erklärung, wo Val heute wäre – und ihr Entschluß war nicht so felsenfest, daß beim Klang von Vals Stimme... Val würde sicher bald merken, daß sie nicht käme.

Aufgebracht hupte sie einen Jogger an, der ihr vom Bürgersteig in die Quere kam; er sah sie erschrocken an, sprang beiseite und sprintete um die Ecke.

Im Büro konzentrierte sie sich mit mittlerem Erfolg auf den Computerauswurf ihrer vierteljährlichen Personalbedarfshochrechnung. Die musikalische Berieselungsanlage im Hintergrund, an die sie sich inzwischen gewöhnt hatte und kaum mehr bewußt wahrnahm, spulte einen abgeleierten Song herunter, der ihr irgendwie bekannt vorkam. Sie schob die Computerlisten fort und hörte zu, erpicht darauf, sich zu erinnern. Und dann fiel es ihr ein: *Every Breath You Take*. Das hatte sie zuletzt auf der Fahrt von Santa Barbara im Radio gehört, auf dem Weg zum Strandhaus...

Sie beugte sich über den Schreibtisch; so wehrlos, als schlüge die Flut über ihr zusammen, stürzte die Erinnerung auf sie ein. Sie sah Vals Mund vor sich, Bilder, so intim und in allen Einzelheiten und von solcher Vorstellungskraft, daß ihr ganz schwach wurde. Ihr zitterten die Knie. Ihre Beine klappten auseinander. Sie preßte die Knie fieberhaft gegen die harte Schreibtischkante. Das Pulsieren zwischen ihren Schenkeln wurde unerträglich intensiv, es war, als spürte sie wieder diese warme, sensible Zunge.

„Carolyn."

Sie fuhr vor Schreck zusammen und merkte, wie alle Farbe aus ihrem Gesicht wich. Entgeistert und peinlich berührt starrte sie ihren Chef an; sie hatte sich gerade an ihrem Hosengürtel zu schaffen gemacht, und wäre er nur einen kleinen Augenblick später gekommen, hätte er sie mit der Hand in der Hose überrascht...

„Carolyn, Sie sind ja weiß wie die Wand. Sie werden mir doch wohl nicht krank?"

Wenige Minuten später verließ sie das Büro, nachdem sie sich bereit erklärt hatte, nach Hause zu fahren und sich auszukurieren – gewiß mußte es sich um einen Grippeanfall handeln.

34

Um neun Uhr war sie sicher, daß Carolyn nicht kommen würde, dennoch spitzte sie die Ohren, um das Geräusch des Wagens über die tosende, gischtende Brandung hinweg zu hören. Zum Malen war es zu bedeckt und diesig. Sie hatte auch nicht erwartet zu malen; sie erschauerte bei der Vorstellung dessen, was ihr heute vorgeschwebt hatte. Carolyn käme vielleicht doch noch, es bestand noch die vage Möglichkeit... Wenn nicht, wäre es später vielleicht hell genug zum Arbeiten.

Verzagt nahm sie sich ein fertiges Bild vor – das Tageslicht reichte zum Firnissen – und trug sukzessive eine dünne Schicht auf. Sie lehnte das Bild gegenüber dem Fenster an die Wand. Die Pflanzen waren gegossen, sie hatte Staub gewischt, all die Dinge getan, die sie eigentlich am Sonntag erledigen wollte. Ihr ruheloser Blick blieb am Bild von Carolyn haften; sie hatte es mitgebracht, damit es hier trocknete, hier, wo sie sich geliebt hatten. Sie zog einen Zeichenblock aus dem Malkasten, den Carolyn ihr geschenkt hatte, setzte sich ans Fenster und skizzierte teilnahmslos die Brandung.

Sie hatte den gestrigen Tag mißverstanden, falsch eingeschätzt – was konnte klarer auf der Hand liegen? Genau wie sie auf Alix reagiert hatte, hielt Carolyn offenbar dieses neue Wagnis der Liebe für eine gefährliche unbekannte Grenze, die sie nicht noch einmal überschreiten wollte. Die Worte, die Carolyn gestern geflüstert hatte, bevor sie eingeschlafen war – nach ihrer Leidenschaft um so verblüffender –, wurden jetzt klar und bedeutungsschwer.

Val blätterte die Seite um, begann eine neue Skizze der Brandung, versah sie mit dicken Bleistiftmarkierungen. Vielleicht war es das Ende ihrer Möglichkeiten, eine neue Seite an sich selbst zu erforschen – die Fähigkeit, in einer Frau, die sie begehrte, Lust zu entfachen, in einer Frau, die sie in den vergangenen Monaten schätzen gelernt hatte. Und Carolyn wieder zu besitzen bedeutete, mehr über ihre geheimnisvollen Seiten zu erfahren, die Paul Blake kannte. Was sie gestern entdeckt hatte, stellte sie mit Paul Blake auf eine Stufe; die Ekstase, die Carolyn gestern empfunden hatte, war eine Waffe, die Paul Blake wahrhaft fürchten konnte. Nun war sie ihr buchstäblich aus den Händen geglitten.

War das ein Auto da draußen? Reines Wunschdenken, dachte sie, als eine donnernde Welle alle Geräusche übertönend heranrollte. Sie zeichnete noch einen Felsen in die Skizze, schraffierte die Ränder und dachte wieder zurück, lächelte bei der Vorstellung der schlafenden Carolyn gestern, die so reizend und unschuldig dagelegen hatte. Jedesmal, selbst im Augenblick höchster unbekannter Leidenschaft, schien sie von neuem überwältigt, so als erlebte sie all ihre Gefühle zum erstenmal. Und schlief so abrupt ein wie ein Kind...

Die Klingel schrillte durchs Haus. Val ließ den Skizzenblock fallen.

Im Türrahmen stand Carolyn. Sie wirkte jung und verletzlich in ihrer weißen Wolljacke und Hose. Sie starrte Val an. „Ich brauchte eine Weile, um... um..."

Val nahm ihr Gesicht in die Hände. „Geht es dir gut? Du siehst so hochrot aus."

Carolyn schloß die Augen. Sie biß sich auf die Lippen, um sich die Tränen zu verkneifen. Val zog sie an sich, ihre Lippen an Carolyns Ohr flüsterten: „Was ist mit dir?"

„Ich will... ich will dich einfach." Carolyn umschlang sie heftig und preßte sich an Vals Körper.

Carolyns Begehren erregte sie leidenschaftlich, sie führte sie zum Sofa, innerlich jubelnd, daß sie es in der Hand hatte. Sie küßte sie lange, hielt Carolyn an sich gedrückt und genoß die feurige Erwiderung. Während ihre Zunge sie liebkoste, öffnete sie Carolyns Hose, ihre Hand glitt hinein, ins weiche feuchte Haar, und streichelte sie sacht. Carolyn keuchte an ihrer Schulter, und ihr Becken vibrierte.

Val kniete sich hin und streifte ohne Hast Carolyns Kleidung ab, küßte ihre Wangen, die Schläfen und fuhr ihr mit den Lippen übers Haar. Sie streichelte Carolyns Körper, ihren Bauch, hob ihre Schenkel und küßte die Innenseiten, betört von ihrem atemberaubenden sexuellen Duft und dem zarten Fleisch, das unter ihrer Zunge erschauerte.

Carolyns Hände griffen ihr zielbewußt ins Haar, preßten Vals Mund an sich. Die glatten Schenkel zitterten an Vals Gesicht, dann spreizte Carolyn sie.

Die Geräusche verschoben sich. Das Tosen der Brandung klang weit entfernt, das Ticktack der Standuhr so laut wie Pistolenschüsse. Carolyn stöhnte, als ob sie schluchzte, und ihre Beine fielen weit auseinander, ein Fuß auf die Sofalehne, der andere stieß etwas vom Teetisch. Ein zweiter Orgasmus kam, ein dritter, und beim vierten erschlaffte ihr Körper erschöpft; die verkrampften Hände lösten sich aus dem Haar und schoben Vals Kopf beiseite.

Val tupfte sich mit einem Hemdzipfel die Nässe vom Gesicht und bedauerte, daß Carolyn so schnell gekommen war. Carolyns Augen waren geschlossen. Val merkte an ihrem keuchenden Atem, daß sie nicht schlief. Sie nahm die Decke vom Fußende des Sofas und legte sie ihr über die Beine.

Behutsam hob sie Carolyns Kleidung auf. Sie packte die Reisetasche, beglückt, daß sie diesen Tag nicht auf andere Weise zubringen mußte. Sie warf nur einen kurzen Blick auf den Kamin. Der Teppich war ja vielleicht nicht schlecht für einen so jungen Körper wie Carolyns, doch sie war einem weiteren Nachmittag darauf noch nicht gewachsen. Sie zog die Dekke von Carolyns Beinen. „Laß uns nach oben gehen“, sagte sie leise.

Sie deckte das Bett auf und zog Carolyn ganz aus. Während Carolyn wortlos zusah, streifte Val ihre Kleidung ab.

„Willst du das etwa noch einmal tun?“ fragte sie in fast wehleidigem Ton, als Val sie umfaßte.

„Willst du es denn?“ Sie verschloß ihr den Mund mit einem Kuß und hinderte sie an der Antwort, dann nahm sie Carolyn in die Arme und legte sie aufs Bett.

Sehr viel später fragte Val: „Komm, sag's mir.“

„Ja“, antwortete Carolyn.

Danach, als sie in Vals Armen lag, murmelte Carolyn: „Es ist wie Sterben... Noch nie, noch nie habe ich das empfunden.“ Abrupt wie immer schlief sie ein.

Das macht er mit ihr nicht. Das hat er noch nie. Niemand bisher. Sie war verblüfft: *Dieser Mann bumst sie lediglich.*

Behutsam ließ sie sie los und ging ins Bad. Sie starrte sich im Spiegel an. Dann ging sie hinunter und holte den Skizzenblock.

Carolyn hatte sich zusammengerollt, ein Bein angewinkelt, ein Arm lag über dem Kopf. Ganz rasch, bevor Carolyn sich womöglich bewegte, skizzierte sie die Umrisse ihres Körpers, dann widmete sie sich den Linien und Kurven; heißes Begehren befiel sie, und sie sehnte sich danach, daß die Frau auf dem Bett und auf ihrer Zeichnung erwachte. Schließlich regte sie sich, und Val legte ihren Block beiseite.

Diesmal verweilte ihr Mund lange auf Carolyn und erforschte jeden Winkel ihres Körpers, bevor die Zunge die schwellenden Lippen leckte.

Den haben Sie nicht, hörte sie in Gedanken plötzlich Paul Blake sagen, der seinen Schwanz grapschte. Er spie ihr die Worte ins Gesicht. *Den wollen Sie haben.*

Carolyn stöhnte und warf ihren Kopf auf dem Bett vor und zurück, als Vals Zungenspitze vibrierte.

Den brauche ich nicht, schleuderte sie Paul Blake entgegen.

Es zutiefst genießend, lag sie wieder und wieder zwischen Carolyns Beinen. Sie konnte gar nicht genug bekommen: Ihre Hände auf den bebenden Schenkeln, das erhebende Gefühl, wenn sie sich weit auseinanderspreizten, diese völlige Hingabe, bei der sie im Geist über Paul Blake triumphierte: *Dich hat sie nie so gespürt, wie sie mich jetzt spürt.*

Auf Carolyns wiederholte Frage antwortete sie: „Ich brauche es nicht."

Und sie brauchte es wirklich nicht. Bei Carolyns Orgasmen war ihr, als käme sie selbst. Diese Lust wollte sie immer wieder. Am späten Nachmittag, als Carolyn sagte, daß sie nun nicht mehr könne, kam sie dann doch noch, mit so anhaltendem Zittern, daß sie tränenüberströmt in Vals Armen lag. Und da begriff Val: Auch wenn sie Carolyn hundert Orgasmen bereitete, würde das ihr eigenes Feuer nicht löschen.

Carolyn zog sich schweigend an, in sich gekehrt antwortete sie einsilbig auf Vals Fragen. Als Val sie in die Arme nahm, hielt sie ihr die Wange hin.

Val sah sie an, und schlagartig wurde es ihr bewußt, und ihre Besorgnis wuchs sich zur Angst aus: Statt die Frau, die sie leidenschaftlich begehrte, innig und zärtlich zu lieben, hatte sie den Mann attackiert, den sie haßte.

„Carrie", flüsterte sie zutiefst erschrocken, voller Angst und so ernüchtert wie ein sinnlos Betrunkener am nächsten Morgen vor dem Scherbenhaufen, den er nachts angerichtet hat.

„Ich bin so unsagbar müde", murmelte Carolyn. „Ich bin noch nie so müde gewesen."

35

Carolyn betrat ihr Haus und ging schnurstracks ins Bett. Als Paul heimkam, rief sie mit matter Stimme aus dem Gästezimmer: „Könntest du dir dein Essen selbst machen? Ich glaube, ich habe die Grippe."

Er setzte sich zu ihr aufs Bett, befühlte ihre Stirn, tupfte ihr die Tränen aus den Augenwinkeln. Erschöpft und beschämt mied sie seinen Blick. Sie fühlte sich von Vals Leidenschaft überrollt, von ihrer nackten Begierde gedemütigt und entwürdigt. In tiefster, schwärzester Depression, so daß es ihr gleich war, ob sie lebte oder starb, schlief sie ein.

Um neun Uhr weckte Paul sie. Während sein Arm sie stützte, fütterte er sie mit Suppe, als wäre sie ein Kind. Sie schlief sogleich weiter.

Am nächsten Morgen beim Aufstehen taumelte sie vor Schwäche und wäre fast zusammengebrochen. Sie merkte, daß sie Fieber hatte – daß sie tatsächlich die Grippe hatte. Als Paul später mit Kaffee hereinkam, winkte sie ab und bat ihn, in ihrer Firma anzurufen.

Den ganzen Tag über läutete das Telefon. Entweder Paul oder Val, schätzte sie. Es kümmerte sie nicht.

Irgendwann klopfte es auch, erst an der Haustür, dann hinten. Sie preßte sich das Kissen auf die Ohren.

Paul kam früh von der Arbeit nach Hause. „Ich habe den Arzt angerufen", sagte er. Folgsam nahm sie die Tablette ein, die er ihr mit etwas Flüssigkeit reichte, verweigerte aber feste Nahrung.

Wieder klingelte das Telefon. Paul kam zu ihr und fragte brüsk: „Willst du mit irgendwem sprechen?"

„Nicht mal mit Gott", flüsterte sie.

Sie konnte ihn nebenan hören, mit lauter Stimme sagte er barsch: „Nein, sie will nicht. Ja, ich hab' sie gefragt. Ich muß Ihnen gar nichts sagen, Sie können mich mal –" Er knallte den Hörer auf die Gabel. „Schwule Tucke", fletschte er.

Tage und Nächte vergingen ohne jedes Zeitgefühl. Sie dämmerte dahin, phantasierte und träumte, gelegentlich drangen Geräusche an ihr Ohr: das Läuten des Telefons, Klopfen an der Tür. Sie merkte, daß Paul spät zur Arbeit ging und früh heimkam.

Außer Flüssigkeit verweigerte sie das Essen. Abends saß Paul bei ihr und sah fern, er hatte ihr den kleinen tragbaren Fernseher ins Zimmer gestellt. An einem dieser Abende lief die Debatte um die Vizepräsidentschaftskandidatur; sie verschlief sie. Anschließend beantwortete Paul ihre verschlafene

Frage, und als sie seinen hämischen Unterton hörte, mit dem er sich über Geraldine Ferraros Auftritt verbreitete, schaltete sie innerlich ab.

Am Donnerstag, acht Tage nachdem sie zuletzt mit Val zusammengewesen war, normalisierte sich schließlich ihre Temperatur, ihr Appetit kehrte zurück, und sie fühlte sich gleich viel kräftiger. Sie setzte sich in die warme Nachmittagssonne in den Garten, betrachtete die ruhige Wasserfläche des Pools, die vereinzelten Zirruswolken am klaren, blaßblauen Himmel.

Sie war wohl völlig verrückt geworden. Wie sonst hätte sie zulassen können, in einen solchen Strudel zu geraten? Wie sonst wäre es möglich gewesen, daß die liebevolle Berührung ihres Mannes sie abstieß? Wie sonst ließe sich ihre Leidenschaft für eine Frau erklären, Gefühle, die sie noch nie empfunden hatte, mit niemandem, ein sexuelles Empfinden von solcher Tiefe, die sie nicht mal im Traum bei sich vermutet hätte?

Es gab keine Person in ihrem Leben, an die sie sich hätte wenden können. Das wöchentliche Telefongespräch mit ihrer Mutter war immer so unergiebig; schon beim kleinsten Problem war sie hilflos und brach in Tränen aus.

Sie dachte an ihren Vater, sah ihn vor sich, umgeben von dieser ständigen Qualmwolke aus seiner Pfeife – ein Duft, den sie noch heute herrlich fand –, und lächelte zärtlich. Er war so groß und stark gewesen, so voller Energie ... und diese tolpatschigen Umarmungen und sein Lachen. Daß er aus ihrem Leben verschwunden war, hatte sie im Grunde nicht überrascht. Sie hatte immer den Eindruck gehabt, als langweilten ihn die Probleme in bezug auf sie, dafür hatte er keine Geduld gehabt. Sie war lediglich eine kleine Ablenkung in seinem Leben gewesen – in seiner aufregenden Welt, einer Männerwelt mit bedeutsamen Aktivitäten. Seinetwegen hatte sie nicht gelitten, sich auch nicht verletzt gefühlt; sie hatte begriffen, wie fragwürdig ihr Platz in der Hierarchie seiner Wertvorstellungen gewesen war.

Warum sollten jetzt Paul und Val ihretwegen leiden und unglücklich sein? Warum sollten die beiden sich derart viel aus ihr machen? Beide hatten es beruflich zu etwas gebracht und mehr erreicht als die meisten Menschen. Sie hätten einander mehr zu geben, als sie ihm oder ihr je geben könnte. Warum nur wollten sie sie? Warum sollte sie überhaupt jemand wollen?

Wenn sie ihr verzweifeltes sexuelles Bedürfnis, ihre Sehnsucht nach Val nicht verstand – machte das wirklich etwas aus? Verstanden denn Drogensüchtige ihre Sucht? Es zählte doch einzig und allein, daß sie den destruktiven Kern ihres Problems begriffen und mieden.

Vielleicht könnten sie und Val künftig wieder Freundinnen sein – einfach nur Freundinnen. Dazu brauchte sie Distanz und Zeit, mußte erst lernen, diese neue, verzehrende Sehnsucht ihres Körpers zu beherrschen. Das hohe Fieber und die zehrende Krankheit hatten ihren Körper zwar um sieben Pfund erleichtert, aber ihre Leidenschaft nicht so weit ausgelöscht, daß sie sich hätte betrügen können. Selbst jetzt nicht: Schon wenn sie sich Val vorstellte...

Was Paul Val angetan hatte, war abscheulich. Doch er hatte Gefahr gewittert, hatte erkannt, daß ihre aufmüpfige Freundschaft mit Val Hunter die Grundfesten ihrer Ehe erschütterte, die Bindung ihrer Liebe auf die Probe stellte. Schwule Tucke hatte er sie genannt. Nie wäre ihm in den Sinn gekommen, seine Frau so zu nennen.

Acht ruhige, zufriedene, konventionelle Ehejahre mit der Aussicht auf weiteren beruflichen Aufstieg für Paul. Wie könnte irgendeine Alternative besser, akzeptabler sein? Warum diese ganze Verworrenheit, das bedrückende Chaos, dieser Aufruhr ohne vernünftigen Grund? Was stimmte nicht bei ihr?

Sie hörte, wie hinter ihr die Glastür beiseite geschoben wurde: Paul war nach Hause gekommen. Er ließ sich neben ihr im Gras aufs Knie nieder und ergriff ihre Hände. „Du siehst schon viel besser aus, Prinzessin."

„Mir geht's auch besser. Ich glaube, ich kann morgen wieder arbeiten gehen."

„Montag", erklärte er strikt, „und widersprich nicht. Morgen ist Freitag, auf einen Tag mehr kommt's wohl nicht an. Am Montag wirst du wieder ganz bei Kräften sein." Und er fügte hinzu: „Morgen lasse ich dich noch nicht gehen."

Sie lächelte, dankbar für seine Liebe. „Ist gut, Schatz."

„Eine Überraschung, Prinzessin. Seit mich die Firma hierher versetzt hat, versuche ich, an Dick Jensens Spitzenumsatz heranzukommen. Endlich hab' ich's geschafft. Mein Bezirk hat die Prämie für den höchsten Quartalumsatz ergattert."

„Paul, das ist ja großartig! Ich bin so stolz auf dich." Dann kam ihr eine dumpfe Vermutung, und sie fragte: „Hast du die Neuigkeit gerade erst erfahren?"

„Letzten Mittwoch."

Vor lauter Schuldgefühl wandte sie den Blick ab. Aufgrund ihres Zwistes und dann ihrer Krankheit hatte er seinen Triumph über eine Woche lang für sich behalten müssen.

„Die Sache hat einen Haken", sagte er bedauernd. „Wir kriegen eine recht nette Prämie – etwas über fünftausend Dollar, die genaue Zahl erfahre ich morgen. Aber das heißt, wir müssen eine Feier für die Abteilung ausrichten. Glaubst du, wir könnten es... Samstag in einer Woche hinkriegen? Nachmittags und abends, hier bei uns, mit Frauen und Kindern..."

„Liebling, ich seh' da kein Problem." Sie drückte seine Hand, erleichtert widmete sie sich der Planung eines Festes für etwa zwanzig Leute. „Jetzt werde ich mich um dein Abendessen kümmern." Sie wollte aufstehen.

Er drückte sie sacht mit den Schultern in ihren Liegestuhl zurück. „Weib, überlaß das nur mir, auch das Essen morgen. Ich werde langsam gut darin. Ich schiebe mal eben das Hähnchen in den Grill. Du bleibst hübsch hier draußen, die Sonne tut dir gut."

Er verschwand durch die Glastür, und sie beschäftigte sich wieder mit der Party. Natürlich würden sie grillen... Gemüseplatten und kalte Vorspeisen, ein paar fertige würde sie kaufen ... Mit etwas Glück wäre es noch warm genug, so daß die Kinder im Pool planschen könnten und ihnen nicht ständig in die Quere kämen. Samstag, das wäre Ende Oktober, dachte sie, die Leute hier schwammen tatsächlich noch im Oktober draußen ... Wie völlig anders doch ein Leben in Kalifornien war ...

Sie dachte an die Zeit zurück, als sie in diese Stadt gezogen waren, an Paul, der sich wie ein liebenswerter Bauerntölpel aufgeführt und die etwas fremdländischen Leute hier und diese riesige Stadtlandschaft bestaunt hatte. Wie ein kleiner Junge hatte er ihre Hand genommen und vor Verblüffung und Freude gelacht, als sie zusammen Disneyland besichtigten; wie ein Zehnjähriger hatte er die Bühnenaufbauten und das Gelände der Universal-Filmstudios begafft, die sagenhaften Anwesen von Bel Air und Beverly Hills. Doch als sie ihn zur weiteren Erforschung der Stadt drängte, Chinatown und Griffith Park und die Küstenstädte, hatte es ihm immer mehr widerstrebt, und er wollte sich nur noch hinter die Mauern ihres neuen Hauses zurückziehen, genauso wie in den beiden Städten, in denen sie zuvor gelebt hatten.

Ein einsamer, sehnsüchtiger kleiner Prinz, dachte sie zärtlich. Der nur sein Schloß brauchte und nur seiner Prinzessin vertraute ... Niemand wußte so gut wie sie, wie sehr sein kühles Gehabe und seine grauen Schläfen den einsamen, bedürftigen kleinen Jungen verbargen. Sie liebte ihn wirklich. Wie hätte sie ihn auch nicht lieben können, fragte sie sich, als er nun mit einem großen eisgekühlten Glas zu ihr in den Garten kam.

„Orangensaft", erklärte er. „Massenhaft Vitamine. Bloß ein winziger Spritzer Wodka – auch der tut dir gut." Er stieß mit seinem Martiniglas an. „Auf dein ganz spezielles ..."

Sie sagte zögernd: „Ich dachte ... ich komme heute abend wieder in unser Schlafzimmer."

Als er vor Freude große Augen bekam, blickte sie fort, über den Pool, in dem sie vor fünf Monaten zum erstenmal Val Hunter vorgefunden hatte, zur Mauer, über die Val Hunter gesprungen und in ihr Leben getreten war.

Ja, ich liebe ihn, dachte sie, aber ich kann nicht ertragen, daß er mich anfaßt. Noch nicht.

Sie sagte: „Aber das ist auch alles. Ich bin noch nicht hundertprozentig mit allem im reinen, mit uns. Aber ich wäre gern wieder in unserem Bett, wenn's dir recht ist."

„Das ist mir recht." Er wollte noch etwas hinzufügen und stockte, dann sagte er nur: „Ich bin froh."

36

Carolyn hatte ihre Sachen wieder im Schlafzimmer verstaut und war zu Bett gegangen. Er saß da, eine Zeitschrift auf dem Schoß, starrte blicklos auf den Fernseher und zwang sich dazu, bis zu seiner üblichen Schlafenszeit auszuharren.

Geduscht und frisch rasiert schlüpfte er neben ihr ins Bett, unsicher, ob sie schon schlief, und es spielte auch keine Rolle. Er rückte so nah heran, daß er ihre Wärme spürte, vermied aber sorgsam jede Berührung. So lag er eine Weile wach und wachte auch nachts häufig auf, sich ihres Duftes und ihrer Gegenwart bewußt. Sie waren achtzehn Tage lang getrennt gewesen.

Am nächsten Tag schickte er ihr Rosen nach Hause und reservierte einen Tisch in einem Restaurant, in dem sie vor einigen Monaten gewesen waren; für seinen Geschmack war es zu überladen, doch sie hatte es nett gefunden. Er brachte eine Flasche Champagner mit heim.

„Was ist denn nun los?" fragte Carolyn und schüttelte lächelnd den Kopf. „Ist etwa Weihnachten?"

Er entfernte Draht und Folie von der Champagnerflasche und bearbeitete den Korken mit den Daumen. „Fühlst du dich wohl genug, morgen auszugehen, ein paar Stunden nur? Einen Einkaufsbummel durch die Edelschuppen von Beverly Hills?"

„Sicher. Aber ich will nichts kaufen. Es ist Unsinn, ein Vermögen auszugeben, wenn –“

„Gönn's mir doch. Die Prämie liegt bei sechstausend – mehr als erwartet.“ Er goß den schäumenden goldgelben Tropfen ein, reichte ihr das Glas, hob seines und stieß mit ihr an: „Prinzessin, laß uns feiern, laß uns das Geld verbraten!“

Samstag streiften sie Hand in Hand durch die überlaufenen Straßen von Beverly Hills, sahen sich die Schaufenster an, mokierten sich über Mannequins im Militärlook und Knitterleinen. „Werde reich, damit du so elegant ärmlich aussehen kannst“, spottete Carolyn. Sie weigerte sich, die Läden am Rodeo Drive zu betreten, ging aber mit ihm zu Nieman Marcus.

Im Gedanken an seine Prämie beschwatzte er sie aufgedreht, die gutgeschnittene Garbadinehose und die grünen Seidenblusen anzuprobieren, die ihr so gefielen. Sie strich wie gebannt über den Stoff, erlag seiner Überredungskunst und suchte sich zwei Hosen, einen Rock und zwei Seidenblusen aus. Die Verkäuferin verbuchte uninteressiert siebenhundertsechsundvierzig Dollar auf seine American-Express-Karte.

Als er die Pakete zum Auto trug, dachte er euphorisch, daß das noch nicht alles war. Demnächst würde er dafür sorgen, daß sie aus ihrem Haus dort im Tal herauskämen, vielleicht ein Haus in der South Bay kaufen. Und nur noch etwa einen Monat dauerte Carolyns neue Arbeitszeit – verdammt, er würde schon zusehen, daß ihre Firma das Versprechen hielt, ihre Arbeitszeit zu ändern, so wie sie vorher war. Jetzt, da seine Ehe wieder normal wurde, jetzt, da es schien, als hätte dieses verdammte Weib den Zugriff auf Carolyn verloren – er würde zwar nicht den Fehler begehen, sich darauf zu verlassen, aber es sah jedenfalls ganz danach aus –, wollte er Carolyn so weit wie möglich aus ihrer Reichweite bringen.

37

Bei Carolyns Namen schreckte Val von ihrer Zeitung hoch, die sie gerade überflog. Neal hatte gefragt: „Glaubst du, daß es Carolyn inzwischen besser geht?“ Er saß neben ihr auf dem Sofa.

„Das hoffe ich sehr“, antwortete sie und legte ihm den Arm um die Schultern.

Die Sportschau am Montagabend endete im Stakkato des brüllenden Ansagers und der Kommentatoren um den Bildschirm herum. „Zeit für deine Hausaufgaben“, sagte Val und drückte seine Schultern. „Was hast du auf?“

„Mathe.“

„Puh. Sei ein braver Junge, und geh' mir damit aus den Augen.“

Folgsam verzog sich Neal in sein Zimmer, und sie ging – wie schon seit Tagen – früh zu Bett. Schlafen bedeutete, nicht denken zu müssen. Zur Verzweiflung der letzten Tage hatte sich heute noch eine besondere Trostlosigkeit gesellt: ein Anruf von Carolyn.

„Ich möchte, daß du weißt“, hatte Carolyn lahm gesagt, „daß es mir gut geht... Aber ich brauche Zeit... Ich muß mich erst wieder einkriegen. Muß... gründlich nachdenken.“

Sie konnte sich Carolyn ganz genau vorstellen, sie hatte sie schon öfter telefonieren sehen, wie sie sich dabei unbewußt an den Hals faßte, so, als kontrolliere sie mit dieser Geste den Klang ihrer Stimme. Val antwortete behutsam: „Ich verstehe. Ich müßte Neal irgendwas sagen. Er fragt, er –“

„Sag, ich sei weggefahren, um... mich eine Weile zu erholen. Das stimmt ja übrigens auch.“

„Darf ich dir noch eines sagen?"

„Im Moment ist mir einfach –"

„Nur eines noch. Das letzte Mal, als wir zusammen waren, war ich... Ich habe alles vermasselt, was wir –"

„Bitte, Val."

Bei dem weichen Klang ihres Namens, der Erinnerung an das Strandhaus, als Carolyn ihren Namen geflüstert hatte, wurde ihr ganz schwach. „Carrie –"

„Bitte, nicht. Ich kann nicht weiterreden." Und sie legte auf.

Nie hätte sie sich eine solche Sehnsucht vorgestellt – daß Carolyns Abwesenheit sie zu der Verzweiflungstat trieb, sie sogar zu Hause mit Anrufen zu bestürmen. Daß sie ihren Stolz so weit vergaß... Und jetzt war alles aus. Carolyn war fort.

Da war keine, der sie ihren Kummer hätte anvertrauen können. Außer vielleicht Alix, die vor vier Tagen aus Houston zurückgekehrt war – wundersamerweise noch immer mit ihrer Helen. Sie hatte einen langen Abend mit Alix verbracht, ihr von Carolyn erzählt – wie hätte sie das umgehen können, redete Neal doch von fast nichts anderem! Aber sie hatte sich nicht bekannt. Warum sich weiterer Demütigung aussetzen, indem sie Alix gestand, wie dumm sie gewesen war, auf welch törichte Weise sie Carolyn verloren hatte?

Daß sie dafür voll verantwortlich war, bedurfte gar keiner Frage. Die ständige Erniedrigung ein Leben lang hatte sie zu dem gedankenlosen Schluß getrieben, über Paul Blake triumphieren zu wollen. Doch statt dessen hatte sie die zärtliche Leidenschaft der Liebe, die Carolyn ihr entgegenbrachte, verletzt und sich genauso, ihr neues Selbst, das eben zum Vorschein kam.

Dieser paralysierenden Situation mußte sie ein Ende setzen, mußte irgendwie wieder funktionieren. Ihre Arbeit? Ja, die war immer da. Sie konnte und wollte nicht aufhören zu arbeiten; sowohl finanzielle Gründe als auch tiefverwurzelte berufliche Gewohnheit diktierten ihr, täglich zu arbeiten. Aber ihre Freude am Malen war dahin, es war eine mühselige Plackerei geworden.

Was war nun mit Susans Vorschlag, Abendkurse in der Galerie abzuhalten? Sie hatte zunächst abgelehnt. Abendkurse waren bestenfalls ein minimales Zubrot und die investierte Zeit nicht wert, obendrein war ihr Zugang zur Kunst wahrscheinlich zu bilderstürmerisch und hatte einen allzu persönlichen Blickwinkel. Doch das Selbstbewußtsein in ihrer Arbeit – und Susan hatte gesagt, das vermisse sie häufig in der Kunst von Frauen –, das ließe sich den jungen Malerinnen vielleicht vermitteln. Sie könnte sich Susans Vorschlag noch einmal durch den Kopf gehen lassen, zumindest... Vielleicht käme sie ja auch mit aufregenden neuen Talenten in Kontakt... mit anderen Frauen...

Morgen würde sie ihren Vater anrufen und ihn besuchen. Mit Alix zusammen, Dad hatte Alix immer gemocht. Die Bekanntschaft mit Künstlerinnen und Künstlern wieder auffrischen und mit kunstinteressierten Freunden, die sie kaum mehr gesehen hatte, seit sie in Robinsons Gästehaus gezogen war. Jacques, Monica, David... Sie lächelte bei dem Gedanken, wie den Robinsons wohl der Unterkiefer heruntergeklappt wäre, hätten sie ihre befreundeten Malerinnen und Maler zu Gesicht bekommen, vor allem Monica mit ihrem Friedhofs-Make-up.

Ja, sie hatte ihre Freundinnen und Freunde vernachlässigt und diese ganze Seite ihres Lebens. Seit der Zeit mit Carolyn.

Warum nicht ein Fest? So bald wie möglich? Diesen Samstag, beschloß sie. Das Planen eines Festes und der Kontakt mit alten Freundinnen und Freunden zerstreute vielleicht ihren Kummer ein wenig... Diesen großen Kummer...

38

Am Freitagnachmittag nach der Arbeit, am Tag vor der Party für Pauls Mitarbeiter, fuhr Carolyn nach Venice zur Kunstgalerie Austin. Sie lag drei Straßen vom Strand entfernt, ringsum eine Ansammlung kleiner hübscher Antiquitätenläden und Spezialgeschäfte. Die Galerie mit dem großen Ausstellungsraum zur Straße hin entpuppte sich als ein Labyrinth von kleineren Hinterzimmern. In dem Gefühl für obligate Schicklichkeit betrachtete sie eine Serie gefälliger, doch eintöniger Meerbilder.

Eine angeschickte, dunkelhaarige Frau machte ein paar Schritte in den Raum. „Wenn Sie irgendwelche Fragen haben, lassen Sie es mich bitte wissen."

Carolyn beäugte sie neugierig. Der gewebte weiße Wollrock und ihr Pullover sahen teuer aus. Ob dies wohl die Susan war, deren Eltern das Strandhaus gehörte? „Vielen Dank", antwortete sie, „ich würde mich gern mal umsehen."

„Bleiben Sie nur den Nachmittag." Das Lächeln der Frau war nonchalant und attraktiv. „Kaffee finden Sie im Hinterzimmer."

Mit dekorativer Gemächlichkeit, in steigender Erwartung schlenderte Carolyn durch einen Raum mit bunten geometrischen Mobiles, dann durch impressionistische Landschaften, polierte Acrylminiaturen, Papiercollagen, riesige Blumen in Wasserfarbe. Sie wußte, daß sie Vals Bilder vor sich hatte, noch ehe sie den steilen Schriftzug Hunter in der unteren Ecke des ersten Gemäldes sah.

Fünf großformatige Bilder, die einzigen in diesem Raum, der von Punktstrahlern an der Decke erhellt war, schienen ein eigenes Licht auszustrahlen. Sie hielt vor einem Gemälde in schimmerndem metallischem Grün, durch den erdfarbenen Hintergrund zog sich ein Kobaltgelb – wie sie glaubte. In einem anscheinend zufälligen Verschmelzen tropischen Laubwerks entdeckte sie Palmwedel, andere blättrige Konturen kamen ihr irgendwie bekannt vor. Auf einer handgeschriebenen Karte neben dem Bild stand:

LAUB, SÜDKALIFORNIEN
V. Hunter, Los Angeles, Kalifornien

Eingehend betrachtete sie das Bild, gebannt von den warmen,

lebendigen Grüntönen, eine fließende Darstellung von Blättern und Pflanzen, die sie tagtäglich an den Straßenrändern und Freeways von Los Angeles sah, ohne je wirklich hinzuschauen.

Beim nächsten Bild war ihr, als tauche sie in fließendes, warmes Cadmium: Orange und Gelb. Der Entwurf hatte etwas von ihrem Regenbild, angedeutete Hausdächer als symmetrische Silhouetten in leuchtendem Siena ragten bis zum Horizont. Auf der Karte stand:

SONNENAUFGANG, LOS ANGELES

Sie war so hingerissen von diesem Bild, daß sie sich nur zögernd davon trennte, um die beiden nächsten Gemälde zu betrachten, die zwei Perspektiven desselben Themas darstellten: eine rechtwinklige, tiefblaue Wasserfläche, umgeben von grauen Hügeln, deren magere Erdkruste vertrocknet, aufgerissen, unfruchtbar war. Die geometrische Wasserfläche hatte etwas Tröstliches, das leuchtende Tiefblau wirkte durchlässig und klar – wie ein kühler Trost inmitten der vergewaltigten, sterbenden Hügellandschaft. Auf den Karten neben beiden Bildern stand das gleiche:

STAUBECKEN IN CASTAIC: SEPTEMBER

„Wie ich sehe, haben Sie an einer Malerin Gefallen gefunden."

Die Bilder hatten sie derart fasziniert, daß sie ihre Umgebung ganz vergessen hatte, und so erschrak sie beim Klang der Stimme und wirbelte herum.

„Ich wollte Sie nicht erschrecken", entschuldigte sich die Frau beschwichtigend. „Mir ist aufgefallen, daß Sie sich schon eine Weile hier aufhalten, also wollte ich Sie darauf hinweisen, daß diese Malerin sich ganz kontinuierlich verkauft. Sie ist ein außergewöhnliches Talent."

Die Frau ging zu einem Bild, das Carolyn noch nicht betrachtet hatte – eine scharlachrote Vase, die Blumen darin so leuchtende Farbtupfer, daß es schien, als lebten, als tanzten sie. „Ihre Arbeit ist sehr eigenwillig, kühn. Und ihre Farben... Sehen Sie nur, diese hellen Farben auf dunklem

Grund, äußerst schwierig, es so hinzukriegen. Unglaublich, wie sie mit der Farbe umgeht."

Carolyn wischte sich mit der kühlen Hand übers Gesicht, sie merkte, daß sie vor Stolz auf Val ganz rot geworden war.

„Dieser Sonnenaufgang gefällt mir besonders – wie sie hier die Farbeffekte aufbaut. Und es liegt eine solche Lebensfreude darin."

„Ja, ja, das stimmt", sagte Carolyn, die wieder gebannt hinschaute.

Die Frau ging, und Carolyn verweilte weiter bei den Bildern, bis ihr ein Blick auf die Uhr zeigte, daß sie es kaum schaffte, im Feierabendverkehr noch vor Paul zu Hause zu sein.

Sie fand die Frau an einem kleinen Schreibtisch, wo sie Eintragungen ins Hauptbuch machte. „Das Bild Sonnenuntergang, was kostet das?" fragte Carolyn.

Die Frau lächelte. „Zweifellos ist das eine gute Wahl." Sie sah in einer Preisliste nach. „Fünfhundertfünfzig."

Carolyn schrieb einen Scheck aus. Sie dachte: Paul kriegt bestimmt einen Tobsuchtsanfall.

Der Verkehr auf dem San Diego Freeway kam nur im Schrittempo stadtauswärts voran, und so betrachtete sie aufmerksam mit ganz neuem Bewußtsein die Landschaft, die sanften Hügel in üppigem Grün, das mit zunehmender Abenddämmerung immer dunkler und intensiver wurde. Sie scherte auf dem Ventura Freeway in ihre Ausfahrt und sah die Palmen in der Ferne, die sich schwarz gegen den Horizont abzeichneten, ihre buschigen Kronen wiegten sich in der leichten Abendbrise. Ihr fiel ein, daß sie in Filmen gesehen hatte, wie sich Palmen beim Hurrikan so weit herabbogen, daß sie sich fast parallel zum Boden neigten. Ihrer Biegsamkeit verdankten sie ihr Überleben.

Palmen waren schon eigenartig, verglichen mit den meisten anderen Bäumen, dachte sie, sie sind wie Menschen, die nicht schön sind im üblichen Sinn, aber eine starke, individuelle Ausstrahlung haben. In allen Dingen liegt Schönheit – aus diesem Grund ist Val ja eine so begeisterte Malerin.

Sie fuhr langsam ihre Straße entlang und besah sich die Häuser. Wie die meisten Häuser in Los Angeles waren sie aus Holz oder verputzt oder beides. Diese Großstadt fürchtete nichts, dachte sie, liegt da so exponiert und zerbrechlich in der Sonne und vertraut darauf, daß schon nichts passieren wird ... Nur die Palmen wissen, was das Leben in so sonnigen Städten bedeutet.

Paul war bereits zu Hause. Sobald er das eingewickelte Bild unter ihrem Arm sah, verfinsterte sich seine Miene, er wandte sich ab, reckte die Schultern, wie um sich zu straffen. Er sagte: „Eins von ihr?"

Dieser Name fällt nie in diesem Haus, dachte Carolyn. Sie nickte.

„Ich dachte ... Ich habe den Eindruck gehabt, als du krank warst, daß ihr beide mehr oder weniger über Kreuz wärt." Seine Stimme klang tief und dumpf, fast drohend.

„Nicht über Kreuz. Sie hat sich nur mittlerweile in ihrer neuen Wohnung eingelebt", erklärte sie beschwichtigend. „Sie führt momentan ein bewegtes Leben." Sie legte das Bild auf die Bar. „Dies ist aus der Galerie. Ich bin ganz spontan hingefahren. Ich war einfach neugierig", fügte sie wahrheitsgemäß hinzu. „Ich hatte gar nicht die Absicht, irgendwas zu kaufen. Vielleicht gefällt's dir sogar – es ist so ganz anders als das, was wir haben."

„Wieviel?"

„Fünfhundertfünfzig."

Er seufzte tief auf. „Wir hauen das Geld auf den Kopf wie besoffene Matrosen, Prinzessin. Die Reise, diese Party ..."

Sie klappte die Ohren zu, wickelte das Bild aus und stellte es auf der Bar an die Wand. Er stand da, verschränkte die Arme, trat zurück und fixierte es ausgiebig, beifällig.

„Es gefällt mir tatsächlich besser als das hier", sagte er. „Diese Farben werden sich gut machen und –"

„Ich will es im Gästezimmer", erklärte sie.

Verdutzt sah er sie an. „Wenn es dort hängt, wirst du es ja kaum zu sehen kriegen." Er klang keineswegs streitlustig und fügte grinsend hinzu, wobei er in mokantem Schrecken die Hände hob. „Oder etwa nicht?"

Sie gluckste. „Vermutlich nicht allzu oft. Aber genau da will ich es haben."

„Hängen wir's auf", sagte er prompt.

Sie trug das Bild ins Gästezimmer. „Nicht jetzt. Mir ist nicht danach..." Sie wollte nicht, daß er es anfaßte.

Sie lehnte das Gemälde an die Wand. Nach der Party würde sie es aufhängen. Sonntag, wenn Paul zum Raider-Spiel ging. Wenn sie allein im Haus war.

39

Am frühen Samstagnachmittag, während sie duschte und sich anzog, durchstreifte er das Haus und den Garten und inspizierte alles ein letztes Mal. Gleich kämen seine Mitarbeiter und ihre Frauen und Kinder. Und Will – später natürlich, wenn die Mannschaft vollzählig war.

Alles war bereit. Überall Blumen. Die Bar gefüllt, der Kühlschrank randvoll mit Essen, das Fleisch zum Grillen vorbereitet. Flauschige Handtücher in beiden Badezimmern, dazu ein Dutzend im Garten lagen für die Schwimmerinnen und Schwimmer bereit. Alles war perfekt. Wie gut Carolyn so etwas immer machte.

Er stieß einen Pfiff der Bewunderung aus, als sie in ihrer neuen dunkelgrünen Hose und der smaragdgrünen Seidenbluse aus dem Schlafzimmer kam. Zärtlich umfaßte er ihre Schultern: „Prinzessin, du siehst einfach hinreißend aus."

Lächelnd hauchte sie ihm einen flüchtigen Kuß auf die Wange. „Wehe, wenn nicht, schließlich hat's ein Vermögen gekostet." Sie ging an ihm vorbei in die Küche. „Zeit, das Eis auf die Bar zu stellen."

Um halb drei trudelten die fünf Mitarbeiter mit ihren Familien ein, innerhalb von fünf Minuten waren sie alle versammelt, und schon bald darauf kreischten sieben Kinder im Pool, die Frauen nahmen am Rand in den Liegestühlen Platz. Um drei kamen Will und Annie Trask. Annie, um die Fünfzig, hatte etwas Erdmutterhaftes; herrisch steckte sie sich sogleich ein Küchentuch in den weiten weißen Hosenbund, übernahm die Oberaufsicht am Grill und machte Hot dogs für die Kinder. Paul assistierte und flirtete mit ihr; Annie mochte ihn, und das wußte er. Er hatte den ganzen Garten im Auge, und auch Will, der schließlich seinen Stuhl zwischen den Frauen verließ und sich zu den Männern auf der Terrasse gesellte.

Die Frauen vertauschten ihre Sportkleidung mit Badeanzügen und kurzer Frotteekleidung und posierten verklemmt auf den Badetüchern, tranken Mai Tais, ölten sich ein, unterhielten sich zwitschernd und ermahnten ihre Kinder, sobald der Phonpegel im Pool anstieg. Die Männer, in College-T-Shirts über Shorts oder Baumwollhosen, saßen um den Gartentisch und spielten Poker. Rhythmische Musik erklang aus den Lautsprechern zu beiden Seiten der Terrasse.

Carolyn machte ununterbrochen die Runde, schenkte Wein nach, leerte Aschenbecher, bot Snacks an, hielt gelegentlich inne und plauderte ein Weilchen. Paul nippte seinen Martini und betrachtete sie häufig und stolz.

Ein Glas Scotch mit viel Wasser in der Hand, schlenderte Will nun zu ihm. Wills Wampe, für gewöhnlich von gutgeschnittenen Anzügen und dunklen Farben kaschiert, wölbte sich in der grauen Jogginghose und einem USC-T-Shirt. Paul wußte, daß Wills heutiger Aufzug genauso berechnet war wie der im Büro. Er war hier, um den Männern die Anerkennung der Firma zu vermitteln, schließlich hatten sie alle Erwartungen übertroffen, und natürlich Paul, dessen Führung dieser Erfolg zu verdanken war. Will mußte sich unter seine Angestellten mischen, einen lockeren, entspannten, demokratischen Eindruck machen.

„Prima Party, mein Junge", sagte Will und schüttelte ihm die Hand.

Paul sonnte sich in der Anerkennung. Er wußte, daß er bereits hoch in Wills Achtung stand; diese Party konnte sie nur noch bestärken.

„Sie wissen, wie man's richtig anpackt. Sie und Carolyn“, sagte Will, ließ den Blick suchend über den Rasen schweifen und heftete ihn auf Carolyn, die gerade eine Karaffe Wein zu den Frauen am Pool brachte. Er zwinkerte Paul zu und klopfte ihm auf die Schulter. „Was immer Sie tun, mein Junge, werden Sie bloß nicht alt.“ Damit schlenderte er zu der Pokerrunde, während Paul schallend lachte.

Jemand hatte die Stereoanlage aufgedreht, und der allgemeine Lärmpegel stieg allmählich an, während es langsam auf den Abend zuging. Paul war froh, daß er daran gedacht hatte, die Robinsons vorzuwarnen. Jerry stand in letzter Zeit nicht gerade bestens mit ihm. Dorothy konnte ihm nicht verzeihen, daß er diese Hunter aus dem Weg geschafft hatte. Das ältere Ehepaar, das jetzt das Gästehaus gemietet hatte, tötete ihnen den Nerv mit ihrer ewigen Nörgelei. Morgen würde er die Wogen schon glätten, da ging er mit Jerry zum Raider-Spiel – damit waren sie quitt, was diesen Kuhhandel um die Hunter betraf.

Er grillte Steaks und Hähnchen am Spieß. Der Geruch von gebratenem Fleisch, Holzkohlenqualm und Teriyaki durchdrang die Abendluft. Um sieben war das Essen vorüber. Im Licht der Terrassenlampe ging das Pokerspiel weiter, jetzt sehr viel lauter. Einige Frauen, offenbar von Mai Tais und Wein etwas enthemmt und ungeachtet ihrer Frisuren und ihres Make-ups, planschten im Pool, dessen Beleuchtung das Wasser in milchiges Aquamarin verwandelte. Er half Carolyn beim Einsammeln der Pappteller und Plastikgläser und transportierte sie in die Küche

„Alles läuft fabelhaft, Prinzessin.“ Überschwenglich und beschwipst vom Wodka küßte er sie auf den Kopf. „Will ist beeindruckt.“

Sie wusch eine Kasserolle aus, spülte gebackene Bohnen samt Gemüselöffel in den Ausguß. „Ich bin wahrlich begeistert, daß Will beeindruckt ist.“

Seine Euphorie schwand sofort, alarmiert horchte er auf. Er blickte auf die Uhr. Es würde sicher halb elf, elf, bis die Party zu Ende war. „Ich sag' dir was", entgegnete er locker, „halt nur noch ein paar Stunden durch, und ich verspreche dir, nie wieder einen Umsatzrekord zu brechen."

„Paul, warum liebst du mich?"

Er starrte sie an. Ihr Ton klang ganz normal, sogar freundlich. Sie arbeitete routiniert, klaubte das Silberbesteck von den Papptellern, die sie in den großen Plastik-Müllsack warf. „Mußt du das jetzt auf der Stelle wissen?"

„Jetzt gleich. Es ist wichtig."

Er hörte eine der Frauen kreischen: „Jimmy, laß das!" Hatte eins dieser Gören etwa seinen Garten demoliert? So geduldig wie möglich antwortete er: „Du bist meine Prinzessin. Du bist süß..."

Plötzlich wurde ihm bewußt, daß sie ihn nicht angesehen hatte, seit er in die Küche gekommen war. „Und du bist so schön..." Sie hatte nichts getrunken, da war er ganz sicher. Konnte es ihre Periode sein? Sie hatten schon so lange keinen Sex mehr gehabt, daß er nicht mehr im Bilde war.

„Prinzessin?" fragte er. „Was soll das Ganze?" Er kippte die Reste aus den Gläsern in die Spüle und warf die Plastikgläser in den Müllsack. „Eine Party ist doch kein Ort für so etwas, für eine Diskussion –"

„Was noch?" fragte sie. „Außer süß und schön?"

Wut stieg in ihm hoch. Er war es müde, hatte ihren ganzen Quatsch verdammt satt, satt bis obenhin. Seit Wochen, Monaten solchen Quatsch. Nichts als Scheiße. „Wir haben immer guten Sex gehabt. Wir haben früher sogar miteinander reden können, über Dinge –"

„Was für Dinge?"

Meschugge, sie war ja total neurotisch. „Carolyn, um Himmels willen... Über alles", sagte er außer sich. „Über meine Arbeit, über –"

„Du erzählst, wo du mittags gegessen hast, Büroklatsch. Nichts über deine Arbeit." Sie spülte Kartoffelsalat in den

Abfluß. „Ich weiß ja noch nicht mal genau, was für einen Rekord du gebrochen hast, dem wir diese wunderbare Party verdanken." Sie stellte den Zerkleinerer im Abfluß an.

Ihm war, als ob der konsumierte Alkohol in seinen Adern brannte und ihm zu Kopf stieg. Er knallte eine offene Schranktür zu, hätte am liebsten mit den Fäusten auf sie eingeballert. Sie schaltete den Zerkleinerer ab.

„Sollten wir je wieder eine Party geben müssen, meine liebe, loyale Frau", giftete er, „kannst du den Tag von mir aus in einem verdammten Hotel verbringen."

Da sah sie ihn an, mit so verständnislosem Blick, als seien seine Worte an ihr abgeprallt, gar nicht zu ihr gedrungen. Dieses Weitentfernte, das kannte er schon... Er verdrängte den Gedanken, bevor er zu Ende gedacht war.

Sie sagte: „Du magst Sport, Karten- und Ballspiele. Ich nicht. Ich mag Tanzen, Kino, andere Leute und Ausgehen. Du nicht. Du magst –"

Wieder erklang draußen ein Kreischen. „Hör auf", sagte er. „Gott verdammt, ich bin völlig benebelt, wir haben das Haus voller Leute, ausgerechnet jetzt willst du unsere Ehe analysieren. In drei Stunden sind alle weg. Drei Stunden, dann können wir reden. Ich muß raus zu diesen Leuten, Carolyn. Sie arbeiten für mich, Carolyn..."

Sie lehnte sich gegen die Spüle, ihr Körper war schlaff, die Schultern hingen herab.

„Du bist einfach erschöpft", sagte er, plötzlich verständnisvoll. „Es ist noch nicht lange her, daß du krank warst; es war ein langer Tag, Prinzessin, keine Sorge, wir werden –"

Will Trask kam in die Küche. „Kommen Sie raus, Sie und Carolyn, haben Sie Spaß, entspannen Sie sich. Sie haben schwer genug gearbeitet." Er klopfte Paul auf die Schulter. „Holen Sie ein paar Frauen von draußen zum Aufräumen rein."

„Ich will nicht, daß die Frauen mir helfen", sagte Carolyn und stellte wieder den Zerkleinerer an – unnötigerweise, wie Paul wußte. Er brachte ein Grinsen zustande und zuckte die

Achseln, als wolle er Will sagen: Begreife doch einer die Weiber.

„Paul, mein Junge", sagte Will, als es wieder still war, „warum bringen Sie den Frauen nicht noch Wein und überlassen mir Ihre reizende Frau?"

Das war nun das letzte, was er wollte. Besorgt musterte er Carolyn, die die Anrichte mit Küchenkrepp bearbeitete. Was hätte er Will sagen können? Daß seine Frau eben mal ausflippte? Er zuckte angewidert zusammen, als Will ihm wieder auf die Schulter klopfte. Sollte je der Tag kommen und dieser alte Scheißer für ihn arbeiten, würde er nur einmal und nie wieder Hand an ihn legen.

„Gut, Will", sagte er gewollt jovial. „Versuchen Sie mal, ob Sie sie dazu bringen, diesen Krempel bis nachher stehen zu lassen."

Mit einem letzten Blick zu Carolyn stapfte er hinüber zur Bar, um den Wein zu holen. Seine Brust war wie zugeschnürt. Irgendwie, und er begriff nicht, wieso, war wieder einmal alles außer Kontrolle geraten.

40

„War ein langer Tag für Sie", sagte Will Trask. „Hätten nicht auch noch den ganzen Schlamassel aufräumen sollen."

Sie antwortete ironisch, auch wenn sie wußte, daß es an ihn verschwendet war: „Sie wissen doch, wie Frauen Unordnung in der Küche hassen."

„Die Frauen da draußen schwimmen, warum machen Sie nicht mit? Ich weiß noch genau, was für einen netten kleinen Bikini Sie damals anhatten, wann war das noch, vor einem Jahr?"

Sie fixierte ihn. Mit verschränkten Armen stand er da, betrachtete sie selbstgefällig mit halbem Lächeln und unerschütterlich in der Gewißheit, daß sie nichts täte, was für Paul von Nachteil wäre.

Sie kehrte im brüsk den Rücken und marschierte aus der Küche. Im Badezimmer bürstete sie sich das Haar und starrte minutenlang in den Spiegel.

Dann ging sie zur Bar. Zwei Mitarbeiter von Paul schlenderten gerade mit einem Scotch zur Hintertür.

„Ein Erdrutschsieg von Reagan", sagte Larry Keating. „Der Mann hat uns vor Mondale bewahrt, Bush hat der Ferraro ja ganz schön einen geblasen."

Fred Brian folgte ihm durch die Tür auf die Terrasse und lachte. „Nun müßte nur noch die IRA Maggie Thatcher die Möse wegpusten. Kein sonderlich gutes Jahr für die Frauen, was?"

Das Gelächter der Männer verhallte im Garten. Carolyn goß sich einen Wodka mit Tonic ein und wußte plötzlich ganz genau, daß sie die nächsten Stunden wohl kaum überstand, ohne auszurasten, ohne etwas unerhört Spektakuläres anzurichten. Lustvoll malte sie sich die verschiedensten Gemetzel aus: Wie sie Larry Keating eine Schüssel mit Salatsoße in die blasierte Fresse warf. Oder Fred O'Brians eingebildeter Frau einen Krug Orangensaft in die pompöse Ondulation kippte. Oder Will Trask mit einem mächtigen, wohlgezielten Arschtritt in den Pool segeln ließ.

Sie taxierte die Flasche Scotch auf der Bar, dann inspizierte sie den Schrank darunter. Sie raffte die beiden restlichen Scotchflaschen an sich, trug sie in die Küche, goß sie mit beiden Händen in den Ausguß und stopfte die Flaschen in den Müllsack.

Sie spürte Paul im Garten auf. „Der Scotch ist alle", sagte sie zu ihm. „Da ist nicht mal mehr eine halbe Flasche."

„Gott, das kann doch nicht wahr sein." Er blickte sie finster an. „Ich könnte die Jungs zu Bourbon bewegen und den Rest für Will reservieren..."

„Ich hole Nachschub", erklärte sie eindringlich. „Nur eine kleine Verschnaufpause von hier, und dann bin ich für den Rest des Abends fit. Ich versprech's."

„Gut. In Ordnung. Noch zwei Flaschen, Prinzessin."

Sie sah, daß Will Trask am Pokertisch sie mit unsicherem, abschätzendem Blick beobachtete.

„Laß Annie die Rolle der Gastgeberin übernehmen, solange ich weg bin", sagte sie. „Das ist bestimmt gut für deine Karriere."

„Komm bloß bald wieder", entgegnete er verdrossen.

***

„Carrie..."

Es schien, als ob Vals Körper die ganze Diele ihrer Wohnung ausfüllte. Ihr schwarzes Kleid war das genaue Abbild des weißen, das sie an jenem Abend getragen hatte, als sie Paul kennenlernte. Hinter ihr erschollen Musik und Gemurmel in verschiedenen Tonlagen.

Carolyn prallte zurück. "Entschuldige, ich habe nicht gedacht... Es ist mir gar nicht eingefallen..."

„Ein paar Freunde – nur ein kleines Fest."

Carolyn lachte, und ihr wurde bewußt, daß eine Spur Hysterie mitschwang. Dies war wohl das Absurdeste eines total absurden Tages. „Ich kann nicht bleiben, wir haben auch ein Fest, Pauls Mitarbeiter. Ich bin nur kurz geflüchtet."

„Komm rein, wir gehen in Neals Zimmer."

„Neal, ist er –"

„Bei seinem Großvater. Er wird sich ärgern, daß er dich verpaßt hat. Komm herein. Bitte."

Carolyn betrat die Wohnung. Ihr Blick fiel auf vier Frauen und fünf Männer in unkonventioneller Aufmachung – so völlig anders als ihre Gäste, mondän, wie exotische Vögel. Sie starrte in die intelligenten braunen Augen der Frau aus der Galerie, die kein Zeichen des Erkennens von sich gab.

„Eine Freundin, wir müssen ein paar Minuten miteinander reden", erklärte Val der Runde. „Alix, sei so lieb und kümmere dich um alles. David hat nichts mehr zu trinken."

Eine hübsche, blonde Frau in enger schwarzer Hose und

weißem Hemd mit rotem Schlips, der lässig auf halber Höhe baumelte, nickte Val zu; ihre Augen musterten Carolyn kühl und anerkennend.

Carolyn folgte Val in Neals Zimmer, setzte sich aufs Bett und sagte leise: „Ich weiß nicht, was mit mir los ist."

Val setzte sich neben sie, die Hände im Schoß verschränkt.

Carolyn fuhr zögernd fort: „Ich stelle immer mehr Dinge in meinem Leben in Frage... Mir ist, als wäre ich in tausend Stücke zerbrochen. Aber ich will wieder mit dir und Neal zusammensein, das weiß ich genau."

„Ich bin so froh", antwortete Val. „Ich habe gehofft... Ich bin so glücklich, Carrie."

Schweigend saßen sie da, und Carolyn befiel eine Ruhelosigkeit, eine unerklärliche Sehnsucht, wie früher als Kind beim ersten Anzeichen, daß der endlose Winter aus Chicago abzog. Ein Anflug von Frühlingsgefühlen, hatte ihre Mutter ihre Quecksilbrigkeit genannt.

Val hob ihre Hände, drehte sie um und betrachtete ihre Handflächen. Sie sagte: „Darf ich dich nicht anrühren?"

Carolyn ergriff die Hände und legte sie um ihre Taille. Sie preßte ihr Gesicht an die weiche Haut an Vals Hals. Val streichelte sie. Carolyn umschlang Vals Schultern, und als sie sie so in den Armen hielt, wußte sie, daß sie nur deswegen gekommen war, daß sie alles sagen würde, nur damit sie das wieder erlebte.

Val drückte ihr Gesicht in Carolyns Haar. Carolyn konnte ihren Atem am Ohr spüren. Vals Hände streichelten ihre Brüste, und ihre Warzen wurden hart unter den zärtlichen Fingern. Das ist ja Wahnsinn, dachte Carolyn, es könnte doch jemand hereinkommen.

Die Hände streichelten ihren ganzen Körper bis hinunter zu den Hüften, zu den Schenkeln. Und wie elektrisiert durchzuckte sie das Begehren, mit solcher Heftigkeit und so konzentriert, daß sie es kaum mehr aushielt. Als Vals Hand zwischen ihre Beine glitt, fingerte sie fieberhaft an ihrem Hosengürtel, riß an ihrem Reißverschluß. Val hob sie auf ihren Schoß. Ihre Hand fuhr in die Hose, in ihren Slip.

Die nassen streichelnden Finger waren unerträglich langsam. Voller Begierde wanden sich suchend ihre Hüften, dirigierten der Fingerspitze die rasche Bewegung, die sie brauchte. Steif, zitternd, die Kiefern aufeinandergepreßt, um nicht aufzustöhnen, kam sie mit äußerster Schärfe.

Val hob sie von ihrem Schoß. Keuchend lag Carolyn auf dem Bett, während Val ihr die Bluse in die Hose steckte und sie zumachte.

„Ich muß gehen", murmelte Carolyn mit geschlossenen Augen in tiefer Trostlosigkeit.

„Ich liebe dich", sagte Val.

Carolyn warf den Arm über ihr Gesicht. Dumpf fragte sie: „Warum, um Gottes willen?"

Schweigen folgte.

„Ist schon gut", sagte sie zu Val. Warum kann ich nicht sterben, dachte sie. Ich wünschte, ich wäre tot.

„Ich suche nach Worten", entgegnete Val, „wie ich es dir am besten sagen kann. Ich glaube, weil du so... reagierst. Auf mich. Auf mein Leben... Auf meinen Sohn... Meine Malerei, einfach alles. Du gibst mir das Gefühl von... Eindeutigkeit. Auf eine so gute Weise. Nicht im Traum hätte ich geglaubt, daß das so sein könnte. Du gibst mir das Gefühl... von Stärke. Von Ganzheit."

Mit einem Gefühl, das fast greifbar war, fiel die Orientierungslosigkeit, die Carolyn in den letzten Wochen empfunden hatte, von ihr ab, ihr war, als ob sie sich häutete.

„Ich fühle mich ganz", wiederholte Val. „Es gibt auch noch andere Gründe, eine Menge oberflächlicher Dinge, körperliche zum Beispiel: die Biegung deines Rückens, verrückte Dinge; dein Geruch, deine Haut und dein Haar..." Sie hob die Hand und schnupperte lächelnd an ihren Fingern. „Kokain kann nicht besser sein."

Mit neuer Energie setzte sich Carolyn auf. „Komm morgen herüber. Paul geht zu einem Fußballspiel. Wir haben den ganzen Nachmittag."

Sie sah Val an, wollte sie; sie fühlte sich selbstbewußt, hatte ihr Begehren unter Kontrolle; das Gefühl ihrer Möglichkeiten machte sie euphorisch. Gedanken, Bilder, Pläne schossen ihr durch den Kopf. „Komm gegen Mittag“, sagte sie.

Sie stand auf, ihr Blick fiel auf die Malutensilien und den Stapel von Zeichenblöcken, die sich sonst im vorderen Zimmer befanden, doch wegen des Festes hierher geräumt waren. Sie langte nach einem Block. „Darf ich mir den ausleihen?“

„Sicher.“ Val legte den Arm um sie. „Du bist dünner geworden. Zu dünn.“

„Von der Krankheit.“ War sie jetzt für Val weniger begehrenswert? Hastig fügte sie hinzu: „Ich kriege es schon wieder drauf.“

„Du bist so schön, Carrie. Diese Bluse steht dir phantastisch.“

Beruhigt lächelte sie Val an, wollte ihr sagen, wie schön *sie* war, wußte aber, daß sie ihr das nur sagen könnte, indem sie es zeigte.

„Wo hast du den Scotch gekauft, in San Diego?“ fuhr Paul sie unwirsch an.

„Auf dem Mond“, antwortete sie fröhlich.

„Will wollte dich schon suchen gehen.“

„Ach. Tatsächlich?“ Der Gedanke, daß Will Trask glaubte, er selbst hätte sie aus dem Haus vertrieben, amüsierte sie. Sie drückte ihm die Tüte mit den Flaschen in die Hand. „Ich gehe jetzt unsere Gäste becircen. Ich hab’s doch versprochen, nicht wahr?“

Bei der aufziehenden Abendkühle hatten die Frauen wieder ihre Sportkleidung angezogen. Der Partylärm hatte sich gelegt, das Fest verlagerte sich allmählich nach drinnen. Carolyn schlichtete einige Streitigkeiten unter den Kindern, die quengelig wurden, und steckte die Tochter der O’Brians ins Gästezimmerbett. Überschwenglich vor Freude, plauderte sie charmant mit ihren Gästen, mied aber Will, der sie mit Blicken verschlang, sooft sie ihn ansah. Seine Miene war erstaunt und irritiert.

Um Mitternacht brachen die Gäste auf. Danach, als er ihr beim Ausleeren der Gläser und Aschenbecher half, sagte Paul müde: „Ich blicke bei dir nicht durch, das kann wohl auch sonst niemand. Will hat doch tatsächlich gefragt, ob du Dope nimmst. Wir können nicht zulassen, daß jemand das glaubt."

„Vermutlich nicht", pflichtete ihm Carolyn gähnend bei und dachte, daß sie die andere Seidenbluse morgen, wenn Val kam, tragen würde.

Kaum war Paul neben ihr in Tiefschlaf gefallen, stand Carolyn auf, streifte Morgenrock und Pantoffeln über und schlich lautlos aus dem Haus. Sie holte den Skizzenblock aus dem Wagen.

Dann hockte sie sich aufs Sofa und schlug den Block auf – eine Skizze von ihr. Verblüfft blätterte sie um, auch die nächsten beiden Skizzen waren von ihr, erst vor kurzem gemacht. Im Hintergrund erkannte sie Vals Wohnung. Auf der ersten Skizze saß sie auf Vals Sofa, grübelnd über ein Buch in ihrem Schoß gebeugt, auf den beiden anderen spielte sie mit Neal Karten.

Dann kamen noch drei Skizzen von ihr. Auf allen dreien lag sie auf einem Bett, nackt. Auf dem Bauch, ein Bein angewinkelt. Auf der Seite, mit dem Rücken zur Malerin. Eingerollt, einen Arm ausgestreckt, die Brust gereckt.

Sie wußte, wann die Skizzen gemacht worden waren; ihr wurde ganz heiß, eine Hitzewelle breitete sich über Brust und Bauch aus, ein Gefühl, als würde sie langsam gestreichelt. Wieder starrte sie auf die drei Blätter, auf diese katzenhafte Trägheit und Wohligkeit ihres Körpers, die nicht nur vom Schlaf kam.

Sie schlug eine leere Seite auf. Zögernd setzte sie den Bleistift an und begann zu zeichnen. Nach vier zerknäulten Versuchen war sie mit dem nächsten zufrieden und machte sich an die Ausarbeitung.

Danach ging sie wieder zu Bett. Und ehe sie einschlief, fragte sie sich noch, warum sie eigentlich so glücklich war. Schließlich wußte sie ja noch immer nicht, wie es mit ihr weiterging –

oder mit Paul. Sie wußte nur, wie es morgen mit Val weitergehen, nicht, was sie ihr sagen würde.

41

Mittags stieg Val pünktlich aus ihrem Wagen und überquerte die Straße zum Haus der Blakes.

Carolyns Augen schimmerten meergrün über der grünen Bluse, ihr sonnengebleichtes Haar glänzte seidig. Hingerissen von ihrem Reiz legte Val ihre Wange an Carolyns und betrat wortlos das Haus. Sie drückte ihr einen Brief von Neal in die Hand.

Carolyn öffnete ihn und las, während sie zum Sofa hinüberging. Sie kicherte. „Diesem Schreiben nach habe ich gesagt, daß wir uns morgen abend sehen."

Val seufzte. Sie hatte Neal nur schwer davon überzeugen können, daß er heute nicht mitfahren konnte. „Ich mußte ihm irgendwas sagen. Ich habe gehofft, ich könnte dich dazu überreden."

„Hast du schon." Carolyn steckte den Zettel in ihre Blusentasche, setzte sich aufs Sofa und zog die Beine unter sich.

Val setzte sich verlegen neben sie. Sie beschloß, direkt und ohne Umschweife das zu sagen, was ihr auf der Zunge lag. Ohne Carolyn anzusehen, begann sie: „Ich möchte, daß du weißt, daß ich verstehe... Ich möchte, daß du dir die Zeit nimmst, die du brauchst..." Sie stockte, ihre Worte waren so plump, so unzulänglich.

Sie blickte Carolyn an. „Auf dem Fest gestern abend war eine Frau, mit der ich vor vier Jahren zusammengelebt habe. Es war eine große Anziehung zwischen uns, ich –"

„Die Blonde?"

„Woher weißt du?" fragte Val verdutzt.

„Weil sie mich so angesehen hat. Und wir sind uns körperlich ähnlich."

„Stimmt das?" fragte sie wieder verblüfft. „Ihr seid euch nicht im geringsten ähnlich. Na ja, ein bißchen vielleicht, aber –" Sie wollte nicht näher darauf eingehen und vom Thema abkommen. „Jedenfalls war ich damals nicht soweit, ich konnte mit meinen Gefühlen nicht umgehen... Nein, das stimmt nicht. Ich wollte mich mit diesen Gefühlen nicht auseinandersetzen, nicht so wie jetzt, nicht wie..."

Carolyn nahm ihre Hand und unterbrach ihr Stammeln. „Val, ich weiß, daß ich das Ganze noch nicht richtig durchdacht habe. Ich hatte noch nicht die Zeit dazu. Ich bin mir noch nicht klar; ich weiß, daß es für mich eine völlig neue Situation ist. Sie macht mir keine Angst – aber sie ist so fremd für mich."

Carolyn knetete ihre Hände und blickte Val unsicher an. „Ich muß eine Weile ohne dich sein... Auch ohne Paul..." Sie redete langsam und überlegt, so als käme sie erst jetzt darauf. „Ich muß... irgendwo zwischen euch beiden sein. Eine Zeitlang. Ich muß allein sein. Vielleicht nicht für lange, aber doch eine Weile. Kannst du das verstehen?"

„Ja", antwortete Val.

Es war nicht annähernd so schrecklich, wie sie es sich vorgestellt hatte. Jedenfalls weitaus besser, als sie in den letzten Tagen befürchtet hatte, als sie glaubte, sie hätte Carolyn für immer verloren. „Ich bin für dich da", sagte sie. „Wann immer du mich brauchst."

Carolyn rieb Vals Hand. „Solange ich das nur weiß..." Dann sagte sie leise: „Ich möchte dir etwas zeigen."

Sie langte nach dem Skizzenblock auf dem Teetisch und hielt Val ihre Zeichnung hin. Val betrachtete sie ausgiebig.

Es schien, als wüchse eine gebogene dünne Kette feingezeichneter Glieder vom unteren Rand des Blattes hinauf nach oben. Die untersten Glieder waren leicht schraffiert, doch deutlich erkennbar, und wurden zur Mitte hin immer schwärzer. Die Glieder waren unterschiedlich schraffiert, mal heller, mal dunkler, dann wurden sie allmählich schwärzer bis zu den beiden tiefschwarzen Gliedern. Danach wurde die Kette unscharf und verlief schließlich im Weiß.

„Reines Gefühl“, sagte Val nachdenklich, „eingeschlossen, ineinander verkeilt, alles andere abgeblockt, ausgeblendet, erst vage, dann zunehmend stärker, am stärksten bei den zwei schwarzen Gliedern, dann ein unvermitteltes Ende.“

„Du bist so gut.“ Carolyn lächelte und blickte sie schüchtern an. „Es ist eher eine Wahrnehmung als ein Gefühl. Ich habe versucht... zu zeigen, wie ich dich gespürt habe.“ Sie strich über die Zeichnung. „Wie du alles ausgeblendet hast, außer daß ich dich spürte. Ich spürte dich immer stärker, dann veränderte es sich ein wenig... Es wurde stark, genau richtig. Stärker, auf einmal ganz stark...“ Sie hielt inne und fügte dann hinzu: „Ich wollte es noch länger halten, doch dann war's vorbei.“

Val räusperte sich. „War das ein bestimmtes Mal?“

„Mein erstes.“

Ihr erstes? Wollte sie damit sagen... Sie war allzu orgasmisch, sie konnte nicht meinen... Val fragte: „Kann ich das haben?“

„Ja, wenn du willst.“

„Ich will es. Signier es.“

Carolyn legte die Zeichnung auf den Tisch und signierte sie mit dem gereichten Bleistift. Val betrachtete die Signatur: CARRIE stand in zaghaften Buchstaben in der unteren Ecke.

Carolyn sagte: „Ich gebe sie dir im Austausch für den Skizzenblock, den ich mir ausgeliehen habe. Ich fand sechs Skizzen von mir drauf.“

„Mir war nicht bewußt, daß du diesen Block... Das ist der Block mit...“

Es dämmerte ihr, sie blickte Carolyn an, und als sie wieder zurückdachte, wurde ihr ganz heiß. Carolyn hielt ihrem Blick stand. Schwer hing die Spannung zwischen ihnen, ein heftiges Verlangen.

„Du hast mich mal gebeten, dich aufzuheitern“, sagte Carolyn heiser. „Mach das jetzt mit mir.“

Val stieß sich am tiefen Rand des Pools ab, tauchte und machte eine Rolle. Mit gestreckten Armen tauchte sie auf, kühl strömte das Wasser über ihre nackten Brüste und Schenkel. Sie schnappte nach Luft, atmete tief ein und tauchte wieder, drehte sich, wirbelte herum, strich über ihre Brüste und Schenkel, wie berauscht von ihrer Sinnlichkeit.

Sie tauchte am flachen Ende neben Carolyn auf, die sich am Rand festhielt und ihren nackten Körper bespritzte. Val wirbelte geschmeidig herum, sie genoß ihre Behendigkeit; nur im Wasser fühlte sie sich nicht linkisch und plump. Sie wischte sich die Haare aus den Augen und sagte vor Freude ganz außer sich: „Ich liebe dich, Carrie, hab keine Angst, daß ich dich liebe."

„Nichts an dir macht mir Angst, nicht mehr."

Sie sagte es leise. Ihre kühlen Hände glitten über Vals Schultern, zärtlich strich sie das Wasser ab. Dann erklärte sie: „Ich glaube, diese Stelle an dir ist meine liebste." Ihre weichen, warmen Lippen küßten Vals Schultern, die kühlen Hände fuhren langsam den Rücken herab. „Ich liebe deine Stärke. Ich habe immer geliebt, wie du gehst, wie du schwimmst, wie du die alltäglichen Dinge tust."

Carolyn ergriff ihre Hände, verschränkte die Finger ineinander. „Ich liebe deine Hände. Ich liebe es, wie du die Dinge anpackst ... wie du mit den Händen umgehst ... wie du damit arbeitest ..."

Val zog sie an sich, hielt sie ganz fest, sehnte sich mit allen Fasern nach ihr. Sie spürte, wie etwas in ihr nachgab, von ihr abfiel.

Carolyn sagte: „Ich erinnere mich, daß ich als Kind in einem Park riesige Statuen von Frauen gesehen habe ... Ich fand sie ganz wundervoll." Ihre Hand strich leicht über Vals Hüften, sie drückte die Lippen auf Vals Hals. „Ich glaube, daß ich Frauen schon vorher geliebt habe ... Ich glaube, ich habe mir schon immer gewünscht, von einer Frau geliebt zu werden. Von einer Frau wie dir. Ich kann mir nicht vorstellen, eine Frau zu lieben, die schöner ist als du."

Es verschlug ihr die Stimme, diese Worte waren unfaßlich und machten sie hilflos.

Carolyns Körper preßte sich an sie; sie schmolz dahin. Carolyns warme Lippen küßten ihren Hals bis hinunter zu den Brüsten. Sie erschauerte, und ihre Brustwarzen wurden hart, noch ehe Carolyn daran saugte.

Langsam strich Carolyns weiche Zunge darüber, und Val griff nach dem Poolrand. Ihr Körper straffte und spannte sich, als Carolyns Hand zwischen ihre Beine glitt und die Finger sie langsam streichelten.

Lustvoll seufzend packte sie Carolyns Hintern und knetete ihn mit wachsender Erregung. Hingerissen küßte sie Carolyn. Das Wasser spritzte auf, sie zuckte und bebte in ihrem Orgasmus. „Carrie", stöhnte sie.

Nackt lagen sie nebeneinander auf ihren Handtüchern im Gras.

„Himmel, ich will dich", sagte Carolyn.

„Ich dich auch, aber du hast mich ja nicht gelassen."

„Ich will das hier." Carolyn fuhr mit dem Finger über Vals Mundwinkel und Lippen. „Aber keine nassen Haare."

„Laß mich ein Handtuch drumwickeln, Carrie", flüsterte Val; sie gierte danach, diese Frau neben sich zu lieben.

„Ich will dein Haar spüren, alles an dir. Es trocknet ganz rasch in der Sonne."

„Gleich." Val griff sich ungeduldig ins Haar.

Carolyn sagte: „Ich habe den *Sonnenuntergang* gekauft."

„Susan hat's mir erzählt. Nachdem du gestern abend weggegangen bist. Ich war sehr überrascht. Deine spontanen Anwandlungen werden immer verblüffender", hänselte sie sie.

„Paul hat nicht mal großen Zoff gemacht. Ich glaube, er lernt die Dinge zu nehmen. Außer der Sache, die auf ihn zukommt", fügte sie hinzu, und ihr Blick war plötzlich in sich gekehrt.

Val bedauerte diesen Stimmungsumschwung, mit dem Carolyns Gedanken von ihr abschweiften. Doch sie fragte: „Was wirst du ihm sagen?" Mit Sicherheit nichts über ihre Beziehung...

Carolyn antwortete nüchtern: „Nur, daß ich die Trennung will."

Val wurde bewußt, daß ihr Haß auf Paul Blake verschwunden war, wie weggeblasen. Sie machte sich Sorgen um Carolyn. „Hast du schon beschlossen, wann du es ihm sagen willst."

Carolyns Miene verdüsterte sich. „Ich habe das alles noch nicht ganz durchdacht, Val. Mir ist danach, es sofort zu sagen. Wenn ich damit warte, wird er es mißverstehen und glauben, daß zwischen uns alles wieder gut werden wird. Er liebt mich so sehr ... Wenn ich's aufschiebe, wenn ich darüber nachgrüble ..."

Wenn sie jetzt zu brüten anfinge, geriete ihr Entschluß augenblicklich ins Wanken. Es war besser, so zu tun, als ginge sie davon aus, daß Carolyn ihr Vorhaben durchzog. „Ich verstehe ja, warum du nicht zu Neal und mir ziehen willst. Aber du brauchst eine Wohnung –"

„Ich finde schon eine, das dauert nicht lange. Ich kann mir eine anständige Miete leisten, ich habe einen guten Job, mir steht ein Teil unserer Ersparnisse zu ..."

Carolyn sah fort. „Weißt du was? Ich bin noch nie allein gewesen. Ich habe erst bei meiner Mutter gelebt und dann Paul geheiratet."

Als sie Val jetzt ansah, wirkte sie gespannt, neugierig. Unsicher, ob sie sich einen solchen Gedanken überhaupt zugestehen dürfe, sagte sie: „Womöglich hasse ich es."

„Vielleicht – aber es wird gut für dich sein", erklärte Val mit Nachdruck. „Alle Menschen sollten mal eine Zeit in ihrem Leben allein gelebt haben." Sie grinste. „Hoffentlich gefällt es dir nicht allzu sehr. Ich kann dich doch ab und zu mal besuchen, nicht wahr?"

Carolyn mußte lachen, ihr flirtender Blick glitt über Vals Körper. „Ab und zu. In meiner neuen Wohnung wird es eine Regel geben: Gewisse Gäste müssen ihre Kleider an der Tür ablegen."

Val lachte mit. „Phantastische Regel." Carolyns neue Unverblümtheit machte ihr Spaß.

Sie lagen da, verstummten und sahen einander an. Val wurde ganz schwach vor Verlangen, ein völlig anderes Gefühl, als diese Hilflosigkeit im Pool – reine Lust.

„Dein Haar ist trocken“, flüsterte Carolyn mit verschleiertem Blick. „Laß uns hineingehen.“

Das Bild im Gästezimmer leuchtete in warmen Farben, was den Raum viel freundlicher machte. „Bis ich es mitnehme, bleibt es hier drin“, sagte Carolyn heiser.

„Mir gefällt, daß es hier ist, mir gefällt, daß du es hast.“ Val zog sie an sich.

Carolyn gab ihr ein Zeichen zu schweigen, sie reckte lauschend den Kopf.

Nach einer Weile fragte Val: „Was hast du gehört?“

„Ich weiß nicht. So ein metallisches Geräusch. Von der Garage, glaube ich.“

„Ich seh' mal nach.“

„Nein, gewiß ist es nur eine Katze. Sie springen ständig auf die Garage“, flüsterte sie, als Val sie nun in die Arme nahm. „Die Gegend ist voller...“ Sie schloß die Augen. „Val“, murmelte sie.

Val zog sie aufs Bett. Sie beugte sich über sie und küßte zärtlich Carolyns Gesicht, während ihre Hand Carolyns Brüste streichelte, diesen glatten, weichen Körper an sich drückte und sich auf ihn legte. Carolyn stöhnte und verkrallte sich in ihr; fieberhaft suchte sie Vals Mund, ihre Zunge. Sie bäumte sich ihr entgegen, begehrte sie, jetzt, auf der Stelle. Vals Mund glitt an ihr herab. Und als Carolyn ihre Schenkel spreizte, pochte das Blut in Vals Ohren.

42

Sie hatten etwa drei Meilen auf dem Golden State Freeway zurückgelegt, als der Motor von Jerrys Chrysler zu stottern begann und dann aussetzte. Paul schlang die Arme um sich. Hinter ihnen kreischten Bremsen. Wildes Hupen erscholl. Jerry schaltete die Warnblinkanlage ein, lenkte den Wagen riskant über die nächste Spur auf den Grünstreifen.

„Scheiße", fluchte Jerry. „Das verdammte Ding, gerade aus der Werkstatt – neue Lichtmaschine, Kruzifix. Hätten wir doch nur deinen Wagen genommen, wie du es wolltest."

Ironisch dachte Paul an die Situation, als er gewollt hatte, daß Carolyn ihren Wagen und nicht Val Hunters nahm. „Kann jedem mal passieren, Jerry", sagte er achselzuckend. „Vielleicht ist's ja bloß eine Kleinigkeit."

Sie fingerten an den Zuleitungen herum, fanden aber keine sichtbare Ursache des Problems. „Verdammte Scheiße. Entschuldige, Bruder, wenn ich wütend bin, fluche ich, daß die Fetzen fliegen."

„Beruhige dich." Paul packte ihn an der Schulter. „Gleich hinter uns ist eine Notrufsäule."

Eine Stunde später an diesem Sonntagnachmittag trudelte die Pannenhilfe ein. Der vierschrötige junge Fahrer steckte seinen Kopf unter die Motorhaube. Nach einer Weile tauchte er auf. „Der Vergaser", verkündete er.

„Scheiße", fluchte Jerry. „Verdammt." Wütend bearbeitete er den Reifen mit Fußtritten.

„Wissen Sie, wo man ihn reparieren kann?" Paul grinste den jungen Fahrer an, der mit gleichmütigem Blick auf Jerry seinen Kaugummi kaute.

„Klar. Krieg' die Kiste heut' noch für Sie repariert." Er deutete auf Jerrys Wagen. „Wir hängen sie an, dauert nur Minuten."

Sie ließen das Raider-Spiel sausen, setzten sich in den Abschleppwagen und fuhren die Western Avenue in Hollywood entlang, Jerrys Auto rumpelnd im Schlepptau. Jerry starrte auf die abblätternden Reklameflächen, die verfallenden Gebäude. „Scheiße, das sieht hier aber gar nicht gut aus."

„Sie wollten einen Mechaniker am Sonntag", sagte der Fahrer ungerührt, „also nehmen Sie, was Sie kriegen können." Er bog in eine Arco-Tankstelle ein.

Wenige Minuten später wischte sich ein großer, hagerer Mann namens Lamont, wie auf der Brusttasche seines Overalls aufgestickt war, die verschmierten Hände ab und erklärte: „Muß den Vergaser rausnehmen, nachsehen, was für ‘ne Verstopfung das Baby hat. Kostet Sie hundertvierzig."

„Heiliger Bimbam", giftete Jerry.

„Keine Schecks, Bares oder Kreditkarte. Ihre Sache – bringen Sie's halt woandershin. ‘n Zehner pro Tg fürs Einstellen, bis Sie's abtransportiert haben."

Jerry starrte erst ihn, dann Paul an. Paul zuckte die Achseln. Jerry ließ die Schultern hängen. „Wie lange wird's dauern?"

„Is' gegen fünf fertig." Er deutete auf ein blinkendes Neonschild unter dem Arcozeichen. „Wir haben Tag- und Nachtbetrieb."

Um weiteres Geplänkel zu vermeiden, fragte Paul den Mechaniker rasch: „Haben Sie einen Wagen für uns? Einen Mietwagen", fügte er hinzu.

„Nee, der letzte is' grad weg."

„Scheiße", fluchte Jerry. „Damit ist das verdammte Raider-Spiel endgültig geplatzt."

Der Mechaniker füllte ein Auftragsformular auf dem Brett aus. Er tippte mit dem Fuß an die Tafel des Nummernschildes, Chrysler-Plymouth, North Hollywood, stand da zu lesen. „Seid ihr Jungs aus dem Tal?"

„Burbank, bei Glendale", antwortete Paul, der sich nach einem Münzfernsprecher umsah, um Carolyn anzurufen.

„Ich frag' mal Mike von der Frühschicht. Wohnt in der Richtung. Er wird Sie mitnehmen, falls er direkt nach Hause fährt."

„Keine große Tragödie, Jerry", beschwichtigte Paul ihn, als Jerry seine Eintrittskarte fürs Raider-Spiel aus der Tasche zog und grimmig damit herumfuchtelte. „Wir sehen uns halt ein anderes Spiel an." Gehustet, dachte er. „Vielleicht eine bessere Mannschaft als Denver."

„Ich wollte Elway sehen", jammerte Jerry, nahm das vom Mechaniker gereichte Brett und unterschrieb ein Auftragsformular. „Bruder, macht's dir was aus, mich hierherzufahren, um den Wagen abzuholen? Ich hasse es, dich drum zu bitten."

Im Geist verfluchte Paul ihn. „Gemacht, Jerry."

„Du bist ein verdammt guter Kumpel, Bruder. Verdammt guter Nachbar." Jerry ballte das Ticket zusammen und warf es in die Mülltonne.

Auf dem hohen Sitz von Mikes Pick-up thronend, erblickte er Val Hunters zerbeulten, gelbbraunen Volkswagen, sobald sie um die Ecke in seine Straße einbogen. Seine Brust war plötzlich wie zugeschnürt, und es durchfuhr ihn ein Stich.

Jerry sagte: „Komm, Bruder, heben wir ein paar Bier und sehen uns Dallas in der Glotze an."

„Daraus wird nichts, Jerry." Seine Schläfen pochten, die Brust tat ihm weh. Er dankte Mike kopfnickend und ging niedergeschlagen die Auffahrt zur Garage hinauf. Er würde seinen Wagen nehmen und spazierenfahren.

Zum Teufel, nein. Er hieb mit der Faust auf das Dach seines Buick. Weshalb sollte er irgendwohin fahren? Dies war sein Haus, seine Frau. Diese Amazone würde ihn doch nicht aus seinem Haus, von seiner Frau vertreiben. Frustriert und unentschlossen umkreiste er dennoch einige Male sein Auto, dann beugte er sich zu Carolyns Sunbird herab und kratzte Dreck von der Tür. Er streckte sich. Er würde draußen bleiben – vorausgesetzt, daß sie drinnen waren – und sich um den Pool kümmern, vielleicht auch schwimmen. Er ging durch die Seitentür der Garage in den Garten.

Da vernahm er ein Geräusch aus dem spaltbreit geöffneten Fenster des Gästezimmers. Einen solchen Laut hatte er noch nie gehört, wußte aber auf der Stelle, daß es Carolyns Stimme war. Er bekam eine Gänsehaut. Der Fenstersims war in Augenhöhe, nur zwei Schritte neben ihm.

Einen Moment lang glaubte er, Carolyn würde überfallen, und ein Adrenalinstoß ließ ihn zum Fenster springen. Er stellte sich auf die Fußspitzen und sah, daß Carolyns Arme den großen nackten Körper von Val Hunter umschlungen hielten, daß sie ihre Lippen aufeinanderpreßten, daß Val Hunters Hand zwischen Carolyns Beinen war.

Seine Nackenhaare sträubten sich. Ein Schwindel erfaßte ihn.

Wieder dieser Laut von Carolyn, ein Stöhnen tief aus dem Bauch, und ihre Arme ließen Val Hunter los, die an ihrem Körper herabglitt. Carolyn hob die Schenkel, umfaßte Val Hunters Kopf, dann bäumte sich ihr Körper auf, als durchzuckte ihn ein elektrischer Schlag.

Er klammerte sich an die Hauswand und blickte sich um. Die vom blauen Wasser des Pools reflektierte Sonne blendete ihn einen Augenblick lang. Er machte ein paar Schritte und merkte, wie der Boden unter ihm nachgab. Dann fiel ihm ein, daß er erst morgens den Rasen gesprengt hatte. Er starrte auf die nebeneinanderliegenden Handtücher im Gras am Pool, auf denen zwei Körper zusammengesteckt hatten; auf einem Stuhl ein Haufen Kleidung, achtlos hingeworfen – Jeans und ein T-Shirt, Carolyns neue Seidenbluse, ihre neue Hose –, und bei den Stufen Slips und BHs.

„Gott, o Gott...“

Wie hypnotisiert und als hätte er Bleigewichte an den Füßen, zog es ihn wieder zum Fenster.

Mit weitgespreizten Beinen lag Carolyn da, Val Hunters Kopf zwischen ihren Beinen, die Hände unter ihrem Po. Carolyns Kopf flog von einer Seite zur anderen, die Hände umkrampften das Laken. Es klang, als ob sie schluchzte.

„Val...“

Ihr Körper zog sich zusammen. Ihr Kopf fiel nach hinten. Die geballten Hände zerrten am Laken. Sie stöhnte. Ihr Gesicht verzerrte sich vor Ekstase.

Die Hände ließen das Laken los. Sie sank aufs Bett zurück. Val Hunter rührte sich nicht. Ihr Gesicht ruhte auf Carolyns Schenkel. Dann tastete Carolyn nach ihr und zog sie zu sich hoch.

Val Hunter nahm sie in die Arme, wiegte sie. Carolyn seufzte irgendwas, und Val Hunter murmelte, doch er konnte nicht hören, was.

„Ja“, sagte Carolyn nun. „Das. Jetzt.“

Er kniff die Augen zusammen, taumelte.

„Wunderbar... Val...“

Wie von selbst öffneten sich seine Augen.

Val Hunter, riesig und nackt, kniete neben Carolyns Schultern. Carolyns Hände strichen über die weißen Hüften, kneteten die Backen. Sie langte nach Val Hunters massigen Brüsten und streichelte sie. Val Hunters Hüften zuckten, ihre Hände griffen in Carolyns Haar zwischen ihren Schenkeln. Carolyn umschlang die Hüften und zog sie zu sich hinunter. Carolyns Füße zitterten. Sie stemmte die Beine aufs Bett.

Val Hunter warf den Kopf in den Nacken. Der massige Körper bebte. „Carrie“, stöhnte sie, „Carrie, Geliebte...“

Die Worte brachten ihn in Trab, und er rannte durch den Garten.

Mit einem Bier in der Hand saß er vor dem Fernseher in Jerry Robinsons Wohnzimmer und stierte auf ein Fußballspiel. Da fiel ihm ein Bericht ein, den er irgendwo gelesen hatte, in dem Leute auf dem Operationstisch als klinisch tot befunden wurden. Die Leute erklärten später, daß sie über ihrem Körper geschwebt hätten, bevor das Leben in sie zurückgekehrt sei. Ihm war genauso zumute. Ihm war, als stünde er neben sich, sähe sich das Spiel bei den Robinsons an, in aller Ruhe, und unterhielte sich so wie immer.

Er fand sich auf der Straße wieder, ohne zu wissen, wie er aus Robinsons Haus gekommen war, oder was sie dort eigentlich geredet hatten. Saurer Biergeschmack stieß ihm auf, Bier, an das er sich nicht erinnern konnte. Wie lange war er drüben gewesen? Er blinzelte auf seine Uhr, ohne die goldenen Zeiger erkennen zu können. Was machte das schon? Val Hunters Wagen stand noch immer vor seinem Haus.

Er überquerte die Straße mit langen, gleichmäßigen Schritten wie ein Roboter, den Blick auf die Haustür geheftet. Er ging auf und ab. Als sich schließlich die Tür öffnete, duckte er sich hastig hinter eine sich schälende Palme.

Val Hunters Bild verschwamm vor seinen Augen wie in einem roten Nebel. Er blinzelte heftig, doch das Rot blieb. Sie ging über die Straße, die verblichenen Jeans hingen auf ihren Hüften; unter ihrem Arm klemmte ein Umschlag.

Sie würde brüllen vor Lachen, wenn sie sehen könnte, wie er sich vor ihr versteckte. Hämisch feixen würde sie. Ihr unbeschwerter Gang ließ ihn kochen. Seit Monaten schon lachte sie sich tot über ihn – mit welcher Freude sie ihm direkt ins Gesicht lachen würde. Sie – eine Frau, *sie* hatte seine Frau verführt.

In seiner Wut pendelte er vor und zurück, während er sie beobachtete und sich ihr Gesicht unter den Sohlen seiner Joggingschuhe vorstellte. Er starrte sie unverwandt an, als sie die Wagentür öffnete und ihren massigen Körper zusammenklappte.

Ein Koloß, ein Freak. Sie war keine Frau – allein schon dieser geile Elefantenarsch. Echte Frauen waren weich, verletzlich. Mit zarter Haut, samtener Möse, wundervoll weichen Hintern. Männerhintern waren flach und fest, aber ein Frauenhintern war weich, der Inbegriff von Üppigkeit, Zartheit, Verletzlichkeit. Sie war grotesk – ein Monster von einer Frau.

Ein Vampir. Sie war eine Pseudo-Frau, die echte Frauen zu solch widerlichen Praktiken verführte, zu ihresgleichen.

Worte durchzuckten ihn: *Wunderbar... Val...*

Der gelbbraune Volkswagen startete, heulte auf und verschwand die Straße hinunter außer Sichtweite.

Er stapfte um den Häuserblock, wieder und wieder.

Andere Worte: *Ja. Das. Jetzt.*

Eine Stimme, tief und volltönend: *Carrie... Carrie, Geliebte...*

Ein Vampir. Doch sie war Wirklichkeit, kein Märchen. Sie war tödlich. Ihresgleichen reichte ihr nicht, sie mußte echte Frauen verführen, korrumpieren, sich seiner unschuldigen Prinzessin an den Hals werfen und sie aussaugen.

Er stampfte so lange, bis er einen Wadenkrampf bekam. Dann schloß er seine Haustür auf, hielt einen Moment lang den warmen, tröstlichen Messingknopf in der Hand und dachte an Carolyns Brüste, wie zärtlich er sie immer gehalten hatte.

Nie habe ich etwas anderes getan, als dich geliebt.

Sie saß in ihrer üblichen Ecke auf dem Sofa, ein Buch im Schoß. Das schwere, blonde Haar war gebürstet, etwas Rouge auf ihren Lippen. Die hübsche Hose und die Seidenbluse waren dieselben, die er im Garten auf dem hingeworfenen Haufen gesehen hatte.

Sie sah ihn erstaunt mit gerunzelten Brauen an. „Jerry war vor ein paar Minuten hier und hat dich gesucht. Ihr hattet Ärger mit seinem Wagen? Was war los?"

„Nichts." Er war verblüfft: Seine Stimme klang ganz normal. „Nichts von Bedeutung."

Sie blickte auf die Uhr über dem Kamin. „Wo bist du gewesen? Jerry sagte, du seist vor einer Stunde bei ihnen weggegangen."

Eine Stunde? War es eine Stunde? „Spazieren", sagte er. „Nachdenken."

„Ich habe auch nachgedacht."

Ihre Stimme klang, als sei sie auf der Hut; ihr Gesicht war so gedreht, daß sie ihn von der Seite ansah, eine Angewohnheit, die er so gut kannte. Wie gut er so vieles an ihr kannte. Ihre Mienen, ihre Gesten, ihre Kribbligkeit, ihre Intensität, mit der sie etwas diskutierte, das ihr wichtig war: all ihre Gewohnheiten. Er hatte geglaubt, sie ganz und gar zu kennen.

„Ja", sagte er.

„Diese ganzen letzten Monate hindurch haben wir unsere Probleme, Paul."

Diese förmliche Anrede sollte betonen, daß diese Unterredung von außerordentlicher Bedeutung war. Nun wartete sie ab – auch das hatte er gewußt –, erwartete seine Reaktion auf den Ball, den sie ihm so vorsichtig herübergespielt hatte.

„Ja", sagte er und lehnte sich an die Bar.

Ein minimaler Return, doch effektvoll. Gezwungenermaßen fuhr sie fort: „Nicht um alles auf der Welt möchte ich dich verletzen. Ich glaube... Ich denke... eine Trennung wäre klug." Sie atmete tief ein und aus.

Ein Bild schoß ihm durch den Kopf: ihr Körper, breit gespreizt.

„Für uns beide, Paul. Um uns mehr Luft zum Atmen zu geben." Sie bekam einen bittenden Unterton. „Um uns die Möglichkeit zu geben... Dinge klarzukriegen. Wenn du möchtest, daß wir zur Eheberatung gehen, bin ich einverstanden."

Er schüttelte den Kopf und versuchte, das Bild aus seinem Kopf zu verscheuchen. „Sag mir eines", entgegnete er, und sein Kopf wurde schlagartig klar, als hätte das Sprechen dieses Bild vertrieben. „All diese Jahre über, seit wir verheiratet sind, hast du je einen Orgasmus gehabt?"

Er klang ganz dumpf, die Worte kamen aus tiefster Tiefe. Er fixierte sie scharf: Erst sah sie ihn entgeistert an, dann fiel ihr die Kinnlade herab – es war beinahe komisch –, dann blickte sie weg. Dann hörte er: „Wie, was –", stammelte sie, „natürlich."

„Die ganze Zeit? Oder manchmal?"

„Wieso fragst du? Wenn du glaubst –"

„Damit hast du bereits meine Frage beantwortet." Er gratulierte sich zu seinem jovialen Ton und lächelte.

Sie runzelte die Stirn; zwei scharfe Falten gruben sich zwischen ihre Augen. „Ich habe deine Frage keineswegs beantwortet", erklärte sie. „Es ist eine unmögliche Frage – was ich auch sage, du wirst es abstreiten oder in den falschen Hals bekommen. Wenn du doch nur verstehen könntest, daß es gar nicht darum geht... Ja, ich wünschte, wir hätten miteinander reden können... Trotzdem... Paul, wenn du denkst, daß ich die Trennung will, hätte irgendwas damit zu tun... Das ist nicht –"

Er fiel ihr schneidend ins Wort: „Worum es geht, ist seit Monaten ein und dasselbe. Du wärst lieber mit dieser Amazone zusammen als mit mir."

„Das ist nicht wahr." Die Farbe war aus ihrem Gesicht gewichen.

„Das ist wahr. Du wärst lieber mit ihr zusammen als mit mir. Du wärst lieber mit einer Frau zusammen als mit einem Mann."

„Im Augenblick will ich nichts weiter, als allein sein", erklärte sie bestimmt, und ihr Ton ließ keinen Zweifel aufkommen. „Du wirst bald genug merken, daß genau das die Wahrheit ist."

Er bekam auf einmal rasende Kopfschmerzen: Da redete sie doch derart im Brustton der Überzeugung, als könne er seinen eigenen Augen nicht trauen, als sei er nicht selbst Zeuge ihrer leidenschaftlichen Liebe zu dieser Kreatur gewesen – als existiere diese Tatsache gar nicht. Seit Monaten ging das nun so; genauso hatte sie ihn die ganze Zeit hinters Licht geführt, ihn total verwirrt und um den Verstand gebracht. Hatte ihn in einen Strudel des Irrationalen gezogen, wo Lügen zur Wahrheit wurden.

Das Spiel war aus.

Er sah sie an. Die grünen Augen waren verschleiert, undurchdringlich. Wie sehr hatte er sich bemüht, in sie hineinzusehen, wenn sie einander geliebt hatten, diese Mauer zu durchdringen, die ihrer Intimität Grenzen setzte, an der sie ihr Ende fand.

Ein anderes Bild schoß ihm in den Kopf: ihr angespannter Körper, ihr ekstatisch verzerrtes Gesicht.

„Die Wahrheit ist einfach", sagte sie, „daß ich die Trennung will. Ich werde alles tun, was ich kann, um ... um ..."

Sie wandte den Blick von ihm ab. Sie hielt die Hände im Schoß fest gefaltet, eine Geste, die er im Lauf seiner Ehe nur selten gesehen hatte – eine eindeutige Geste: Die Entscheidung war gefallen.

„Ich will die Trennung jetzt", sagte sie leise. „Ich denke, so ist es am besten."

SO IST ES AM BESTEN.

Jede Frau in seinem Leben hatte ihn getäuscht und betrogen, ihm übel mitgespielt.

Warum?

Warum hatte sie ihn verlassen? Diese langen Abende ohne ihn verbracht. Diesen Samstag, den sie bis abends fortgeblieben war und behauptete, der Wagen hätte eine Panne gehabt. Monatelang diese Nachmittage für sich allein, aufgrund ihrer neuen Arbeitszeit, an der sie stur festhielt. Ihre Weigerung, sich von ihm anfassen zu lassen – wie sie ihm das Gefühl gab, alles sei seine Schuld. Die ganze Zeit dieses Heucheln, daß sie ihn liebte – und dabei in den Armen dieser... dieser... Und die ganze Zeit lachte sich diese Kreatur ins Fäustchen und wußte, sie hatte gewonnen.

Alle Frauen waren Vampire, alle betrogen, alle waren so undurchschaubar. Alle waren sie Vampire, saugten ihm das Blut aus. Alle, samt und sonders – selbst die Frau, die er sich erwählt hatte als die kostbarste unter den Frauen, die Frau, von der er geglaubt hatte, sie sei seine Prinzessin, ein Leben lang.

„Nie habe ich etwas anderes getan, als dich geliebt", sagte er und kam auf sie zu. Kalt und unerbittlich wurde ihm bewußt, was er täte.

Als er sah, wie sie Angst bekam, wie sie in die Sofakissen zurückwich, näherte er sich mit Absicht ganz langsam, weidete sich an dieser unbekannten Macht, wollte sie voll auskosten.

In aller Ruhe packte er ihre Seidenbluse und zog Carolyn vom Sofa hoch. Mit tiefster Befriedigung hörte er, wie der Stoff zerriß.

„Paul", flüsterte sie entsetzt.

Da knallte es heftig. Ihr Kopf flog zur Seite. Wieder knallte es. Ein drittes Mal schlug seine erhobene Hand zu. Nie wieder käme sein Name aus diesem Mund. Die Stimme erstarb, die Augen waren weit aufgerissen vor Entsetzen.

Alles war ihre Schuld. Es war ihre Schuld, daß sie je erfahren mußte, daß so etwas in ihm steckte.

Er versetzte ihr einen mächtigen Stoß. Sie prallte gegen den Couchtisch und fiel dumpf zu Boden. Er zerrte sie an den Schultern hoch und stieß sie zum Schlafzimmer. Sie krachte gegen den Türrahmen und fiel wieder.

Er riß sie hoch und warf sie aufs Bett. Er fetzte ihr die Seidenbluse vom Leib. Ihre Nägel zerkrallten ihm das Gesicht. Er packte ihre nackten Schultern, schüttelte sie, daß ihr Kopf nur so flog. Das blonde Haar peitschte ihr Gesicht. Er ließ sie los. Sie plumpste nach hinten. Er packte ihre Handgelenke, drückte sie mit einer Hand hinter ihren Kopf. Sein Knie preßte ihre Beine aufs Bett. Mit der anderen Hand riß er ihr die Hose herunter.

Gleich würde er's ihr geben. Er war hart, steinhart. Nichts konnte ihn aufhalten. Hilflos lag sie unter ihm. Er konnte mit ihr machen, was er wollte. Er riß seinen Reißverschluß auf. Sein Penis war steif. Nie hatte er eine solche Macht und Potenz erlebt. Wie ein geiler Hengst würde er sie durchbohren. Jetzt würde sie ihn fühlen wie noch nie, von niemand.

Ihr Gesicht war vom heftigen Schreien verzerrt. Wieder sah er das Bild vor sich: ihren angespannten Körper, dieses Gesicht... Wie ein Film spulten sich die Bilder ab, eingebrannt in seinem Kopf. Er riß ihren Slip herunter.

Er preßte ihr die Hand auf den Mund und zischte: „Ich hab' dich heut' gesehen. Ich hab' dich gesehen. Ich hab' dich gesehen..." Er wirbelte ihren Körper herum, drückte sie mit dem Gesicht aufs Bett. „Ich hab' dich gesehen ich hab' dich gesehen ich hab' dich gesehen..."

„Paul, nicht, tu das nicht. Gott o Gott –"

Die Worte hallten dumpf in seinem Kopf: Gott o Gott.

Er bohrte sich in sie. Ihre Hand griff nach hinten. Er packte beide Gelenke, zog sie auf ihren Rücken. Schrille Schreie vibrierten in seinen Ohren, als er auf das ungeschützte Fleisch einstieß, das sich vor Abwehr verkrampfte. Er krallte sich in ihr Haar und riß ihren Kopf hoch, brüllend vor Zorn: Ich zeig's dir. Ich geb's dir. Du wirst mich erleben. Du wirst mich *fühlen*.

Er stieß ihren Kopf aufs Bett – ihr Gesicht eine Maske des Grauens –, drückte das Gesicht, das Entsetzen mit aller Kraft aufs Kissen, während er seinen brennenden Schmerz herausschrie.

„Paul! Paul!"

Das war nicht ihre Stimme. Ein durchdringendes Schrillen ertönte – die Türklingel.

„Paul! Bruder, was geht hier vor?“ Die Klingel schrillte und schrillte.

Carolyn lag schlaff vor ihm. Er wälzte sich vom Bett, riß ihr das Kissen weg, der Kopf rollte herum. Sie rührte sich nicht.

„Paul! Antworte, Bruder! Soll ich Hilfe holen?“

Ihm wurde klar, daß Jerry die Polizei alarmieren würde, wenn er sich nicht meldete. Er zog seine Hose zu, stopfte sein Hemd hinein und rannte zur Haustür.

Jerry Robinson machte einen Sprung nach hinten. „Hm, Bruder, ist alles... Ich, hm, habe gehört, hm...“ Er starrte auf Pauls Wange. „Ich meine, hm, all diese Irren heutzutage, hm... Gott, was man so alles hört...“

Paul wischte sich über die Wange und sah das Blut auf seinem Handrücken. *Carolyn... Carolyn... Habe ich...*

„Geht mich ja nichts an, wollte euch nicht stören, ich wußte doch schließlich nicht, daß ihr beide –“ Jerry Robinson verzog sich rückwärts die Stufen hinab. „Vergiß den Wagen, ich werde –“

Paul hatte die Tür zugeschmettert. Er rannte ins Schlafzimmer.

Das Bett war leer. Er taumelte, schwindlig vor Erleichterung. Dann blickte er wild um sich. Wo war sie? Er stürzte zum Badezimmer, warf einen Blick hinein, stürmte ins Wohnzimmer. Sie befand sich im Haus – irgendwo versteckte sie sich vor ihm.

Die Gardinen vor der Glastür wehten. Er zögerte. War die Tür offen gewesen, als er heimkam? Sie ließ sie oft auf... Wehten die Gardinen, weil es windig war oder...?

Er riß sie beiseite und lief in den Garten. Nichts. Aber sie konnte durchs Gartenpförtchen den Weg am Haus entlang davongerannt sein... Wahrscheinlich war sie instinktiv geflüchtet. Aber sie konnte noch nicht weit sein.

Er stürzte ins Haus zurück, ins Schlafzimmer. Beim Anblick der grünen Seide, in Fetzen auf dem Bett und Teppich, grauste ihm vor Schreck.

Gott, sie mußte durchs Pförtchen getürmt sein, als Jerry

hier war. Nun rannte sie halbnackt in der Gegend herum, durch die Nachbarschaft. Jerry hatte Blut gesehen... Gott, laß sie mich finden.

Er zerrte den Schlüsselbund aus seiner Tasche, während er zur Garage stürzte. Krachend fiel hinter ihm die Tür zu. Als das elektronisch gesteuerte Garagentor sich langsam hob und er den Buick zurücksetzte, sah er Jerry Robinson in seinem Vorgarten stehen. Er betätigte den elektrischen Fensteröffner und brüllte: „Hast du Carolyn gesehen?"

Jerry starrte ihn bleich mit offenem Mund an.

Ein Irrer, der Kerl hatte nicht alle Tassen im Schrank! Alles war seine Schuld, verflixt, hätte er bloß nicht dieses verdammte Gästehaus vermietet... Da jagte er mit durchdrehenden Reifen davon.

Paul fuhr langsam um den Block, verfluchte seine Ungeduld, seine Angst. Angestrengt hielt er Ausschau, ob sich irgendwo eine Gestalt bewegte. Sie konnte überall sein, hinter jedem Baum oder Strauch, in jedem Garten... Vielleicht war sie gar in irgendein Haus gelaufen, oder es hatte sie jemand mitgenommen. Er konnte nur suchen und hoffen. Wenn er sie nicht in den nächsten Minuten auftrieb, konnte er ebensogut nach Hause fahren und dort die Polizei abwarten, das Ende dieser ganzen gräßlichen, verdammten Welt.

43

Als sie zu sich kam, hörte sie Paul in der Diele sprechen. Mit Mühe setzte sie sich auf, stellte sich zittrig auf die Füße und langte nach ihrer Hose.

Sie mußte hier raus, weg hier... Sie hörte, wie die Haustür krachend ins Schloß fiel.

Er kam zurück.

Sie floh ins Badezimmer, stellte sich hinter die Tür, mit angehaltenem Atem an die Wand gequetscht. Sie kniff die Augen zu, als er näher kam. Dann hörte sie ihn ins Wohnzimmer rennen.

Sie kam hinter der Tür hervor, entschlossen, um ihr Leben zu laufen – an ihm vorbei nach draußen. Die Schritte kamen zurück, sie versteckte sich wieder hinter der Tür.

Nun vernahm sie ein Klimpern: Schlüssel. Dann ein Rennen ins Wohnzimmer. Eine Tür fiel ins Schloß.

Er glaubt, ich sei weggelaufen...

Sie stürzte aus dem Badezimmer, riß einen Pullover aus dem Schrank. Sie hörte sein Auto starten. Sie lief ins Wohnzimmer, ergriff ihre Tasche und rannte durch die Terrassentür. Sein Wagen kreischte aus der Auffahrt, als sie durch die Hintertür in die Garage schlüpfte.

Er würde die Straßen nach ihr absuchen und schon bald wissen, daß sie noch hier war, und zurückkommen... Sie mußte augenblicklich fort, weg von ihm...

Sie zerrte den Pullover über ihren Kopf, fuhr in die Ärmel. Sie zitterte so sehr, daß sie beide Hände brauchte, um den Wagen aufzuschließen und den Schlüssel ins Zündschloß zu bugsieren. Hektisch stieß sie den Wagen rückwärts aus der Garage, schrammte unterm Tor entlang, das sich langsam hinter Paul senkte. Sie schoß die Auffahrt hinunter bis in Robinsons Vorgarten, wendete und blickte in Jerry Robinsons verstörtes Gesicht, sah ihn davonstürzen, als sei sie ihm auf den Fersen. Auf der Straße brachte sie den Wagen in ihre Gewalt und gab Gas, daß die Reifen durchdrehten und quietschten. Es roch nach verbranntem Gummi.

Sie preschte um die Kurve, stieg an der gelben Ampel mit Wucht auf die Bremse, während sie das Lenkrad herumwarf und über die Kreuzung schlitterte. Der hinter ihr fahrende Wagen stoppte, wendete jetzt: Es war Pauls grauer Buick. Sie gab Vollgas, das Auto schoß durch die leere Straße.

Sie jagte kreuz und quer durch die sonntäglich leeren Straßen, ohne in ihrer panischen Angst in den Rückspiegel zu sehen. Auf einmal erblickte sie ein grünes Freeway-Schild und bog halsbrecherisch in die Auffahrt ein. Der Verkehr dort würde ihr eine bessere Deckung bieten. Schließlich fand sie den Mut, einen Blick in den Rückspiegel zu wagen. Sie bog in den Ventura Freeway und scherte nach etlichen Meilen wieder aus.

Sie nahm eine Umgehungsstraße und fuhr zu Vals Wohnung. Dort kurvte sie um den Block und parkte ein paar Straßen weiter.

In panischer Angst hielt sie Ausschau nach Pauls Wagen, während sie zu Fuß zu Vals Haus zurücklief.

Val öffnete auf ihr Klingeln. Carolyn trat über die Schwelle und klappte zusammen.

44

Wie versteinert starrte Val auf die zusammengesunkene Gestalt. Sie vernahm Neals klagenden Ton, hörte aber nicht, was er sagte. Die Stimme brachte sie in Bewegung. Sie fiel auf die Knie und hielt Carolyns Kopf. „Carrie", flüsterte sie in höchster Angst.

Sie drückte ihre Finger auf Carolyns Hals; der Puls schlug schwach und schnell. Schweiß stand auf Carolyns Gesicht. Ihre Lider öffneten sich flatternd, der Blick war stumpf, verschwommen.

„Ma, soll ich den Notarzt rufen?" fragte Neal."

„Nein", flüsterte Carolyn und streckte die Hand nach ihm aus. „Nein, tu das nicht. Es ist nichts. Wirklich."

Mit Vals Hilfe gelangte sie auf die Füße. Als Val sie umfaßte, fühlte sie, wie durchgeschwitzt ihre Kleidung war. Ihr fiel auf, daß Hose und Pullover überhaupt nicht zusammenpaßten: rosa und grün.

„Hol ein paar Handtücher", wies sie Neal an, während sie Carolyn ins Schlafzimmer schaffte. „Wring eins in kaltem Wasser aus."

Sie legte Carolyn aufs Bett und setzte sich neben sie. „Carrie“, sagte sie erschüttert und voller Angst, „was hat er getan?“

Carolyn sah sie offensichtlich verständnislos an. Auf beiden Wangen waren rote Flecken, als hätte sie Fieber.

Val sagte: „Ich bringe dich ins Krankenhaus.“

Carolyn griff nach ihr: „Nein. Nein, Val.“

Neal kam mit den Handtüchern. „Bist du auch wirklich okay, Carolyn?“

Carolyn murmelte: „Jetzt, wo ich hier bin, geht's mir bald besser.“ Sie brachte ein dünnes Lächeln zustande.

Ein wenig erleichtert tupfte Val ihr Gesicht ab. „Liebling“, sagte sie zu Neal, „läßt du mich bitte ein paar Minuten mit Carolyn allein?“

„Klar.“

Auf Carolyns Gesicht hatten sich neue Schweißperlen gebildet. Ihr Atem ging flach, ihr Puls raste.

„Carrie, sag mir, was er getan hat.“

Carolyn wandte den Kopf ab. „Laß mich einfach hier liegen bleiben“, flüsterte sie und umschlang Vals Hand mit beiden Händen.

Ihre Hände waren klamm. Val sagte: „Du bist ganz kalt und triefst vor Schweiß. Ich bringe dich zu Bett.“

Sie zog einen Flanellpyjama aus der Kommode, den sie fürs Camping gekauft hatte. Sie richtete Carolyn auf, stützte sie und zog ihr den Pullover über den Kopf – da sah sie, daß Carolyns Büstenhalter oben unter ihren Achseln klemmte und die Schultern mit dunklen Blutergüssen überät waren. Langsam ging ihr ein Licht auf.

Vorsichtig öffnete sie Carolyns Hose und zog sie aus. Hüften und Schenkel waren voller roter Flecken und dunkler Prellungen.

Behutsam streifte Val ihr den Pyjama über, der sogleich durchfeuchtete. Val zog ihr die Decke unters Kinn und setzte sich neben sie.

Sie nahm Carolyns Kopf in die Hände und sah den Purpurschimmer der roten Flecken auf ihren Wangen. „Du hast es Paul gesagt“, flüsterte sie.

Carolyn schloß die Augen.

Val sagte: „Das hat er dir angetan.“

Tränen quollen unter den geschlossenen Lidern hervor.

„Carrie.“ Sie rang um Fassung. „Es könnte etwas gebrochen sein. Vielleicht hast du innere Blutungen. Ich bringe dich ins Krankenhaus.“

Carolyns Hände fuhren unter der Decke hervor. „Bitte, nicht. Ich weiß, daß ich okay bin. Wirklich, ich weiß es. Bitte, laß mich nur hier bei dir bleiben.“

„Keine Angst“, sagte Val zutiefst besorgt, „du bleibst hier bei mir.“ Wieder umschlang Val ihren Kopf, sie traute sich nicht, Carolyns Körper zu berühren, aus Angst, ihr weh zu tun. Sie murmelte liebevolle Worte, bis sie sah, daß das verspannte Gesicht sich ein wenig glättete. Doch als sie vom Bett aufstehen wollte, hielt Carolyn sie zurück. Val flüsterte: „Laß mich einen Augenblick nach Neal sehen.“

Im Wohnzimmer sagte sie leise zu Neal: „Geh hinein, und behalte sie im Auge. Sag ihr, ich sei im Bad, wenn sie fragt. Ich muß mal kurz telefonieren.“

Sie wählte Alix’ Nummer. Ohne Einleitung sagte sie: „Hier ist Val. Ich brauche Hilfe. Ich hab’ hier jemand. Sie ist verletzt. Sie will nicht, daß ich sie ins Krankenhaus bringe –“

„Was ist passiert?“ fragte Alix ruhig. „Ist sie schwer verletzt?“

„Gott, Alix, ich glaube, er hat sie ...“ Val versagte die Stimme. „Kannst du nicht rasch herkommen?“

„Vielleicht fällt mir noch was Besseres ein. Ich bin da, so schnell ich kann.“ Alix legte auf.

Schaudernd vergrub Val ihr Gesicht in die Hände. Dann straffte und räusperte sie sich, rieb sich heftig die Wangen. Sie rief Marion Berman im rosagestrichenen Haus gegenüber an, mit der sie abwechselnd die Kinder hütete. Sie redete nur kurz mit ihr, bedankte sich und legte auf. „Neal, Liebling“, rief sie, „komm mal, bitte.“

Sie ging mit ihm in die Küche. „Ich möchte, daß du zu Mrs. Berman hinübergehst und heute bei Marty übernachtest. Nimm deine Hausaufgaben mit."

Neal sagte leise: „Carolyn... Er hat sie geprügelt, nicht wahr?"

Sie zögerte. „Ja", antwortete sie, „das hat er." Sie blickte in seine ernsten, intelligenten Augen.

„Ma", sagte er, „laß sie nicht wieder zurückgehen... zu diesem Frankenstein."

Unwillkürlich mußte sie grinsen. „Gut. Aber nun muß ich mich um sie kümmern, um all die nötigen Dinge, damit sie bei uns bleiben kann. Verdrück dich jetzt. Morgen früh kommst du sofort hierher, und ich meine: sofort in der Frühe – oder du wirst Münchhausen heißen."

Er verneigte sich. „Jawohl, o großer, mächtiger Oz."

Carolyns Gesicht war bleich und schweißüberströmt; sie schien zu schlafen. Val tupfte ihr das feuchte Haar aus der Stirn, setzte sich neben sie und wartete, daß Alix von West Hollywood herüberkam.

Eine dreiviertel Stunde später – im Geiste verfluchte sie Alix schon seit geraumer Zeit – klopfte es an die Tür.

Alix stellte ihr die Frau vor, die sie mitgebracht hatte, eine kleine, dicke, grauhaarige. Irene Donovan schien so um die Fünfzig zu sein. Sie trug eine ausgebeulte goldbraune Cordhose, eine braune Wollbluse und vermittelte den Eindruck einer kompetenten Operationsschwester.

„Glücklicherweise hatte Irene heute keinen Dienst", sagte Alix. „Unglücklicherweise hatte sie drei Freundinnen zum Essen eingeladen. Die kochen sich jetzt ihr Essen selbst."

„Das tut mir wirklich leid", sagte Val, „aber ich bin sehr dankbar."

Irene zuckte die Achseln. „So was kommt öfter mal vor." Sie hatte einen sonoren Bariton. „Was ist das Problem, wenn ich es mir nicht schon denken kann."

Val deutete zur Schlafzimmertür. „Ihr Mann... Sie will nicht sagen, was er ihr angetan hat."

Wieder zuckte Irene die Achseln. „Typisch. Es ist eine Abwehrhaltung, Val. Ich kann nur nachsehen, wie es um sie steht."

„Das ist alles, worum ich dich bitte. Ich muß wissen, ob sie in ein Krankenhaus gehört."

„Selbst wenn – du kannst sie nicht dazu zwingen", erklärte Alix. „Du kannst sie zu gar nichts zwingen."

„In unserem freien Land", sagte Irene bitter, „kannst du so verrückt sein, wie du willst."

„Ich würde sie schon dazu bringen", entgegnete Val leise. „Wenn sie dahin muß, werde ich sie dazu bringen. Irene, laß mich eine Minute allein mit ihr. Damit ich ihr sagen kann, daß du hier bist."

Ungeachtet der Frauen, die von der Tür aus zusahen, beugte sich Val zu Carolyn herab und legte ihre Wange an Carolyns; Carolyn schlang die Arme um sie. „Irene ist hier. Sie ist Krankenschwester, Carrie, eine Freundin. Ich möchte, daß du dich von ihr untersuchen läßt."

„Nein." Carolyn stieß sie weg und schüttelte den Kopf, wobei sie vor Schmerz wimmerte. „Ich hab' dir gesagt, daß ich okay bin."

„Carrie, du mußt es zulassen. Ich muß unbedingt wissen, daß mit dir alles in Ordnung ist – wie ich mich um dich kümmern kann. Sonst bleibt mir keine Wahl. Dann muß ich dich ins Krankenhaus bringen. Vertrau mir, Carrie, Geliebte, tu es mir zuliebe."

Carolyns Arme fielen schlaff herab; sie lag mit geschlossenen Augen da. Val stand auf und nickte Irene zu. Die Hände in die schmalen Hüften gestemmt, starrte Alix Val aus aufmerksamen blaugrünen Augen an.

Irene fühlte Carolyns Puls, wobei sie auf die Uhr an ihrem breiten Handgelenk blickte. Sie entfernte das Kissen unter Carolyns Kopf, zog die Decken beiseite und legte das gefaltete Kissen unter Carolyns Füße. Sie befühlte Carolyns Stirn; dann kniete sie sich aufs Bett, das bedrohlich ächzte. Sie schob die Schlafanzugjacke hoch und tastete mit ihren Stummelfingern Carolyns Brustkorb ab.

„Atme ein, Herzchen." Sie preßte ihr Ohr auf Carolyns Brust. „Noch mal, Herzchen, tiefer. Gut. Jetzt noch einmal."

Nun wandte sie sich an Val und Alix: „Ich ziehe ihr jetzt den Pyjama aus, warum geht ihr nicht –"

„Val", bat Carolyn, „geh nicht weg."

„Dann bleib", sagte Irene zu Val, „wenn sie dich hierhaben will."

Alix legte den Arm um Val, ließ sie aber sogleich wieder los. „Ich hole mir mal ein Glas Wasser." Sie schlenderte hinaus, ihre Stiefel polterten auf den Holzdielen.

Sacht, aber gekonnt zog Irene den Pyjama aus, kommentarlos nahm sie die Blutergüsse in Augenschein. Wieder tastete sie mit den Händen Carolyns Brustkorb ab. Dann ergriff sie ihre Hände. „Stemm dich dagegen. So fest du kannst ... Noch einmal." Sie legte die Hände an Carolyns Füße und wiederholte die Prozedur. „Gut", murmelte sie, „sehr gut."

Langsam knetete sie Carolyns Magen, ihren Bauch, wobei sie sie aufmerksam ansah. „Gut", sagte sie. „Und nun dreh dich um, Herzchen."

Irene legte die Hände auf Carolyns Hüften. Dann richtete sie sich unvermittelt auf und zog die Decke über Carolyn. „Bleib so liegen", befahl sie ernst. „Ich bin gleich wieder hier." Sie gab Val ein Zeichen, ging hinaus und schloß die Tür hinter ihnen.

Im Badezimmer wusch sie sich gründlich die Hände unter heißem Wasser. „Ich brauche Antiseptikum, Alkohol, was du gerade im Haus hast."

„Was, was ..." stammelte Val und öffnete das Medizinschränkchen.

„Komm, laß mich machen." Irene drängte sie mit der Schulter beiseite. „Gut, du hast alles, was ich brauche ... Es ist eine rektale Blutung." Sie goß sich Alkohol über die Hände. „Das Blut ist geronnen, soweit ich das sehe, aber ich muß es säubern und prüfen ... Hoffentlich ist es nur äußerlich. Hoffentlich hat er ihr keine inneren Verletzungen zugefügt."

„Du meinst –"

„Hoffentlich hat er's nur mit dem Penis getan. Und jetzt laß mich mit ihr allein. Ich werde ihr ein paar Fragen stellen, die sie vielleicht nicht beantwortet, wenn du dabei bist."

Val sank aufs Sofa, griff sich an die Kehle. Sie spürte, wie sich ihr Brustkorb beim Atmen hob und senkte. Alix saß im Sessel, trank ihren Orangensaft und beobachtete sie. Sie hatte die Ärmel ihres grauen Pullovers bis zu den Ellbogen hochgezogen, ihre Beine übereinandergeschlagen und wippte mit einem Stiefel.

Alix sagte: „Sie war gestern abend hier. Sie ist die Carolyn, von der Neal so viel redet."

Mit starrem Blick auf die Schlafzimmertür nickte Val.

„Diese Frau und du – ist es das, was ich annehme, Val?"

Val lächelte dünn. „Wahrscheinlich."

„Ich hatte schon gestern abend das Gefühl", sagte Alix. „Wir sehen uns ähnlich."

Val warf ihr einen Blick zu. „Das hat sie auch gesagt. Ich finde das nicht."

Mit halbem Lächeln erklärte Alix: „Na ja, manchmal stehst du ziemlich auf der Leitung, nicht, Val?"

„Vermutlich ja, Alix."

Alix seufzte. „Irgendwie beschleicht mich das Gefühl, als hätte ich einen moralischen Sieg errungen. Was immer das bringt." Sie verfiel in Schweigen.

Die Minuten dehnten sich endlos. Aus dem Schlafzimmer kamen undeutliche Laute. Schließlich tauchte Irene auf, und Val folgte ihr ins Bad.

Irene wusch sich die Hände; Val stieg der Alkoholgeruch in die Nase. Irene sagte: „Wie es scheint, ist die Blutung äußerlich. *Scheint*", betonte sie. „Wenn aber Blut im Urin ist, wenn ihr Stuhl schwarz ist... Die nächsten Tage über wird sie Darmbeschwerden haben. Soweit ich sehen kann, ist nichts gebrochen – das ist die gute Nachricht. Die Blutergüsse sind sehr extrem. Ihr Atem ist flach. Sie schwitzt, ist überall klamm. Morgen wird sie heftige Schmerzen haben."

Irene trocknete sich die Hände ab und sah Val scharf an.

„Ihr Blutdruck ist hoch, zu hoch. Ihr Puls fällt aber allmählich. Wenn das jetzt nicht der Fall wäre, hätte ich sagen müssen, es sei zu riskant, sie hierzubehalten. Sie schläft im Moment, was sehr gut ist. Du mußt sie heute nacht genau im Auge behalten."

Val folgte Irene ins Wohnzimmer und setzte sich neben sie auf das Sofa. Irene sagte: „Dann ist da noch die psychische Situation zu bedenken. Alix kann dir gute Ratschläge geben über die Folgen von Vergewaltigung und tätlichem Angriff."

Val hatte schon oft zugehört, wenn Alix von ihrer Arbeit im Vergewaltigungs-Notruf berichtete, doch eher mit halbem Ohr – mit Distanz, um genau zu sein, da sie sich kaum für ein potentielles Opfer hielt, weshalb ihr das Thema sehr fern lag. Alix fragte: „Was ist mit ihrem Mann?"

„Der ist so gut wie tot", erklärte Val. „Dafür werde ich sorgen. Den schlag' ich zu Brei."

„Das wird uns sehr viel nützen", sagte Irene in tiefem Bariton. „Der Ehemann zu Brei geschlagen, du im Knast, sie in der Psychiatrie, wo sie die Wand anstarrt."

Val hieb mit der Hand auf das Sofa. „Ich muß etwas tun."

„Nein, mußt du nicht", widersprach Irene. „Da gibt's nur eine, die etwas tun kann."

Alix deutete auf das Schlafzimmer. „Auch wenn es vielleicht schwer zu akzeptieren ist, Val, dies ist allein ihre Sache. *Sie* ist vergewaltigt worden. Sie ist die einzige, die entscheiden kann, was sie tun sollte – wenn überhaupt."

„Ich habe mit ihr gesprochen", sagte Irene, als Val ihr heftig widersprechen wollte. „Hab' ihr gesagt, wenn sie ins Krankenhaus gehen und es aufnehmen lassen würde, ginge ich mit ihr und ließe sie keine Minute aus den Augen und würde dafür sorgen, daß sie gut behandelt wird. Ich habe ihr gesagt, daß sie Anzeige erstatten kann, daß es zwischen einer Vergewaltigung in der Ehe oder einer Vergewaltigung auf der Straße keinen Unterschied gibt." Sie zuckte die Achseln. „Aber den gibt es natürlich doch. Jedenfalls hat sie sich geweigert. Die meisten Frauen weigern sich."

„Ich selbst rufe die Polizei“, knirschte Val, „erstatte –“

„Kannst du machen“, fiel Irene ihr ins Wort. „Sie werden eine Anzeige aufnehmen, aber ohne sonderliches Interesse. Denn du bist nicht das Opfer. Und wenn sie hören, daß es um eine eheliche Vergewaltigung geht, werden sie gähnen vor Langeweile. Selbst wenn *sie* Anzeige erstattet, schert sie das nicht besonders. In fast allen Fällen ziehen Ehefrauen ihre Klage zurück. Es ist verschwendete Zeit und Mühe, zu einer Klage vor Gericht kommt es praktisch nie. Und falls es doch soweit kommt, machst du dir kein Bild davon, wie furchtbar das ist. Für das Opfer ist es um so verheerender –“

„Ich werde ihn kriegen“, sagte Val.

„Zum Donnerwetter, Val“, fuhr Alix sie an. „Mit einem solchen Mann gibt's echten Zoff. Was weißt du über ihn?“

„Nicht viel. Kaum zu glauben, daß er das getan hat. Er ist einer deiner *Wall Street Journal*-Typen mit der weißen Weste.“

„Jeder Typ ist der Typ“, sagte Alix finster. „Vielleicht fühlt er sich nach dieser Tat total beschissen. Aber andererseits ...“

„Andererseits“, vollendete Irene den Satz, „hält er es vielleicht für ‘nen guten Anfang. Und jetzt sucht er sie.“

„Hoffentlich. Ich werde mich um ihn kümmern.“

„Val, hör endlich mit diesem Unfug auf, und gebrauch deinen Verstand“, sagte Alix angewidert. „Ein Mann, der zu so etwas fähig ist, kann gefährlicher werden als ein tollwütiger Hund. Weiß er, wo sie ist? Wo er sie findet?“

Val überlegte. „Ich muß Carrie fragen, aber ich glaube es nicht. Meine Nummer steht nicht im Telefonbuch.“

„Wenn der dich finden will, findet er dich“, sagte Alix. „Du mußt sie woandershin bringen, und nicht nur aus diesem Grund. Val, hör mir zu. Glaub, was ich dir jetzt sage. Sobald der Schock sich legt, wird sie's mit der Angst kriegen. Ich meine panische Angst. Selbst unter der Tapete wird sie ihn vermuten. Sie muß irgendwohin, wo sie sich sicher fühlt, bis sie über den Berg ist. Sie kann bei mir bleiben oder –“

„Ich werde Susan anrufen“, sagte Val. „Vielleicht kann ich ins Strandhaus... Egal, ich werde sie morgen aus dem Haus bringen. Ich will nicht, daß sie's mit der Angst bekommt..." Sie fragte Irene: „Was kann ich für sie tun?"

„Halte sie über Nacht warm. Gib ihr irgend etwas zu essen, wenn sie's annimmt: Milch, Suppe, irgendwas. Sieh zu, daß die Füße hoch liegen, bis ihr Körper warm wird. Wie groß ihre Schmerzen auch sein mögen, gib ihr kein Aspirin, überhaupt keine Medikamente. All diese Blutergüsse – zu viel ungeronnenes Blut. Morgen kannst du Eis auflegen oder kalte Handtücher, das wird die Schmerzen lindern und die Schwellungen, vor allem bei Blutergüssen in der Nähe von Knochen – sie werden heute nacht ordentlich schwellen. Bleib heute nacht bei ihr, beobachte ihren Puls. Wenn er steigt, ruf mich an. Wenn es irgendein Problem gibt, ruf mich an. Aber vor allem: Bleib bei ihr. Das braucht sie mehr als alles andere."

Alix stand auf und öffnete ihre Schultertasche, die sie beim Hereinkommen auf einen Stuhl geworfen hatte. „Ich gebe dir Jean Bowmans Nummer", sagte sie. „Ruf sie morgen an. Sie ist Rechtsanwältin, die sich schon vieler geschlagener Frauen angenommen hat. Ihr Honorar ist angemessen – für gewöhnlich nimmt sie das, was eine Frau zahlen kann, falls sie etwas zahlen kann. Sie ist Spitze, und sie wird sich um diesen Ehemann kümmern, glaub mir: Er wird denken, er habe es mit Attila dem Hunnenkönig zu tun. Halt dich fern von diesem Kretin, Val. Laß dich von Jean beraten, überlaß ihr diese Sache."

Val sah sie an und schwieg. Ab morgen würde es Paul Blake nicht mehr gelingen, Carolyn zu finden. Aber sie, Val, wußte genau, wo sie ihn fände... wenn die Zeit reif war.

Alix setzte sich neben sie. „Und nun hör mir zu. Ich erkläre dir jetzt, was mit Carolyn passiert, wenn der Schock abklingt."

Val saß zwischen Alix und Irene und hörte zu. Sie fühlte sich von diesen beiden Frauen auf eine Weise beschützt, wie sie es nie zuvor erlebt hatte. Sie reichte hinüber, drückte beiden die Hand und sagte: „Ich danke euch. Ich danke euch beiden."

Alix erwiderte lächelnd den Händedruck. „Willkommen in der Gemeinschaft der Lesben, Val."

45

Gegen elf verabschiedeten sich Alix und Irene. Kurz nach Mitternacht wachte Carolyn auf. Sie schleppte sich ins Badezimmer und sperrte Val aus, die bat, mit hineinkommen zu dürfen. Val ging in die Küche.

Kurz darauf kam sie mit einer Tasse Suppe ins Schlafzimmer, legte Carolyn den Arm um die mißhandelten Schultern und hielt ihr die Tasse an die Lippen. Carolyn trank ein paar Schlucke. „Geh nicht weg", murmelte sie und schlief wieder ein.

Val setzte sich auf einen Küchenstuhl ans Bett und hielt Carolyns Hand. Die kleine Lampe schien hell, Val döste ein wenig – morgen brauchte sie all ihre Kraft – und schreckte hoch, wann immer ihr der Kopf herunterfiel.

Carolyns Körper erwärmte sich langsam, sie schwitzte nun nicht mehr, doch bei der kleinsten Bewegung wimmerte sie leise. Die lilaroten Flecken auf ihrem Gesicht schwollen zusehends und bekamen einen bläulichen Schimmer. Ihr Blutdruck fiel allmählich.

Morgens um sieben, als Carolyn unruhig schlief, kam Neal herüber. Val hatte beschlossen, ihn heute nicht zur Schule zu schicken. Sie würden so bald wie möglich zum Strandhaus fahren, erklärte sie ihm und schilderte ihm Carolyns Zustand: daß sie überall Schmerzen hätte. Er hörte düster zu und stellte keine Fragen. Er setzte sich an den Kartentisch und listete auf, was sie mitnehmen sollten.

Sie hatte Susan noch gestern nacht angerufen, sie kurz über die Situation informiert, auch über Carolyns Identität. Zwar bestand nur die vage Möglichkeit, dennoch konnte es Paul

Blake in den Sinn kommen, Val über die Galerie aufzuspüren und so seine Frau zu finden. „Ich brauche einen sicheren Ort", hatte sie Susan erklärt, „vielleicht für zwei Wochen."

„Nimm das Strandhaus", hatte Susan spontan geantwortet. „Ich meine, ihr solltet zumindest solange dort bleiben."

Neal trug einen Packen Kleidung hinunter zum Wagen. Val rief in Carolyns Firma an. Sie sagte Bob Simpson, sie sei eine Freundin von Carolyn und wolle ihm ausrichten, daß Carolyn nach Chicago geflogen sei – ihre Mutter sei schwer erkrankt, wie lange sie fortblieb, sei ungewiß.

Anhand von Neals Liste machte sich Val ans Packen. Früher oder später würde Paul Blake sich mit Carolyns Firma in Verbindung setzen – womöglich schon heute. Jedenfalls hatte sie alles getan, Carolyns Job zu sichern.

Carolyn wachte auf und ging ins Bad. Ihr verunstaltetes Gesicht war schmerzverzerrt. Dann plagte sie sich ab, aus dem Pyjama zu kommen. „Gott", wimmerte sie, als sie an sich heruntersah. Die Blutergüsse waren riesig und bizarr.

Val streifte ihr einen alten ausgewaschenen, weichen Jogginganzug über und litt mit Carolyn, die vor Schmerz ächzte. Wie ein Sack hing die Kleidung an ihr.

Neal starrte sie an und schluckte sichtlich. Dann griff er hinter sich, tat, als ob er einen imaginären Schwanz herunterdrückte, und imitierte den feigen Löwen: „Quatsch, Leute, ich bin sprachlos."

Val gluckste; Carolyn lächelte und sagte verzagt: „Im Augenblick, Schatz, bin ich ein ganz anderes Pferd."

Val und Neal trugen abwechselnd die Sachen zum Wagen. Carolyn stand schweigend am Fenster und starrte auf die Straße hinunter.

„Wo hast du dein Auto geparkt, Carrie?" fragte Val. „Ich sehe es nirgends."

Carolyn blinzelte verstört, ihr malträtiertes Gesicht geriet aus der Fassung, und die Tränen quollen herab. „Ich weiß es nicht."

Die Schlüssel waren weder in ihrer Handtasche noch in der

Tasche ihrer grünen Hose. „Ich finde dein Auto schon", beschwichtigte Val sie. „Es kann ja nicht weit sein."

Carolyn schluchzte. „Vielleicht steht er schon draußen und wartet nur auf dich."

Sie wird's mit der Angst kriegen. Ich meine panische Angst. Selbst unter der Tapete wird sie ihn vermuten.

„Keine Sorge, bei mir bist du in Sicherheit – das verspreche ich dir", beruhigte Val sie und hütete sich, zu widersprechen.

„Bleib bei ihr", flüsterte sie Neal zu, als sie mit dem letzten Stapel zum Wagen hinunterging. „Sprich mit ihr, sag ihr, ich bin gleich wieder da."

Aber sie brauchte zehn Minuten, um Carolyns Sunbird ein paar Straßen weiter aufzuspüren. Das Vorderrad quetschte am Bordstein, die Schlüssel steckten noch im Zündschloß. Sie fuhr ihn zurück und parkte ihn in der Durchfahrt hinter ihrem Haus.

Sie hängte Carolyn eine Thermojacke um und führte sie langsam den beschwerlichen Weg zum Volkswagen hinunter.

„Wohin fahren wir?" fragte Carolyn, in die Kissen auf dem Rücksitz gebettet. Voller Angst beäugte sie die geparkten Wagen und den Verkehr ringsum.

„*Emerald City*", sagte Neal, kniete sich auf den Vordersitz, lehnte sich herüber und plauderte mit ihr. Im Rückspiegel beobachtete Val besorgt Carolyn: Schon zweimal hatte sie ihr das Fahrtziel genannt.

Sie brauchten bei langsamer, behutsamer Fahrt, Carolyns Schmerzen wegen, zwei Stunden bis zum Strandhaus. Während Neal das Auto auspackte, machte Val es ihr auf dem Sofa bequem und legte ihr eine Eispackung auf. Carolyn fiel erschöpft in Tiefschlaf.

Val fuhr zu einem Penny-Supermarkt in Santa Monica. Rasch kaufte sie ein kuscheliges Nachthemd und einen flauschigen Morgenrock, Jogginghosen zum Zubinden und Sweatshirts, Tennisschuhe und Socken, Slips und BHs, die ungefähr Carolyns Größe hatten. Fluchend über den horrenden Preis erstand sie ein Raider-T-Shirt, auf das Neal so scharf war.

Schließlich konnte sie kaum beladen mit Paketen für Carolyn heimkommen, ohne ihm etwas mitzubringen.

Sie rief Jean Bowman von einem Münzfernsprecher im Kaufhaus an.

Mit knappen, wohlgesetzten Worten erklärte sich Jean Bowman bereit, ihr möglichstes zu tun – doch müsse sie zuvor selbst mit ihrer Klientin reden.

„Natürlich ist mir bewußt, in welcher physischen und psychischen Verfassung sie ist." Jean Bowman senkte die Stimme und sagte ein wenig barsch: „Sie braucht Zeit, sie kann momentan keine klaren Entscheidungen treffen. Aber wir können diese Zeit ein wenig zu ihrem Vorteil nutzen. Ich rate Ihnen also: Unternehmen Sie nichts in den nächsten Tagen, gar nichts. Er wird nicht wissen, was los ist, er wird sie nicht finden, er hat nicht die geringste Ahnung, was sie zu unternehmen gedenkt, er wird völlig durchdrehen. Wenn ich dann Kontakt mit ihm aufnehme, haben wir den Vorteil auf unserer Seite. Und diese nächsten Tage sind vielleicht die gräßlichsten überhaupt für diesen Hundesohn, womit wir ihn am meisten treffen können."

Denkste, dachte Val. „Wir werden tun, was Sie sagen", antwortete sie. Jean Bowman gefiel ihr – diese energische, vertrauenerweckende Stimme mit dem knallharten Unterton. Alix hatte nicht gesagt, daß diese Anwältin lesbisch war, aber vermutlich war sie's. Irene Donovan, Jean Bowman. Einige interessante Frauen waren lesbisch. „Ich rufe Sie in ein paar Tagen wieder an", sagte Val. „Vielen Dank", fügte sie hinzu.

In dieser Nacht, die Neal auf dem Sofa zubrachte, lag Val oben im Schlafzimmer und hörte auf die Brandung des Meeres; ihre Hand lag beruhigend auf dem Körper neben ihr, der immer wieder angstvoll zuckte. Vor lauter Sorge fand Val nur wenig Schlaf und redete leise, besänftigend auf Carolyn ein, wenn sie vor Schmerz und Alpträumen wimmerte.

Rechne damit, daß sie schlecht schläft. Rechne mit quälenden Ängsten, sogar mit Alpträumen von Gewalt.

Am nächsten Morgen hatte Carolyns bleiches Gesicht dunkle Ringe. Da Val sie weder allein lassen noch der Strapaze einer neuerlichen Autofahrt aussetzen wollte, brauchte Neal auch diesmal nicht zur Schule. Er verbrachte den Tag am Strand, nachdem er Val erklärt hatte: „Ich weiß ganz genau, daß sie mich heute nicht um sich haben will."

In Nachthemd und Morgenrock lag Carolyn auf dem Sofa und starrte apathisch auf den Bildschirm oder aufs Meer. Sie trank ein wenig Orangensaft und aß ein paar Apfelstückchen aus der Schale mit Obst und Käse, die Val auf den Couchtisch gestellt hatte.

Rechne damit, daß sie keinen Appetit haben wird. Am besten stellst du ihr etwas hin, das sie zum Essen verlocken könnte.

Nur einmal machte sie den Mund auf und sagte scharf: „Laß mich allein; hör auf, mich zu beobachten."

Offensichtlich hat Neal ein besseres Gespür für sie als ich, dachte Val.

Am nächsten Morgen fuhr sie Neal in die Schule, auf dem Rücksitz war Carolyn in die Kissen gebettet, murmelte einsilbige Antworten und sagte bald gar nichts mehr. Sobald Neal außer Sichtweite war, strömten ihr die Tränen übers Gesicht. Eilig fuhr Val nach Malibu zurück, während sie sie immer wieder besorgt im Rückspiegel betrachtete. Zu Hause packte sie Carolyn aufs Sofa, die in die Kissen weinte.

An diesem Abend rief Alix an, um sich nach Carolyns Befinden zu erkundigen. „Körperlich geht's ihr besser", sagte Val dumpf, „aber emotional..."

„Im Augenblick macht wohl niemand Freudensprünge", sagte Alix bedrückt.

„Was willst du damit sagen?"

„Himmel, Val, du bist wirklich jenseits... Unser Land hat heute gewählt. Vier Sekunden nach Schließung der Wahllokale im Osten haben die Sender einen Erdrutschsieg von Reagan prognostiziert. Stell bloß nicht den Fernseher an, es sei denn, du bist eine echte Masochistin."

Alix verbreitete sich weiter über die Wahl, darüber, daß West Hollywood zum erstenmal eine schwule Mehrheit im

Stadtrat bekommen würde. Val hörte geistesabwesend zu. Sie dachte daran, daß sie und Carolyn letzten Sonntag beschlossen hatten, heute gemeinsam wählen zu gehen und voller Stolz der ersten Vizepräsidentschaftskandidatin ihre Stimme zu geben. Im Geist hatte Val unter dem Stichwort Paul Blake eine Liste dessen, was sie ihm ankreidete, aufgestellt. Die Wahl war ein weiterer Punkt.

Im Bett preßte Carolyn ihr Gesicht an Vals Schulter und weinte still weiter, die Tränen durchnäßten Vals Nachthemd. Als Carolyn endlich einschlief, wimmerte und schrie sie im Traum.

Am nächsten Morgen taten ihre Blessuren schon nicht mehr so weh, dafür sahen sie um so schrecklicher aus. Val streifte Carolyn die neue marineblaue Jogginghose über und ein weißes Sweatshirt und bürstete ihr das Haar. Carolyn nahm diese Aufmerksamkeit mit gemischten Gefühlen hin, ohne Interesse verzehrte sie etwas Rührei und ein Stück Toast.

Es war kühl draußen. Val machte Feuer im Kamin, wuchtete den schweren, breiten Schaukelstuhl von oben aus dem Schlafzimmer herunter. Sie polsterte den harten Sessel mit einem Kissen aus und schob ihn vors Feuer.

Sie starrte aufs Meer, Carolyn in den Armen, und wiegte sie stundenlang. Carolyn döste; immer wieder preßte sie ihr Gesicht an Val und weinte stille Tränen in ihre Bluse. Während sie Carolyn so wiegte, dachte Val über die Folgen ihrer Begegnung mit Paul Blake nach und fügte ihrer Sammlung, die sie DIE LISTE nannte, einiges hinzu.

Auch in dieser Nacht schrie Carolyn im Schlaf, Worte, aus denen sich Val keinen Reim machen konnte: „Holz, Holz, Holz... ich konnte nicht hören... Holz, Holz..." Sie klammerte sich an Vals Hand und weinte an ihrer Schulter.

Rechne mit extremen Stimmungsumschwüngen. Rechne mit Apathie, Irrationalität, Tränen, tiefer Depression. Paß auf, daß sie sich nicht isoliert fühlt.

Am nächsten Morgen, nachdem sie Neal zur Schule gebracht hatten, sagte Carolyn: „Kannst du nicht den Wagen in die Garage fahren? Es könnte ja sein, daß er diesen Highway entlang kommt, es könnte ja sein, daß er –“

„Du hast recht“, pflichtete Val bei. „Carrie, es wird Zeit, daß du jemand anrufst, eine Frau, die uns helfen kann ...“

Lächelnd legte Carolyn nach dem Gespräch mit Jean Bowman auf. „Sie gefällt mir. Ich fühle mich jetzt viel besser ...“ Dann seufzte sie tief. „Ich muß etwas in bezug auf meine Arbeit unternehmen.“

„Was willst du tun?“

Carolyn trat ans Fenster und starrte über das Meer. „Was bleibt mir anderes, als zu kündigen? Ich kann doch nicht wieder hingehen. Aber ich weiß nicht, wie ich es Bob Simpson erklären soll.“

In dem Bewußtsein, wie gern Carolyn ihren Job hatte und wie sehr sie den Mann achtete, für den sie arbeitete, setzte Val einen weiteren Punkt auf DIE LISTE. „Erkläre gar nichts“, riet sie ihr leise. „Schreib einfach einen Brief. Entschuldige dich, daß du dich nicht gemeldet hast. Belaß es dabei. Das ist das Beste, Carrie.“

Carolyn saß am Feuer und sagte: „Ich habe ihn verletzt. Ich habe ihn so furchtbar verletzt.“

Wundere dich nicht, wenn sie sich selbst die Schuld gibt. Die Opfer glauben häufig, daß sie selbst die Vergewaltigung irgendwie provoziert haben. Sollte sie anfangen zu reden, bring sie dazu, daß sie weiterredet. Wenn sie ihre Gedanken und Gefühle aussprechen kann, wird sie das Trauma schneller in den Griff kriegen, damit beginnt ihr Integrationsprozeß.

Val fragte behutsam: „Inwiefern hast du ihn verletzt?“

„Ich habe ihn nicht genug geliebt. Er brauchte meine Liebe. Er dachte, daß ich ihn liebte. Er *glaubte* an meine Liebe.“

„Aber du hast ihn ja geliebt, Carrie. Lange Jahre bestand die Liebe zwischen euch.“

„Du verstehst nicht“, sagte Carrie dumpf. „Du weißt es nicht.“

„Dann hilf mir zu verstehen. Ich möchte es wissen."
„Ich will nicht weiter darüber sprechen."

Jean Bowman rief Carolyn an, anschließend redete sie mit Val. „Meine Klientin hat mir die Erlaubnis erteilt, mit Ihnen zu reden", scherzte sie halbherzig.

Dann wurde ihr Ton energisch: „Ich habe heute morgen angerufen, in seinem Büro. Es war eine gute Strategie, abzuwarten, und strategisch gut, ihn dort anzurufen. Ich habe ihm ein paar Dinge klargemacht – nicht aus der Luft gegriffen, selbstredend, sondern ihm lediglich nahegebracht, daß wir nicht zögern würden, die Welt von diesem Vorfall in epischer Breite zu informieren. Ich habe ihm klargemacht, daß ihm jetzt nur eine Möglichkeit bleibt, zivilisiert zu handeln, ganz im Gegensatz zu seinem vorherigen Verhalten, und auch das nur, wenn er sich absolut kooperativ zeigt. Daß er kooperativ ist, hat er vor wenigen Minuten unter Beweis gestellt – der Kurierdienst brachte drei Scheckbücher."

Val gluckste: „Jean, Sie sind großartig."

„Val, worum ich Sie nun bitte: Sehen Sie zu, daß Carolyn augenblicklich aus diesem Anflug von Großzügigkeit Kapital schlägt..." sagte Jean Bowman scharf, „bevor er's sich anders überlegt. Veranlassen Sie sie, auf der Stelle ein Konto zu eröffnen und von den drei anderen Konten das abzuheben, was sie für gemeinschaftlichen Besitz hält – und sorgen Sie dafür, daß sie großzügig mit sich selbst ist. Die Scheckhefte sind mit Kurier an Sie unterwegs."

„Ich werde dafür sorgen", sagte Val.

„Er ist ein ganz besonderes Kaliber, Val, dieser Typ. Ich meine, nicht weil er sich nicht nach ihr erkundigt hat, auch nicht, was er gesagt oder nicht gesagt hat. Nur etwas in seiner Stimme. Das traf mich bis ins Mark."

***

Mit hochgkrempelter Jogginghose watete Carolyn knietief ins Wasser. „Mir gefällt mein neuer Aufzug“, sagte sie und zupfte sich ihren Sweater an den Hüften zurecht.

„Das freut mich“, antwortete Val, insgeheim beglückt, daß Carolyn zum erstenmal wieder Notiz von sich nahm.

Carolyn kam zurück. Hand in Hand spazierten sie durch die Gischt zwischen den Felsen hindurch. Carolyn sagte nachdenklich: „Ich war nie die Person, für die Paul mich gehalten hat.“

Val fragte: „War er denn der Mensch, für den du ihn gehalten hast?“

Ein Brecher zerfiel zu einem Schaumteppich. Carolyn stieß mit dem Fuß hinein, als wolle sie diese Strömung brechen. „Du hast keine Ahnung. Was er getan hat – das war nicht er. Und du bist ihm ja auch nur einmal begegnet.“

„Ich hab' gesehen, was für ein Mensch du in seinem Beisein gewesen bist. Und ich weiß, wie du von ihm gesprochen hast. Du hast nie gesehen, wie reduziert euer gemeinsames Leben war.“

„Doch, das habe ich“, widersprach Carolyn. „Nachdem ich dich kennengelernt habe.“

Eine Welle zog Val den Sand unter den Füßen weg. Sie sagte: „Ich frage mich, ob du dann wirklich begriffen hast, wie erpicht er darauf war, dich zu kontrollieren. Bevor er mich kennenlernte, hat er sich nie bedroht gefühlt, was dich betraf. Er und ich, wir haßten einander instinktiv. Ich glaube, schon der Gedanke an mich versetzte ihn in Panik.“

„Du hast keine Ahnung. Er...“

Ihre Gedanken schweiften ab. Val sah sie an und fragte sich, was Carolyn ihr nun vorenthielt, und sagte liebevoll: „Ich habe die gleichen Bedürfnisse und Ängste wie er. Wie wir alle. Aber ich muß keine Gewalt anwenden, um meinen Wert zu beweisen.“

„Das ist nicht fair. Und es stimmt auch nicht. Er hat mich geliebt, seine Liebe hat mir das Gefühl gegeben, etwas wert zu sein. Ich habe nie so recht verstanden, mit seiner Liebe oder seinen Bedürfnissen umzugehen. Aber ich habe immer... Dankbarkeit empfunden.“

Val zuckte zusammen. Dankbarkeit. Der wesentlichste Bestandteil ihrer beiden Ehen.

Carolyn kämpfte um ihr Gleichgewicht, als die Strömung ihr heftig die Füße wegzog. Val sah ihr zu.

Sie ist ganz und gar ehrlich mit mir gewesen. Sie hat nie gesagt, daß sie mich liebt. Vielleicht ist sie noch nicht soweit. Vielleicht liebt sie mich auch nicht. Vielleicht tut sie es nie. Ich habe mich ganz allmählich in sie verliebt, schon allein aus dem Wunsch heraus, ihn zu verletzen. Und mit dem, was er ihr angetan hat, wollte er mich verletzen. Wie verrückt, daß sie sich die Schuld gibt. Sie sollte uns beide hassen.

„Laß uns umkehren", sagte Carolyn. „Der Nebel zieht auf."

Carolyn lag auf den Kissen am Feuer. Val hockte im Yogasitz neben ihr.

„Er ist dahintergekommen, daß ich eine Betrügerin war", sagte Carolyn gequält.

Val wartete, aber Carolyn redete nicht weiter. „Eine Betrügerin?" hakte sie nach.

„Ich glaube nicht, daß ich jetzt darüber reden will." Carolyn stützte sich auf den Ellbogen. „Später vielleicht." Sie strich mit langsamer, nachdenklicher Handbewegung das Muster des Teppichs glatt.

Im Tosen der Brandung machte sich Schweigen breit und hing immer schwerer zwischen ihnen. Besonnen wartete Val ab.

„Val", sagte Carolyn mit kaum hörbarer Stimme, „er hat uns gesehen. Er ist letzten Sonntag früher nach Hause gekommen und hat uns gesehen – ich glaube, durchs Gartenfenster."

Val fühlte sich entblößt bis auf die Knochen, mißbraucht und geschändet. Sie kochte vor Zorn und rang um Fassung. Sie mußte sich unbedingt auf Carolyn konzentrieren und nicht auf sich selbst.

„Val, er hat gesehen ... wie ich mit dir zusammengewesen bin. Und so bin ich bei ihm nie gewesen. Ich war eine Betrügerin. Deshalb hat er ..."

„Das spielt doch gar keine Rolle, Carrie“, explodierte Val. Aufgebracht schlug sie sich auf den Schenkel. „Was immer er gesehen hat, was immer wir getan haben, es gab ihm nicht das Recht –“

„Ich war eine Betrügerin.“

Gerade wollte sie weiterem Zorn Luft machen, da dämmerte ihr, was Carolyns Worte bedeuteten. Sie hielt inne und fragte: „Aber im Bett war er gut für dich ... oder? Mit mir bist du so –“

„Mit dir ist es anders. Mit ihm war es... Ich habe ihn geliebt. Manchmal war es... Bis zum erstenmal mit dir. Danach ... Mit ihm ins Bett zu gehen ... Ich konnte es nicht mehr über mich bringen.“

Verblüfft starrte Val sie an.

Carolyn, noch immer auf den Ellbogen gestützt, blickte ins Feuer. „Diese Zeichnung, die ich dir gegeben habe ... Ich habe noch nie so empfunden – vor dir. Ich habe von mir als Frau nicht viel gehalten.“

Val fand ihre Stimme wieder. „Was du mit mir zusammen empfunden hast, kannst du mit anderen auch empfinden.“

Sie bekam keine Antwort. Carolyn reagierte nicht, so als wären die Worte gar nicht zu ihr durchgedrungen. Schließlich sagte sie: „Ich habe dieses ganze Drum und Dran einer Ehe gebraucht, aber *ihn* brauchte ich im Grunde nicht. Ich habe nie das empfunden, was er glaubte, daß ich empfinde. Ich war eine Betrügerin.“

Carolyn sah zu ihr auf. Val rieb sich mit den Händen übers Gesicht und zwang sich zur Ruhe. „Ich habe Jahre meines Lebens vergeudet, Carrie. Ich habe bei Männern schon etwas empfunden, aber nie ein solches Gefühl von absoluter Richtigkeit ...“ Sie hielt inne, als sie Carolyn nicken sah.

Carolyn murmelte: „Genau das habe ich bei dir empfunden – das Gefühl von absoluter Richtigkeit.“

„Carrie, sag mir, wie viele Männer hat es gegeben außer Paul?“

„Genug. Acht.“

Val verschlug es die Sprache, denn schließlich hatte Carolyn mit neunzehn Jahren geheiratet. „Und war es gut mit ihnen?“

Carolyn lächelte. „Im Vergleich zu dir?“ Sie dachte nach. „Ich weiß nicht, wie ich darauf antworten soll. Ich war auf der Suche. Ich weiß nicht, was ich suchte. Es war ebensogut wie mit Paul. Die Sache ist: Ich bin Verpflichtungen eingegangen, an die ich geglaubt habe, als ich ihn heiratete. Er hat mir Jahre seines Lebens geschenkt, er hat geglaubt –“

„Carrie“, fiel ihr Val ins Wort, „so etwas geschieht immerzu.“ Carolyns angespannte Haltung verriet Val, wie außerordentlich wichtig ihr dieses Gespräch war. Und dabei war alles so klar – warum mußte Carolyn unbedingt hören, was doch so klar auf der Hand lag? „Es ist nun einmal so, daß Menschen ernsthafte Verpflichtungen eingehen. Und dann geschieht etwas, das ihr ganzes Leben verändert. Was können wir mehr tun, als unser Bestes zu geben? Daß du Schuldgefühle hast, weil du Versprechungen nicht einhalten konntest, ist eine Sache, aber –“

„Val?“ Carolyn hatte sich aufgesetzt und sah sie an. „Er wollte mir nicht weh tun, er wollte mich *umbringen.* Er hat versucht, mich umzubringen.“

Nein, mich wollte er umbringen. „Und warum empfindest du dann keinen Zorn? Warum plagst du dich mit Schuldgefühlen? Du hast gegeben, was du geben konntest, acht Jahre lang hast du dein Bestes getan. Hast du verdient, daß er dich *umbringt*? Warum gibst du dir die Schuld? Carrie, warum kochst du nicht vor Zorn?“

Carrie zerrte ihren Ehering vom Finger und ließ ihn auf den Teppich fallen. Val steckte den Ring in ihre Tasche.

Mit viel Geduld entlockte Val ihr in den nächsten drei Tagen die Einzelheiten von Paul Blakes Vergewaltigung. Sie brachte Carolyn dazu, die grausige Tat, ihr ganzes Entsetzen bis ins kleinste zu schildern, alles auszusprechen. DIE LISTE wurde immer länger; auch der Punkt, daß Paul Blake ihre Vertreibung aus Robinsons Haus eingefädelt hatte, kam hinzu.

Sie fragte sich, wie sehr wohl schlichte Schuldgefühle über die Hinterhältigkeit ihres Mannes Carolyns Gefühle für sie beeinflußt hatten, gar die Ursache waren? Aber andererseits – spielte das eine Rolle? Ihre Liebe zu Carolyn hatte sich ja auch eher beiläufig ergeben...

Jede Nacht schlief Carolyn in ihren Armen, aber das hatte mit Sexualität gar nichts zu tun. In ihrer Angst vor – sogar zufälligen – Berührungen schien ihr jedes sexuelle Bewußtsein abhanden gekommen zu sein.

Val hörte im Geist Alix sagen: Das Ganze wird schwer für dich sein – ist sie für dich doch noch so neu und toll –, aber womöglich ist sie am Liebemachen kaum interessiert. Du mußt verstehen, daß es keine Ablehnung deiner Person ist, sondern mit der Verletzung auch in diesem Bereich zu tun hat. Du mußt Geduld haben und warten, Val. Und wie lange, ist nicht vorherzusehen...

Carolyn verbrachte viel Zeit am Strand, ihr Gesicht heilte allmählich und bräunte in der Novembersonne. Sie saß allein auf den Felsen oder spielte nach der Schule mit Neal, baute Sandburgen, watete durch die Gischt, spazierte mit Neal Hand in Hand die Küste entlang.

Val hatte sich am Fenster einen Arbeitsplatz eingerichtet, und beim Malen ging ihr Blick oft hinaus zu den beiden liebsten Menschen da unten am Strand. Sie arbeitete gut. Es schien, als hätte die Pause, während sie sich um Carolyn gekümmert hatte, ihrer Kreativität neuen Auftrieb gegeben.

Paul Blake ging ihr unaufhörlich im Kopf herum, und sie mußte sich immer wieder zur Geduld mahnen. Wenn die Zeit reif war, würde er dasein.

Jean Bowman rief an, als Carolyn unten am Strand war: Paul Blake wolle das Haus verkaufen, Carolyn solle einige Dokumente unterschreiben. Er habe die Scheidung beantragt und wolle den gemeinschaftlichen Besitz fünfzig-fünfzig teilen. Die Regelung biete offenbar kein Problem.

„Da ist noch was, Val. Er bittet um ein Treffen mit entweder einer von Ihnen oder auch beiden. Um nicht näher bezeichnetes Eigentum auszuhändigen. Natürlich habe ich nein gesagt. Aber er hat mich gebeten, es trotzdem auszurichten."

„Vielen Dank, Jean", sagte sie ruhig; diese Nachricht galt ihr, das wußte sie. Nur, was war der Grund? Gewiß hatte er nicht die Absicht, ihr körperlich etwas anzutun, sonst hätte er sich wohl kaum mit seiner Bitte um ein Treffen an die Anwältin gewandt... und er hätte sie auch an jenem Sonntag angreifen können, als sie bei Carolyn gewesen war... „Ich werde Carolyn informieren und alles mit ihr besprechen", versicherte Val. „Wir rufen Sie an, Jean. Von seiner Bitte um ein Treffen werde ich allerdings nichts verlauten lassen. Das würde sie nur aufregen."

„Noch immer verliert er kein Wort über sie oder das, was er getan hat", erklärte Jean. „Wissen Sie was, Val? Es ist ja nicht nur dieser Mann – nach fünfzehn Jahren in diesem Beruf bin ich davon überzeugt, daß die Männer glauben, wir übertreiben und blasen die Sache auf, wenn wir über die psychischen Schäden bei vergewaltigten und geschlagenen Frauen reden."

Als Val auflegte, war sie sehr zufrieden – nur wurmte es sie, daß Paul Blake das Treffen vorgeschlagen hatte und es nicht ihre Initiative war.

„Mir ist egal, was er tut, solange ich ihm nicht begegnen muß. Was ich will, sind deine Bilder und meine Kleidung, persönliche Dinge: mein Diplom, Fotos von meinen Eltern, solche Sachen." Unglücklich sah sie Val an. „Wir könnten hingehen, wenn er nicht da ist, aber ich habe panische Angst, daß er auftauchen könnte. Ich glaube, wenn ich ihn sehe, breche ich zusammen."

„Du mußt ihn niemals mehr wiedersehen", erklärte Val. Dafür würde sie sorgen. „Mach eine Aufstellung all der Dinge, die du haben willst. Wir schicken sie Jean."

Val rief Jean Bowman an und sagte, Carolyn sei mit dem Hausverkauf und der Bedingung einer unangefochtenen Scheidung einverstanden. „Wenn er alles, was Carolyn aufgeschrieben hat, bei der Firma Bekin einlagert, werde ich es dort abholen."

„Gut. Ich werde ihm sagen, daß er das 'nicht näher bezeichnete Eigentum' in meine Kanzlei schicken kann. Soll ich ihm irgendeine Antwort, wie profan auch immer, in bezug auf das erbetene Treffen übermitteln?"

„Nein. Nichts."

Jean Bowman hielte es womöglich für ihre Pflicht, Carolyn davon in Kenntnis zu setzen, daß Val über Paul Blakes Büro hatte ausrichten lassen, wann sie ihn treffen würde.

46

Val fuhr zu Blakes Haus und parkte gegenüber. Paul Blake marschierte in seinem Garten auf und ab, die Hände in die Taschen seines Jogginganzugs vergraben. Er beobachtete kurz, wie sie die Straße überquerte, und verschwand im Haus.

Ohne Eile ging sie die Auffahrt hinauf, bemerkte das Maklerschild ZU VERKAUFEN – Century 1 auf dem Rasen, der noch nicht verwildert war, aber längst hätte gemäht werden müssen. Die Haustür stand offen, sie schloß sie nicht hinter sich. Auf dem Parkettboden in der Diele sah sie schmutzige Fußabdrücke, auf der Glasplatte des Dielentischchens lag dikker Staub. Das Haus roch muffig, wie unbewohnt.

Paul Blake saß in dem weißen Sessel, seine Füße in den Joggingschuhen lümmelten achtlos auf dem weißen Polsterschemel. Gegen den hellen Hintergrund wirkten seine Augen blaßblau. „Setzen Sie sich", sagte er.

Sein Ton war kühl, seine Haltung selbstbeherrscht. Sie merkte augenblicklich, daß sie sich jede Bemerkung über getroffene Vorsichtsmaßnahmen ersparen konnte; und erst jetzt gestand sie sich ein, wie groß ihre Angst war, hierherzukommen.

„Ich stehe lieber", sagte sie selbstbewußt. „Das hier kann ja wohl kaum lange dauern."

Er betrachtete sie abschätzend von oben bis unten. „Sie haben Nerven, das muß ich sagen. Zu schade, daß Sie nicht der Mann sein können, der Sie gern wären. Zu schade, daß Sie ihr nicht geben können, was ihr ein Mann geben kann – ein gutes Haus, gutes Essen, gute Kleidung, Sicherheit."

„Sicherheit. Ich hör' wohl nicht recht. Sicherheit!"

Er zuckte nicht mit der Wimper. Sie sagte: „In ihrem Alter war ich auch verheiratet und hatte das alles."

Wieder musterte er sie von oben bis unten. „Ja, ich erinnere mich. Es hat Sie tatsächlich einer geheiratet."

„Zwei." Sie lächelte.

„Wir sind im gleichen Alter ... Wie tragisch, daß Frauen länger leben als Männer, wo doch die Schwerkraft euch so viel grausamer trifft. Sehen Sie sich bloß an, wie Sie jetzt schon hängen. Noch ein paar Jahre, und der Lack ist ab. Ich bin noch nicht mal im besten Mannesalter."

Das also war der Zweck dieses Treffens – oder zumindest einer der Gründe: sich seine territorialen Rechte wiederanzueignen, indem er ihr einredete, daß sie keineswegs einen Sieg errungen, sondern sich das nur eingebildet hatte und am Ende den kürzeren zog.

Jetzt fiel ihr DIE LISTE ein. Sie verschränkte die Arme. „Nun ist sie bei mir", sagte sie langsam, voller Wonne. „Da, wo sie sein will."

Er konterte gelassen. „Tunte ist genau das passende Wort für Sie. Sie sind eine Tunte. Ein Freak. Sie ist mit Männern zusammengewesen, sie wird zu Männern zurückgehen, wenn sie's satt hat, von einer Tunte gefickt zu werden."

Die Worte prallten an ihr ab, sie hörte sie förmlich plumpsen. Gewappnet mit unerschütterlichem Selbstvertrauen, wußte sie: Nie wieder würde sie sich von irgendwem kleinmachen, erniedrigen, das Beste an sich reduzieren lassen. Warum hatte sie das nur je zugelassen?

„Ich habe sie jetzt." Sie grätschte die Füße und sagte, indem sie die Worte genüßlich in die Länge zog: „Ich werde sie noch eine gute Weile haben und all ihre Liebe und Zärtlichkeit genießen... voll und ganz genießen. Sie werden sie niemals mehr haben."

Er starrte sie aus blaßblauen Augen an. „Sie können einem leid tun, Sie jämmerliche Gestalt. Imitation eines Mannes. Die Perversion eines Mannes. Ein Schwuli. Ein Arschlecker –"

„Die Möse ist ihr lieber", sagte sie gelassen mit unverhohlener, tiefster Befriedigung. „Ich lecke sie ausgiebig mit aller Hingabe. Sie ist total verrückt danach."

Die blassen Augen versteinerten.

„Ich weiß, wie sie's am liebsten hat. Ich weiß, wie ich sie mit meiner Zunge zum Stöhnen bringe vor Lust. Ich lecke sie, bis sie vor Ekstase ausflippt."

Er wurde kreidebleich. Noch nie im Leben hatte ihr etwas einen solchen Genuß bereitet, ihr Adrenalin derart in die Höhe getrieben.

Er stand auf. Sie streckte die Schultern, reckte sich zu voller Größe.

Sie sah ihm direkt in die Augen und sagte: „Sie haben uns ja an dem bewußten Sonntag gesehen – haben Sie uns den ganzen Nachmittag zugeschaut? Haben Sie gesehen, wie oft wir's gemacht haben? Haben Sie gesehen, wie sie mich geliebt hat? Und wie viele Male?"

Sie versteifte sich, als er nun auf sie zukam. Sie würde ihm einen Handkantenschlag verpassen, ihm die Finger in die Augen stechen.

„Von nun an habe ich sie jede Nacht. Jede Nacht wird sie von nun an von einer Tunte gefickt."

Sie hielt inne. Nicht etwa, weil er jetzt direkt vor ihr stand, sondern weil sie fertig war. Sie hatte restlos alles gesagt, damit war jeder Punkt auf der LISTE abgehakt.

Sie starrte in sein bleiches Gesicht. Sie konnte riechen, daß er getrunken hatte.

Er ging an ihr vorbei und verschwand im Gästezimmer. Ihre Euphorie wich kalter Angst. Kam er nun mit gezückter Waffe?

Irritiert und verunsichert machte sie zwei Schritte zur Tür, die sie offen gelassen hatte.

„Warten Sie“, befahl er in ihrem Rücken.

Mit einem Bild unter jedem Arm kam er auf sie zu und legte sie auf den Boden. Dann drehte er sie mit dem Gesicht nach oben. „Dies hier wollte ich Ihnen zurückgeben.“

Fassungslos starrte sie auf die Bilder. Das graue Regengemälde war diagonal aufgeschlitzt, in der Mitte von der Klinge zerfetzt. Der *Sonnenaufgang* war vertikal aufgeschlitzt, die Leinwand hing völlig zerfetzt im Rahmen.

„Ein Kunstfrevel“, sagte er.

Sie wandte den entsetzten Blick von den ruinierten Bildern und sah in seine blassen Augen.

„Ich wollte Sie Ihnen persönlich übergeben“, sagte er. „Nun sehen Sie, was für ein Gefühl das ist, wenn eine Perverse zerstört, was einem anderen Menschen lieb und wert ist.“

„Pervers“, wiederholte sie, „Perversion ist, selbst zu zerstören, was Ihnen lieb und wert ist. Vor allem, wenn es nie mehr ersetzt werden kann.“

Außerstande, nach unten zu blicken, zeigte sie auf die Bilder. „Andere Dinge können ersetzt werden. Dies hier zum Beispiel.“

Er würde ja nicht wissen, daß sie nur eine Reproduktion anfertigen konnte, der kreative Funke, der Antrieb für diese Bilder waren weg.

Sie griff in ihre Hosentasche. Unwillkürlich wich er zurück. Befriedigt dachte sie, daß sich ihr gegenseitiges Mißtrauen die Waage hielt. Er fürchtete sie nicht minder.

„Ich will Ihnen auch etwas übergeben.“ Sie hob die Hand und ließ den Ring auf den Teppich fallen.“

Sie starrten sich an.

Sie sagte: „Wenn Sie in unsere Nähe kommen, bringe ich Sie um.“ Dieses Satzes wegen war sie in Wahrheit gekommen.

Er lächelte, und diesmal wich sie unwillkürlich einen Schritt zurück. Da fiel ihr plötzlich ein, woran sie Paul Blake bei ihrer ersten Begegnung erinnert hatte: wie sie damals mit Neal in der Wüste vor der Klapperschlange zurückgezuckt war, die ihr Territorium so blitzschnell und tödlich bewachte.

„Warum sollte ich wohl in eure Nähe kommen?" Seine Augen waren kalt wie die eines Hais. Gelassen sagte er: „Es gibt schließlich noch andere Frauen." Er stieß ihr die Bilder vor die Füße. „Nehmen Sie sie, und verschwinden Sie."

Sie zog die Tür des Blakeschen Hauses hinter sich zu. Am liebsten hätte sie sie hermetisch versiegelt.

47

Leise betrat sie das Strandhaus. Neal saß vor dem Fernseher. Carolyn sei im Bett und lese, erklärte er.

Val sah die Post durch, die sie aus ihrer Wohnung geholt hatte, und öffnete einen Brief von der Galerie Hopestead in Santa Barbara. Hilda Green schickte ihr einen Scheck über zweitausendeinhundert Dollar und schrieb, sie hätte vergeblich versucht, sie zu erreichen, um mit ihr über weitere Bilder für die Galerie zu sprechen.

Als sie hinaufkam, lag Carolyn im Bett und las. Sie ließ ihr Buch sinken. „Du warst aber lange weg."

Val hatte ihr nur gesagt, sie wolle die Post aus der Wohnung holen. „Ich hatte noch was zu erledigen", sagte Val beiläufig, setzte sich aufs Bett und drückte ihr den Scheck in die Hand. „Du hast doch nicht etwa Angst gehabt?"

Der Scheck verschlug Carolyn die Sprache, wie Val gehofft hatte, und sie dachte, daß sie ihr irgendwann sagen mußte, daß die Bilder zerstört waren. Vielleicht könnte sie aber auch versuchen, sie heimlich zu reproduzieren.

„Liebste, das ist ja wundervoll", murmelte Carolyn.

„Ich glaube, ich befinde mich jetzt wirklich in einer grünen Periode. Ich möchte dahin, wo es grün ist. Was hältst du davon, wenn wir eine Weile nach Oregon gehen?"

„Du verrücktes Frauenzimmer." Carolyn schüttelte den Kopf. „Es ist jetzt die mieseste Zeit für eine Reise in den Nordosten." Versonnen fuhr sie fort: „All dieser Regen und Dunst und Nebel, all diese grünen Wälder... Es klingt absolut himmlisch."

Hocherfreut sagte Val: „Vater wird einen Freudensprung machen, wenn er endlich mal seinen Enkel verwöhnen kann."

„Kann Neal nicht mitkommen? Es würde ihm sehr gefallen. Vielleicht ist Oregon gar die wahre *Emerald City.*"

„Ja, das mag sein", sagte Val amüsiert. „Aber es ist kurz vor Ende des Schuljahres, Carrie. Glaub mir, er ist gern bei seinem Großvater. Die beiden werden viel Spaß haben. Sie werden sich jede Sportveranstaltung im Fernsehen ansehen und auch im Stadion. Du wirst schon mit mir allein vorlieb nehmen müssen."

„Ich glaube, mit dem Gedanken könnte ich mich anfreunden", sagte Carolyn. „Es ist tatsächlich eine gute Idee, wegzufahren. Ich weiß, daß ich dann keine Angst mehr hätte. Gar keine."

Val nickte und fragte sich, wie viele Frauen wohl noch in dieser Angst lebten.

Carolyn fuhr sinnend fort: „Und wenn wir dann zurückkommen –"

„Falls wir überhaupt zurückkommen."

„Das ist nun wieder eine andere Idee", sagte Carolyn und umarmte Val.